ビデオショップ・カリフォルニア

木下半太

幻冬舎文庫

ビデオショップ・カリフォルニア

イラスト：石山さやか
デザイン：bookwall

目次

ミレニアム、テレクラ、金的

二〇〇〇年の一月一日、午前零時。

ミレニアム。世紀末最後の一年が始まろうとしていた。

おれはテレクラの狭く黴臭《かびくさ》い部屋で、鳴らない電話と向き合っていた。

受話器を外し、フックに直接指をかける。このスタイルがテレクラでの基本中の基本らしい。隣の部屋にいる悪友が言っていた。品行方正な紳士淑女のみなさんのために説明すると、テレクラというのは〈テレフォンクラブ〉の略で、狭い個室にそれぞれ一台の固定電話が置かれており、その前で待機する男の元に、暇を持て余す女性から電話がかかってくるというアナログな出会いシステムである。

悪友の名は出口正大《でぐちまさひろ》。通称・デグ。僕に色々なことを教えてくれる。そして、そのすべてがロクでもない。

そういえばさっきから除夜の鐘を撞《つ》く音がしている。たぶん、茨木神社だ。

部屋の中に鏡がある。前かがみでフックを押さえる自分と目が合った。

「なにやってんねん、おれらは……」思わず呟《つぶや》いた。


五日前、彼女もいないおれとデグは、一九九九年の大晦日から二〇〇〇年の年明けをどう過ごすかで、真剣に悩んでいた。

行きつけのお好み焼き屋《金的《きんてき》》で、緊急ミーティングを開いた。

「ミレニアム、ミレニアムってみんな騒いどるけど、ホンマのミレニアムは来年やからな。西暦が一年から始まるねんから、新しい世紀は二〇〇一年からや」

デグは、高校のときから理屈っぽくて友人が少ない。

「別にどっちでもええんちゃう？」

「よくないわ。カトリック教会もそう言うてる」

「お前カトリックやったっけ？」

「うちは浄土真宗や」

《金的》は、ミーティングにもってこいの店だ。なぜなら、お好み焼きができるまで、永遠かと思うぐらいの時間がかかる。阪急茨木市駅の裏で、ヨボヨボのオジイとオバアがやっていて、いつも客は少なく閑古鳥が鳴いている。

だからといって、不味《まず》いわけではない。不味いどころか、おれとデグのランキングではぶっちぎりナンバー1だ。

大阪風ではなく広島焼きで、鉄板の上でキャベツがとんでもなく山盛りになる。小柄なオジイが見えなくなるほどの量だ。「どう考えても多すぎやろ！」と初めて来た客は誰でもツッコむが、それが魔法をかけたかのように一枚のお好み焼きとなる。味も抜群だ。生地のサックリとした食感としっとりしたキャベツの甘みのハーモニーが、半端じゃない。ちなみにオジイは決して客にソースを塗らせない。一つの芸術作品なのだ。

じゃあ、なぜ、客が少ないのか？　明確な理由は二つある。大阪人は短気なので、オジイの動きはスローモーションだし、オバアはどんな時間に来てもキャベツを刻み続けているし、でイライラして我慢できない。もう一つの理由は店名だ。《金的》と書かれた暖簾《のれん》を女性客はくぐりづらい。デグが「なんでこんな名前をつけたん？」とオジイに訊《き》いたことがあるが、無視された。そもそも、オジイの声を聞いたことがない。ロボットだって多少はしゃべるのに。

「ミレニアムをどう過ごすかで、オレたちの未来が決まる」デグが真面目な顔で言った。

「そんなもんかぁ？」おれはヤンマガを読みながら答えた。

バレーボーイズのギャグに思わず吹き出す。最近はビーバップよりもこっちのほうが断然面白い。

「おい、聞いてんのか？　お前も考えろや」

「わかった、わかった」おれはヤンマガをカウンターに置いた。「ほな、鍋でもするか？」

「男二人でか？」

「それもサブいな」

「なんか、アホなことやろうぜ」

出た。デグの口癖だ。

「アホなことって……たとえば？」

「そやな」デグが山盛りのキャベツを見ながら言った。「テレクラとかどう？」

「ミレニアムに？」

「そう。おもろいやろ？」デグが、ウキウキとした顔で頷《うなず》く。

ヤバい。コイツがこの顔をしたら、絶対に実行する。

「ええけど……アホすぎへんか？」

「人生、アホに生きたもん勝ちや」デグが堂々と胸を張る。

《金的》のオジイが、ジロリとおれたちを睨《にら》んだ。

プルッと電話が鳴った。

素早くフックから指を離すが、プープーと虚《むな》しい発信音しか聞こえない。ちなみに、テレクラはスピード勝負だ。電話がかかってきてから受話器をとるのでは遅い。フックに直接指を置き、鳴ると同時に指をはなす。そうしないと、同じように個室に待機しているやつらに負ける。

「もしもし?」隣の部屋から、デグの弾んだ声が聞こえてきた。

くそっ。せっかくかかってきたのに負けた。テレクラでは反射神経がモノを言う。入店して一時間、初めてのコールだったのに。

おれはふて腐れ、エロビデオをビデオデッキに入れた。受付のカウンター前にある棚から、三本まで無料サービスで借りられる。

三本ともナンパ物を選んだ。いわゆる素人をナンパしてAV男優がハメる作品だ。九十九パーセントがヤラセとわかっているが、残りの一パーにかける男心をわかってもらえるだろうか。最近、単体物(AV女優の女の子を主演にしたタイプのAVだ)は観ていない。理由は、女の子たちがどんどん可愛くなり、しかもおれたちと歳が近いからだ。なんだか、そんな女の子たちが、ゴキブリみたいに黒々と日焼けした男優たちに前から後ろから突かれるのを、あんまり観る気にはなれなかった。

ナンパ物の中でもおれは島袋浩《しまぶくろひろし》という男優が出ている作品が好きだ。この男は明るく女の子をナンパし、明るくセックスをする。ギャグ満載で思わず吹き出したこともある。どこか清々《すがすが》しく、理想の生き方とまではいかないが、憧れてしまう。

湘南のビーチで水着ギャルたちがナンパされて、いよいよホテルに連れこまれ、さあ、これから島袋浩が大活躍するぞというとき、デグが隣の部屋から叫んだ。

「リュウ！　二人組の女子大生がカラオケに行きたいって！　しかも、お嬢様大学や！」

おれたちはテレクラを飛び出した。

デグの車で待ち合わせの場所まで走る。深夜だが、初詣に行く人たちで街は賑《にぎ》やかだ。家族連れ、恋人と二人、友人たち……みんな〝大切な人〟と連れ立っている。なんといっても新世紀の始まり、百年に一度の大イベントの日なのだ。スケベなことしか考えていないのはおれたちぐらいのものだろう。

「ほらな！　テレクラに来てよかったやろ！」ハンドルを握るデグが、興奮した口調で叫ぶ。「向こうも二人って、めちゃくちゃラッキーやんけ！」

「めっちゃブスやったらどうすんねん？　いや、そんなに簡単に引っ掛かるんやから、絶対ブスやって！」おれも興奮していた。

「一人は江角《えすみ》マキコ、もう一人は常盤貴子《ときわたかこ》に似てるってよ！」

「マジかよ……最高やんけ」

「テレクラの神様がオレたちにご褒美をくれてんねんて！」デグが感慨深い顔で言った。

十五分後、ＪＲ摂津《せっつ》富田《とんだ》駅に着いた。《ダイアナ》というパチンコ屋の前で、女子大生たちは待っているという。

「どこや？　どの子たちや？」デグがキョロキョロと辺りを見まわす。

車は少し離れたところに路駐した。「いきなり車で現れたら、女の子たちが警戒するやろ？」とデグが冷静な判断を下したのだ。

「お、あれちゃうか！」

《ダイアナ》の前に、二人のシルエットがあった。スラリと背の高い女と、小柄な女。

おれたちは、はやる気持ちを抑えて小走りで近づいた。

見事におれの予想は当たった。

待っていたのは、目つきの悪いキリンのような女とロン毛のアザラシみたいな女だった。

……女子大生？　どれだけ想像力を振り絞っても彼女たちのキャンパスライフがイメー

ジできない。お嬢様大学というよりは、どちらかというと屋台村のほうが似合っている。

「遅いわぁ。めっちゃ、お腹減った」キリンがデグに言った。

「はよ、カラオケ行こうや」ロン毛のアザラシがおれに言った。

デグの笑顔は凍りついていた。たぶん、おれも同じ表情をしているのだろう。

「リュウ、逃げるぞ」デグが、走りだした。

「お、おい！」おれは、慌てて追いかけた。

二人並んで、深夜の摂津富田を猛ダッシュした。なんだか、おかしくなって、二人とも大笑いしながら走った。

「アホー」

後ろから、女子大生たちの声が聞こえた。

そのとおり。おれたちはアホだ。

おれの二〇〇〇年は、こんな感じで始まった。

ドラゴンと腕相撲

おれの名は桃田竜《ももたりゅう》。

カワイイのかイカツイのかよくわからない名前だ。

名付け親は祖母。

小学生のとき、祖母に名付けの理由を訊いたことがある。

「藤波辰爾《ふじなみたつみ》が好きやったんよ」

祖母の答えに愕然《がくぜん》とした。いくら藤波のアダ名が「ドラゴン」だからって。せめて坂本《さかもと》竜馬《りょうま》にしてくれよ、と子供心に思った。一生背負っていかなければならない名前を、プロレスラーから取らなくてもいいじゃないか。

祖母はプロレスの大ファンだ。プロレスの時間になると、テレビの前を陣取って煎茶を飲みながら、流血するレスラーたちをニコニコと観ていた。

「ドラゴン・スープレックスが好きやったんよ」

プロレスに詳しくないおれは、それがどんな技かは知らない。とりあえず、祖母には「カッコイイ名前つけてくれてありがとう」とお礼を言った。

おれは今年で二十歳になる。フリーターだ。コンビニでバイトしている。

阪急総持寺《そうじじ》駅を出ると、赤と白のボーダー柄の細長い塔が見える。《フジテック》というエレベーター会社の塔だ。その塔のふもとに、おれがバイトをしているコンビニがある。

今日、そこをクビになった。

デグが客と喧嘩《けんか》をしたのだ。

おれの勤務時間は深夜で、しかも一人体制だった。本来ならコンビニの深夜勤務は二人で入らなければならないが、人件費カットのため、一人で働かされていた。

おれは「怪しい客が来たらどうするんですか？」と店長に訊いたことがある。「一人しかいないと悟られるな」と、店長は真顔で答えた。「怪しい奴が来たら、さも事務所に誰かいるような芝居をしろ」

店長は実際、見本をやってみせてくれた。レジカウンターの中に入り、「桃田さーん、そろそろ仮眠から起きてくださいよー」と、無人の事務所に向かって一人芝居をした。

不安もあったが、仕事は楽だった。眠気にさえ打ち勝てれば、自分のペースでやれる。廃棄の弁当も食べ放題、エロ本も読み放題だ。だから、デグも暇さえあれば、おれの勤務時間に遊びにきていた。

今日もおれたちは事務所の中でタバコを吸いながら、エロ本を読み、どうでもいいことをくっちゃべっていた。

ちょうど、この前のテレクラ事件の話で馬鹿笑いをしているとき、店内から男の怒鳴り声が聞こえた。

「なに、笑っとんじゃ！　こらっ！」

しまった。話に夢中になりすぎて、客が来ているのに気づかなかった。

おれは慌ててレジカウンターへと出て行った。

「今、俺のこと笑っとったやろ！」男がおれの胸倉を摑《つか》む。

酒臭い。かなり酔っぱらっている。スーツ姿のサラリーマンだ。

「笑ってませんよ。他のスタッフと世間話をしてただけですよ」おれは営業スマイルで応対し、カウンターの外に出た。

「嘘つけ！　防犯カメラ見て笑っとったやろ！」サラリーマンがおれのみぞおちに膝蹴りを入れた。

まともに食らった。自慢じゃないけどおれは喧嘩が弱い。学生のときも不良たちの後ろに隠れて粋がっているタイプだった。

おれは呼吸ができず、おにぎりコーナーの前でうずくまった。

「ちょっと、何してるんですか？」デグが事務所から顔を出し、おれの隣に立つ。

「お前も笑ってたやろ？」サラリーマンがデグにも摑みかかろうとする。

「警察呼びますよ」

サラリーマンが一瞬怯《ひる》んだ。「なんで警察が出てくんねん！　悪いのはお前らやろが！」

「……デグ……ええから」おれはヨロヨロと立ち上がって、デグを事務所に押しこもうとした。

「よくないやろ！」サラリーマンが、おれたちの間に割って入ろうとする。「俺はな、お前らみたいな奴らが一番ムカつくんじゃ！　社会をナメやがって！」

「社会は関係ないでしょ？　こうしてちゃんと働いてるじゃないですか？」ここで働いてるわけじゃないデグが、言い返す。

「どこがやねん！　ちゃんと就職してから言えや！」

「わかりました。こうしましょう」デグが、サラリーマンの両肩を摑んで押し返した。元バスケット部のデグは身長が百八十センチある。細身だが力も強い。

「な、なんやねん」

こういうときのデグは、いつもとんでもないことを言い出す。

「腕相撲で決着をつけましょう」デグが、サラリーマンをレジカウンターまで引きずってきた。

「は？　お前何を言うとんのや？」

おれの言うことなど耳も貸さず、デグがおれの腕を引く。サラリーマンが戸惑っているのがわかる。

「リュウ、カウンターの中に入れ」

おれとサラリーマンは、レジカウンターを挟んで向かい合った。

「おれがやんの？」

「お前の喧嘩やろ」

「なんで腕相撲なんかせなアカンのじゃ！　こらっ！」サラリーマンが怒鳴り散らす。今回ばかりは、サラリーマンと同感だ。

「傷害事件にしてもいいんですか？　困りますよね？」

「まあ……悪いの俺とちゃうけどな……」デグに言われて、サラリーマンが、ちょっと怯む。完全にデグのペースだ。

「オレは暴力が嫌いです。あなたに何があったのかも、ストレスを抱えているのかも知りませんが、オレたちに八つ当たりをするのはやめてください」デグが雄弁に語る。「ここは正々堂々と戦いましょう。勝っても負けても恨みっこなし。あなたが負けたら大人しく帰ってください」

「俺が勝ったら？」サラリーマンがジロリとデグを睨む。

「オレたち二人で土下座をします」

サラリーマンがニタリと笑った。「ホンマやな?」

「男に二言はありません」

おいおい、やるのはおれやぞ。正直、腕相撲には自信がない。

「やったろやんけ!」サラリーマンが上着を脱いだ。「元ラガーマンの意地を見せたろやんけ!」

よく見ると、サラリーマンはいいガタイをしていた。腹は出ているが、肩がガッシリしていて、腕も太い。

「かかってこいや!」サラリーマンが両足を開き、レジカウンターに右肘をついた。

おれは仕方なしに、サラリーマンの手を握り、腕相撲の形を取った。

「じゃあ、レディー」デグがサラリーマンの背後に廻《まわ》りこむ。「ゴー!」

ガクッとサラリーマンの手から力が抜けた。呻《うめ》き声を上げながら倒れこむ。

デグが、サラリーマンの股間を蹴ったのだ。

「な、なにやってんねん……」おれは、啞然《あぜん》とした。

「リュウ、逃げるぞ」デグが、走りだす。

自動ドアが開き、店の外へと飛び出していく。

「お、おい!」おれは制服姿のまま、思わず追いかけた。

「すまん！　ついムカついてやってもうた！」デグが走りながら謝る。

「どこが、正々堂々やねん！」おれも走りながらツッコんだ。


一週間後、デグから電話があった。

『リュウ。バイトみつけたぞ』

「おう。よかったな。おめでと」

『オレちゃうわ。お前の仕事場やで』

「はあ？」おれはリモコンでエロビデオを止めた。

『お前がコンビニをクビになったんはオレのせいやからな』

デグは変なところで責任感がある男だ。

「職種は？」

『レンタルビデオ屋の店員』

「マジ？」テレビの画面は、島袋浩がＯＬの胸を揉《も》んだところで静止している。「……なんて店？」

『ビデオショップ・カリフォルニア』

ビデオショップ・カリフォルニア

《ビデオショップ・カリフォルニア》はＪＲ摂津富田駅の裏にあった。

「ここ……この前、車停めた場所じゃねえか」

元日テレクラ事件のとき、デグの愛車を路駐した目の前に《カリフォルニア》はあった。

あの夜は、シャッターも降りてたし興奮もしてたしで、まったく気がつかなかった。

「あのとき、シャッターにバイト募集の紙が貼ってあったのを思い出してん」

「お前、結構、冷静やってんな……」おれは感心して言った。

「オレもバイト探してるから、『バイト募集』ってあると、すぐ目に入ってくんねんな」

デグは大学生だ。そこそこ賢い大学に通っている。つい最近までは家庭教師のバイトをしていたが、「人生勉強」と称して、教え子をボウリングやゲームセンターに連れて行くので、あっという間にクビになった。

「ちょっと待て」店内に入ろうとするデグを止めた。「お前と一緒に働くんか？」

「おう。そのほうがオモロいやろ？」

オモロいかもしれんけど……めちゃくちゃになる。

まあいい。友だち同士で面接を受けて、二人揃《そろ》って受かるわけがない。

「採用！　さっそく、二人とも明日から来てよ！」

あっさりと受かった。

オーナー店長は、テンガロンハットを被《かぶ》った、異様に陽気な男だった。

「いやあー、ラッキーだなぁ。即戦力が二人も来ちゃったよ！」

店長の胸についた名札には《米村《よねむら》》と書かれていた。年齢は不詳。三十代にも五十代にも見える。鼻が高く立派な口髭《くちひげ》を蓄えているので、国籍まで不詳だ。

おれたちのどこをどう見て即戦力だと思ったのかは謎だが、金欠だったのでバイトが決まってひとまず安心した。

「ハリウッドクイズいくよ」突然、店長が言い出した。

「えっ？……クイズですか？」さすがのデグも店長のノリに驚いている。

「ダスティン・ホフマンは、売れない時代、誰のアパートに居候していたと思う？」

おれたちは顔を見合わせた。わかるわけがない。

「ヒント、『フレンチ・コネクション』でアカデミー賞主演男優賞を受賞」

「すんません、わかりません」デグが即答する。

「第二ヒント、『許されざる者』でアカデミー賞助演男優賞を受賞」

「ジーン・ハックマンですね」事務所のドアが開いた。

燃えるような赤い髪をした女の子が入ってきた。革ジャンに破れたジーンズ、ロングブーツを履いている。

「あ、若林《わかばやし》さん。おはよう。この二人が明日から入るからビシビシ鍛えてあげて」

若林さんは無表情のままおれたちにペコリと頭を下げ、革ジャンを脱いだ。

そのとき、奇跡が起きた。大げさではなく、ベートーベンの『歓喜の歌』がおれの頭の中で流れた。

素晴しく豊満な胸の持ち主だった。タートルネックのセーターだから余計に強調されているのかもしれない。とにかく丸みといい、大きさといいぷるっと震える弾力といい、信じられないほど美しかった。

若林さんは事務所の壁のハンガーに革ジャンをかけ、《カリフォルニア》とロゴが入ったエプロンをつけた。そのしぐさはスローモーションを見ているように優雅で、おれは彼女から目が離せなくなった。

そんなおれの気など知るわけもなく、若林さんはタイムカードを押すと、さっさと店内へと向かった。

「彼女は一番の古株だから、わからないことがあったらなんでも訊けばいいよ。映画監督を目指してるだけあって、映画も観まくってるしね。ちなみにあの赤い髪は『ラン・ローラ・ラン』のヒロインの真似をしてるんだ」

そのランラランとかいうのは映画のタイトルなのか？　知らない。聞いたこともない。ここで働いていいのかと早くも不安になってきた。

「インパクトのある子やなぁ」デグは、おれの顔を見た。

おれは、心臓の鼓動がデグにバレないようにするのに必死だった。

これから共に働く子に一目惚れしたなんてバレたら、エラいことになってしまう。


「ここは変わった人らの集まりだけど、みんな根はいい奴らだから。すぐに辞めないでね」

バイト初日。店長が笑顔で言った。今日も相変わらず、テンガロンハットを被っている。

「すぐに辞める人が多いんですか？」デグが訊く。エプロンが致命的に似合っていない。

「うん。今残っている人以外は一週間ももたなかったね」

午前十時。まずは掃除から業務が始まる。今店内にいるのは店長とおれとデグの三人。早い時間は比較的暇らしい。

おれは掃除をしながら店内を観察した。

そこら中に映画のポスターがベタベタと貼られている。見たことのないタイトルの映画が多く、一目でマニアックな店だとわかる。

驚いたことにアダルトビデオが一本も置いてなかった。これには心底ガッカリした。レンタルビデオ屋で働く上での一番の特権がないなんて。早くもモチベーションが下がりはじめる。

もう一つおれのやる気を削ぐことがあった。さっき、事務所にあったシフト表で確認したら、若林さんはおれたちと入れ代わりで勤務に入っているのだ……。

《カリフォルニア》は、おれの知っているビデオ屋とかなり違った。ビデオ一つ一つのパッケージに、スタッフの手書きコメントがついている。

「すげえな」モップを手にしたまま、デグもそのコメントに見入っていた。「どんだけオタクやねん」

どのコメントも細かい字でビッシリと書かれている。逆に読みづらくて不親切じゃないのだろうか。

「これはやりすぎやろ……」デグが一本のビデオを手に取った。背表紙に『ニキータ』とタイトルが書かれているが、表も裏もコメントの書いた紙で覆い尽くされていて、パッケージ写真の見える部分がほとんどない。

「それは、この店で一番オタクの吉瀬《きちせ》君が書いたものだよ」店長がニコニコ顔で言った。

「ここまでパッケージ埋めちゃっていいんですか？　これじゃ、どんな映画かわからないじゃないですか」デグが顔をしかめる。

「いいの、いいの。お客さんに映画を愛する気持ちが伝われば」

伝わるというよりは、これじゃ脅迫に近い。

「ちなみに、これが若林さんのコメント」店長が恋愛コーナーから一本抜いた。

『トゥルー・ロマンス』だった。この映画なら観たことがあるが。

「これ、恋愛映画だったんですね……」おれは、思わず呟いた。

バイオレンス映画だと思っていた。ヒロインがチンピラにボコボコにされるシーンが、おれのこの映画の印象のすべてだった。

ところが、若林さんは《究極の恋愛映画》と書いていた。

うっとりするほど綺麗な字だ。


「おはようございます」

昼過ぎ、ダース・ベイダーが《カリフォルニア》に入ってきた。比喩じゃない。ホンモノのダース・ベイダーだ。しかもナイキのボストンバッグを持っている。

おれとデグはポカンと口を開けたまま、身動きができなかった。

「あ、吉瀬君。おはよう」店長が何食わぬ顔で挨拶をする。

ダース・ベイダーがペコリと頷いた。

「例のモノ持ってきてくれた？」

ダース・ベイダーがボストンバッグを掲げた。

「じゃあ、さっそく着替えようか！」店長がおれたちに向かって手を叩《たた》く。「毎月一日はコスプレの日だから。今日、二月一日だろ？」

「おれらも着替えるんですか？」

「当たり前じゃない。ちなみに僕はインディ・ジョーンズ。桃田君はジェイソンね」

おれはアイスホッケーのマスクを渡された。

「出口君はエレファント・マン」

デグはボロボロの麻袋を渡された。

「これ、被るんですか……」デグが啞然としている。

「大丈夫。片方だけ穴が開いてるからそこから覗《のぞ》いて」

このバイト、いつまで続くだろう……。途端に自信がなくなってきた。

メーテル、サイボーグ、ジョーズ

デグは一日で《カリフォルニア》を辞めた。

一日中埃臭《ほこりくさ》い麻袋を被り続けたせいで、咳《せき》が止まらなくなったのだ。

「やってられるか。リュウもやめようぜ」と初日の帰り道に言われたが、「おれは……もうちょい続けてみるわ」と返した。

「マジで？」デグが目を丸くした。「なんでやねん？」

「お前は学生やからええけど、フリーターのおれは実家でゴロゴロしとったら肩身が狭いねん」

「それもそうやなあ……」デグが納得する。

もちろん、嘘だ。毎日好きなだけテレビを観ながらゴロゴロしてるし、親に何を言われても屁とも思っていない。

《カリフォルニア》に残る理由は一つ。若林さんに会いたいからだ。

勤務交代のときにコスプレ姿で現れた若林さんは、問答無用で美しかった。

黒いおかっぱ頭のカツラを被り、白いシャツと黒いパンツでキメていた。手足の長さが際立っている。ウエストも驚異的に細かった。

「おっ。『パルプ・フィクション』のミア・ウォレス!」店長が興奮して叫んだ。

たしか、そんなキャラが出ていたような気がする。『パルプ・フィクション』は話題の映画だったので、高校生のときにビデオを借りて観たが、途中で寝てしまった。話があっちこっちに行ったり来たりするので理解できなかったのだ。

若林さんはキャラに入りこんでいたのか、おれとは一言も口を利いてくれなかった。冷たい目でジロリと一瞥《いちべつ》をくれただけだ。

睫毛《まつげ》が長い。『銀河鉄道999』のメーテルみたいな横顔だ(もちろん、コスプレで盛り上がっている映画マニアたちの前では、そんなこと口が裂けても言えなかったが)。

彼氏……おるんかな?　もしくは、好きな男が……?

声に出して呟きそうだった。

おかしな男と思われてもいいから、今すぐ愛の告白をしたかった。

おれは、あなたに一目惚れしました、と。

二十年間の人生で、三人の女の子とつきあった。

一人目は中学二年生のとき。バレーボール部の副キャプテンの子だ。

おれの通っていた中学校では、男子にはサッカー部、女子にはバレーボール部が人気だった。現に、サッカー部のキャプテンとバレーボール部のキャプテンのカップルは学校中の憧れの的で、文化祭のベストカップル賞（なんで実行委員はこんなものを作ったんだ!?とモテない男子たちは憤慨していた）にも選ばれていた。

バレーボール部の可愛いナンバー2が、ヤブちゃんだった。

フルネームが藪中祥子《やぶなかしょうこ》。

優等生を絵に描いたような女の子で、成績も常に学年一位を独走していた。生徒会で副会長をやり、ボランティア活動にも熱心で、町の掃除に参加したり老人ホームに手紙を持って行ったりして、男女ともに慕われていた。

ただ、ヤブちゃんのことを「先公《センコー》のご機嫌取り」とか「真面目サイボーグ女」と陰口を叩く者もいた。おれだ。

おれは、そのときザ・ブルーハーツにはまっていて、意味もなく大人たちを憎んでいた。昼休みに教師たちの目を盗んで屋上に登っては、タバコを吸いながらCDウォークマンで『青空』や『月の爆撃機』を聞くような、困った感じの十四歳だった。ザ・ハイロウズも好きだけど、やっぱりザ・ブルーハーツが一番だ。ヒロトとマーシーの友情を超えた男の絆に心の底から憧れた（二年後、デグと出会って、アホの絆が生まれる）。

だから、教師たちと手を組むヤブちゃんのような生徒たちを思いっきり軽蔑した。それでおれは、ヤブちゃんの体操服に《学校の犬》と油性ペンで落書きした。

放課後、おれはヤブちゃんに「体育館の裏に来い」と呼び出された。

とうとうおいでなすったか。生徒会の連中が、おれにお灸を据える気だ。

おれは念のためソフトボール部の部室からバットを一本拝借した。

待っていたのはヤブちゃん一人だった。

「……話ってなんやねん？」

「ウチな……」顔を真っ赤にしたヤブちゃんが俯《うつむ》いたままモジモジしていた。

一人で話をつけに来るなんていい度胸してるじゃねえか、と童貞のおれは思った。

「ウチ、リュウ君のこと好きやねん」

「へっ？」

バットが地面に落ち、コロコロと乾いた音を立てた。

それから高校三年生までヤブちゃんとつきあうことになったわけだが、最後まで頑《かたく》なにエッチを拒まれた。そもそも門限が厳しすぎて、そんな隙がない。父親が関西のテレビ局の重役で忙しいあまり、家庭に関心がなく、その反動か、母親が異常にヤブちゃんの教育にうるさいのだ。

おれは中の下の公立高校しか受からず、ヤブちゃんは大阪でも有数の進学校（しかも女子校）に進んだ。

いつも、キスまでは許してくれたのだが、胸や股間に手を伸ばそうとすると、バレーボール部仕込みのスパイクで叩かれた。

「ごめん。ウチ、結婚するまでそういうことしたくないねん。受験勉強にも集中したいし……」

ヤブちゃんは、やっぱり《真面目サイボーグ女》だった。

おれはヤケクソになってデグと遊びまくった。その間もヤブちゃんは、サイボーグの如く勉強に打ちこみ、とうとう日本国の最高学府の頂点、東京大学の文学部に合格した。

当然のように、別れた。

遠距離恋愛は嫌だったし、大学にも専門学校にも行かないおれとは釣り合わない気がした。劣等感で、一緒に歩くのも恥ずかしくなったのだ。

「最近、なんで冷たいの？」ヤブちゃんに言われた。高校の卒業式の前日だった。

「好きな子ができてん」

おれは嘘をついた。自分のプライドを守るために。

高校を卒業してから二人とつきあった。バイトの子と、コンパで出会った子だ。二人とも半年ももたなかった。童貞は卒業したけど、恋愛が楽しいと思ったことは一度もない。デグと遊んでるときのほうが、百倍テンションが上がる。

デグが《カリフォルニア》を辞めてから一週間が経った。つまり、おれがここでバイトを始めてから一週間と一日だ。

おれは、ずっと店長と二人で働いた。小さいビデオ屋なので、客の少ない昼の営業は二人で充分に手が足りる。

苦痛ではなかったが、楽しくもなかった。とにかく店長は陽気で、業務そっちのけで話しかけてくる。

「桃田君は『ジョーズ』は観た？」

暇さえあればハリウッドクイズだ。

「もちろんです」スピルバーグの作品は好きだ。『バック・トゥ・ザ・フューチャー』の1と2は繰り返し観た。

「あの映画でジョーズがラストで飛び散るシーンがあるよね？」

「あ、はい」たしか、ジョーズがガスボンベをくわえ、主人公がライフルで撃って、大爆発させるシーンだ。

「あの肉片って、何を使って撮ったか知ってる？」店長が得意気に言った。

知ってるわけがない。

「生肉ですか？」

「ブー」店長がニタニタと笑う。

「なんやろうなあ……」おれは考えるフリをした。ハリウッドクイズに真剣に参加しないと店長の機嫌が悪くなるからだ。

「ヒント、果物」

「スイカとかイチゴですか？」おれは当てずっぽうで答えた。

店長の顔色が変わる。「なんで知ってんの？」

「だって、赤色の果物といえばその二つくらいしか……」

「もういいよ」店長がプイッとそっぽを向いた。

ええ大人がなんやねん……。

若林さんがいなければ、こんなバイトはとっくに辞めている。

「店長、質問いいですか？」おれは、ご機嫌を取ることにした。

「……何？」店長がレジのパソコンの画面を見ながら答える。

「どうして、この店は〝カリフォルニア〟って名前なんですか？」

店長が、よくぞ訊いてくれたという顔でふり返った。「長くなるけどいい？」

しまった……。後悔しても、もう遅い。

店長の伝説

ここからは店長の武勇伝だ。

三時間半ぶっ続けで聞かされた話をまとめてみようと思う。

途中から意識朦朧《もうろう》で聞いていたので、若干、話の筋がおかしく、もしくはハリウッド的に大げさになるかもしれないがご了承ねがいたい。その分、簡潔にまとめるので、どうか安心して欲しい（三時間半は地獄だった。レジの横に置いてあるテレビで流していた『タイタニック』をフルで観終えたぐらいだ）。

店長は二十代の頃、千葉では伝説のサーファーだったらしい。ガキの頃から波を乗り回し、地元では敵なしの状態だった。

ある日、台風が地元に直撃した。だが、台風で怯むような店長ではない。大荒れの波を味わうためにサーフボードを持って浜に出た。

そこに先客がいた。

「おいおい……女だべ？」店長は、驚愕の表情で海を見た。

しかも、外国人だった。ウェットスーツを着た白人の金髪美女がロングボードを操り、波の上をいとも簡単に滑っている。店長は、一瞬で負けを悟ったらしい。

女の名前はブレンダ。アメリカから来た留学生だ。店長はサーフィン勝負を挑んだが、英語が喋《しゃべ》れないので、うまくコミュニケーションが取れず、相手にされないまま時が過ぎていった。

数カ月後、ブレンダは地元のカリフォルニアに戻った。店長は、このままでは男がすたると思い、必死で英語を勉強した。金を貯めつつ英会話教室に通い、二年後、カリフォルニアに向かった。

ブレンダはカリフォルニアの青い海でサーフィンをしていた。砂浜に立っている店長を見て驚いて駆け寄った。

店長は、いざ勝負だという意味で「お前に会いたかった」と言った。

意味を思いっきり、はき違えられた。

ブレンダの目はハートマークになり、店長にキスをした。

店長とブレンダが結婚するのに、時間はかからなかった。

店長は流れと勢いで結婚したことを後悔していた。

なぜ、自分はカリフォルニアに住んでいるのだろう。なかなか仕事も見つからず、しばらくはブレンダのヒモみたいな状態になっていた。そんな生活から脱するために、店長はロサンゼルスのコリアンタウンでスシ・バーを開く。資金はブレンダの父親から借りた。ブレンダの家が金持ちだということは結婚してから知った。

スシ・バーだから本格的な寿司を出すわけではない。見よう見まねで寿司を握った。だが、何が幸いするかわからない。素人だから斬新なアイデアが生まれたのかもしれない。クリーム・チーズを使ったカリフォルニア・ロールが大当たりした。十年後にはスシ・バーの支店が五つに増え、店長は日本人実業家として名を馳せることになる。

ところが人間、調子に乗るとロクなことがない。怪しい連中が寄ってきて、甘い話を持ちかけてきた。店長は、ハリウッド映画の投資に乗り出した。そして、見事に失敗した。借金地獄に陥った店長は、マフィアに追われる身となった。

ブレンダと離婚し、店長は日本に逃げるためロサンゼルスの空港に向かった。その途中で、マフィアに捕まった。

「自分がタランティーノの映画の中にいるみたいだったぞ」店長はそのときのことを思い

出したのか、ぶるりと体を震わせた。

店長は、空港近くのモーテルに連れこまれた。椅子にしばりつけられ、銃をこめかみに突きつけられた。

「ボスが来るまで大人しくしていろ」マフィアの一人が言った。

ボスがやって来たら、ただではすまない。殺される可能性もある。なんとか、ここから逃げ出さなければ……。だが、相手は屈強なマフィア三人。しかも、全員、銃を携帯している。

マフィアたちは、モーテルのテレビで映画を観ながらボスを待った。映画はジャック・ニコルソン主演の『チャイナタウン』だった。一人のマフィアが猛烈な映画ファンだった。店長に銃を突きつけながら、『チャイナタウン』がどれほど素晴しい映画か力説しはじめた。残り二人のマフィアたちは退屈そうに映画を観ていた。何度かアクビをしたり、途中でトイレに行ったりした。

『忘れなよ、ジェイク。ここはチャイナタウンだ……』

ハリウッド史上に残る名セリフで映画が終わった。

「傑作だ」映画ファンのマフィアが涙ぐんだ。

「くだらねえ」もう一人のマフィアがぼやいた。「三人でマスをかいていたほうがマシだったな」

二人のマフィアが大笑いした。腹を抱えて涙を流しながら笑う。

笑い終えたあと、映画ファンのマフィアが言った。「お前ら、映画に謝れ」

「ファック・ユー」もう一人のマフィアが中指を立てる。

と、そのとき、店長の耳元で銃声が鳴り響いた。二発だ。

映画ファンのマフィアが、彼を笑った二人のマフィアを撃ち殺していた。

「映画を冒瀆《ぼうとく》する奴は許せねえ。そうだろ？」映画ファンのマフィアが店長の額に銃を突きつけてきた。

店長が何度も頷く。股間は小便を漏らして濡れていた。

「お前が映画の仕事を続けると言うのなら、生かしてやる」

店長が深く頷き、言った。「約束する」

すると、映画ファンのマフィアはロープをほどき、あっけなく店長を解放した。

「お前の好きな映画は何だ？」

「……『シャイニング』だ」店長は咄嗟《とっさ》にジャック・ニコルソン主演の映画を言った。

「キューブリックが好きなのか？」

「もちろんだ」

映画ファンのマフィアは満足そうに頷くと、いきなり銃で自分の足を撃った。

「……逃げろ。お前がやったことにする。俺たちの隙をついて銃を奪い、二人を殺した」

「ありがとう」店長は素直にお礼を言った。

映画ファンのマフィアは震える指でタバコをくわえた。火を点《つ》けようとしたが、手元がおぼつかず、ジッポを床に落としてしまった。

店長はジッポを拾い、火を点けてやった。映画ファンのマフィアが美味《うま》そうにタバコの煙を吐き出す。

「行けよ。映画の未来はお前に任せた」

店長はモーテルを飛び出した。

で、今に至る。


「どうして、摂津富田なんですか？」

おれは話を終えた店長に訊いた。あまりにもスケールダウンしすぎじゃないか。

「関東はマズいでしょ？　地元の近くには住めないよ。おれはマフィアを二人殺したことになってんだから」

「はあ……」

「おれは映画に命を救われたんだよ……」店長が遠い目で言った。

「だから、この店はアダルトを置かないんですね」

店長が頷く。「映画を冒瀆することになるからな」

「それでカリフォルニアって名前にしたんですか……」

どこまで信じていいのかわからないが、小さな街の片隅のレンタルビデオ屋にも、ドラマがあっていいもんだなと思った。

数日後、事務所で一緒になった吉瀬君に「店長の武勇伝って凄《すご》いですよねえ。店の名前の由来聞きましたよ」と話しかけた。

「この店の名前の由来？」吉瀬君が、眠そうな目で答えた。「どういう話だった？　僕が聞いたのは店長がソ連の女スパイと恋する話だったけど」

チャーリー・シーンは何人の女性とセックスしたか？

《ビデオショップ・カリフォルニア》で働きはじめて一カ月が経った。

毎日、店長と二人きりだ。基本の勤務時間は午前十時から午後六時までの八時間。その間たっぷりとハリウッドクイズとハリウッド武勇伝を聞かされる。客は夕方からポツポツと来るぐらいで、とにかく暇だ。時給八五〇円で、店長の喋り相手として雇われたのではないかと勘繰ってしまう。

「チャーリー・シーンが何人の女性とセックスしたか知ってる?」というクイズなんて、正解するまで延々二時間も考えさせられた(まさか、あんな人数だとは思わなかった)。

武勇伝も日に日にエスカレートしていく。最近は「若き日のショーン・ペンと酒場で殴り合った」とか「『ウォーターワールド』でへこんだケビン・コスナーを飛行機の中で励ました」とか、とうとうハリウッドスターたちがリアルに登場しはじめた。

……おいおい、おれはどこまで耐えるつもりやねん。

それもこれも若林さんに会うためだ。若林さんは午後六時前にやって来ては、赤い髪をなびかせて、レジに立つおれの前を通り過ぎる。

革ジャンを着た、無表情の天使。

彼女が現れるとおれは頭の先まで痺《しび》れてしまい、店長の声はもちろん、店内BGMのハードロックも、すべて聞こえなくなってしまう。景色もスローモーションになり、その瞬間、おれは若林さんの大きな胸がゆっくりと揺れるのを横目で凝視するのだ。この一瞬のために、《ビデオショップ・カリフォルニア》で働いていると言っても過言ではない。

ただ最近、それも限界に来ていた。ある現実が、おれの忍耐を崩壊させつつある。めげてしまいそうだ。

……若林さんとバイトの吉瀬君が妙に仲がいいのである。

わかってる。映画大好き人間同士だから話が弾むのは当然だ。だが、若林さんが吉瀬君との会話のときだけ笑顔を見せるのが、どうも解せない。おれや店長の前では、仏像（もしくは鉄仮面）の如き表情なのに、どうして奴にだけそんな顔になるんだよと、帰り際、シフトに就いた二人の前を通り過ぎるとき、思わず叫んでしまいそうになる。

二人の会話をシナリオ風にすれば、こんな感じだ。

吉瀬：「なあなあ、ワカバヤちゃん（憎き吉瀬君は、若林さんをこんなくだらない呼び方で呼ぶ）。去年観た映画の中で、ベストって何？」

若林：「もちろん『ファイト・クラブ』やろ。ブラッド・ピットの演技も抜群やったけど、主演のエドワード・ノートンがめっちゃよかったわ！」

吉瀬、ニヤリと笑う。

吉瀬：「へーえ。てっきり『シックス・センス』やと思ってた。子役のハーレイ・ジョエル・オスメント君の演技が神がかってたやん」

若林：「たしかにオスメント君は凄かったけど、あの監督は次回作からが問題ちゃう？」
吉瀬：「M・ナイト・シャマラン？」
若林：「観客はまたドンデン返しを、求めるやろ？　三作目ぐらいからキツくなるんちゃうかな？」
吉瀬、いやらしくニタリと笑う。
吉瀬：「じゃあ、映画の歴史を塗り替えた『マトリックス』はどう思った？」
若林：「いまいち」
若林、可愛らしく顔をしかめる。
吉瀬：「ワカバヤちん、ウォシャウスキー兄弟のやったら前作の『バウンド』のほうが好きなんちゃう？」
若林、嬉しそうに笑う。
吉瀬：「て、いうか、ワカバヤちんって唇がジーナ・ガーションに似てるよなあ」
若林：「どこがよ」
若林、照れ臭そうに笑う。
まったく、話に入っていけない。さすがに『マトリックス』くらいはわかるが、オスメントとかウォシャウスキーとかガーションとか並べられてもドラクエの呪文にしか聞こえない（呪文のせいでおれは石になるしかない）。

一方、吉瀬君の武器は映画の知識だけではなかった。ダース・ベイダーの被りものを脱いだ彼は、超の付くハンサム野郎だったのだ。店長曰《いわ》く、ジュード・ロウに似ているらしい（ジュード・ロウを知るために店長に紹介された映画は『真夜中のサバナ』だった。共演のケビン・スペイシーという役者の個性が強烈すぎてジュード・ロウの印象は薄い。ジュード・ロウを観せるのにこの映画を選んだ店長のセンスを疑う。ちなみに主演であるはずのジョン・キューザックはさらに薄い）。

とにかく、吉瀬君には女性を虜《とりこ》にするだけの条件が揃っているのだ。

おれは「お疲れさまです」と言って店を出て裏の駐車場に回り、腹の底から絞り出すような声で「ファァァアック！」と罵った。

〝ワカバヤちん〟って何やねん！　もっと普通に呼べんのか？　せめて〝ちん〟はやめろよ、〝ちん〟は！

おれは自転車の横に転がっていた缶コーヒーの空き缶を蹴飛ばした。ブロック塀の上にいた野良猫が驚いて逃げる。

「どないした？　ご機嫌ななめなんか？」背後から声がした。

振り返ると、やけにめかし込んだデグが立っていた。《ビームス》で買った（と本人が買ったその日に説明していた）モンクレールのダウンジャケットに、ユーズドのリーバイス。スニーカーはニューバランスＭ１３００。ここ最近のデグの勝負服だ。

「なんやねん……こんなとこまで来て？」おれは思わず訊いてしまった。

辞めたばかりの店に顔を出すなんていい度胸している。もしくは無神経だ。前々から思ってはいたが、この男の無神経ぶりは西日本一だろう（コンパで女の子に向かって「自分、アルパカに似てるなあ」と言って泣かせたこともある）。

デグが車のキーをチラつかせた。「決まってるやろ、今日は金曜日やぞ」

「……どっか行くんか？」

正直、今夜は合コン気分じゃない。肌寒くて人肌恋しいこんな夜は、早く〝他の〟レンタルビデオ店で、島袋浩のナンパものを借りて帰りたい。

「京都、行こうぜ」デグがニタリと笑った。「ナンパや！　ナンパ！」

気が変わった。おれはデグの車に飛び乗った。

ビデオのナンパよりリアルのナンパだ。デグの愛車、クリーム色の《スバル・レックス》は国道一七一号線に乗って茨木インターチェンジへと向かった。

茨木インターチェンジから名神高速道路に乗り、京都へと爆走する。

「BGMは何にする？」デグが、ウキウキしながらハンドルを握る。

選曲係はおれだ。後部座席に置いてあるCDケースを手に取った。

「一曲目はこれでしょ」

おれは一枚のCDをカーステレオに差し込み、ボリュームスイッチをマックスまで捻《ひね》った。

車内に、アース・ウインド&ファイアーの『セプテンバー』がかかる。今は三月だが、関係ない。いつの季節でも、おれとデグのテーマソングはこの曲だ。

「よっしゃあああ！」デグがアクセルを踏み込み、レックス号が唸《うな》りを上げた。

いざ、京都へ。ナンパは連戦連敗だが、この道中では必ずテンションが最高潮になる。

おれたちの遊びは、地元か、京都が中心だ。おれの住んでいる茨木とデグの住んでいる高槻はちょうど大阪のミナミと京都の間にある。大阪人だったらミナミで遊べよと言いたいかもしれないが、おれたち北大阪の人間は、いわゆる大阪の〝コテコテ〟のノリが苦手だった。苦手どころか、一緒にして欲しくない。

もちろん、大阪人だから基本、〝ボケ〟と〝ツッコミ〟は使う。だが、素人なのに、笑いに対する芸人顔負けの貪欲さを追求する大阪人……わかりやすく言えば、道頓堀へとダイブする人種とは仲良くなれなかった。

おれとデグは筋金入りの天《あま》の邪鬼《じゃく》だ。音楽も、ドラゴン・アッシュや宇多田ヒカルや椎名林檎には見向きもせず、時代に逆行してソウル・ミュージックに熱中していた。

『セプテンバー』が終わり、おれは素早くCDを入れ換えた。

二曲目はライオネル・リッチーの『セイ・ユー、セイ・ミー』をかけた。

「なんでいきなりバラードやねん！」デグがさらにアクセルを踏んだ。

「チャーリー・シーンが何人の女とセックスしたか知ってるか？」おれは、店長から出されたハリウッドクイズを出した。

「知らんわ」デグはまったく答える気がない。

「五千人やって」

「アホやな」デグが笑い出した。

「ああ、アホや」おれも笑った。

二人で大笑いしながら京都に向かう。そういうおれたちも立派なアホだ。

木屋町ナンパ放浪記

十五曲目のオージェイズ『ラヴ・トレイン』が終わったころ、京都に到着した。

京都南インターチェンジで名神高速道路を降りて、国道一号線を北へと上がる。東寺を越え、西本願寺を過ぎたところで東に折れる。堀川通りをさらに北へ上がり、四条通りをまた東へ折れた。おれたちが木屋町へと向かう、いつもの道順だ。

「うわぁっ……めっちゃ車多いやんけ」デグがうんざりとした顔でぼやいた。

週末のせいか、京都の街は混んでいる。四条通りには出たものの、阪急烏丸駅の付近で車がまったく動かなくなった。

「ここらへんに車停めようか？」デグが通り沿いのパーキングを指した。

大抵は三条駅の近くのパーキングに停めるのだが（さらに北、丸太町のほうにも足を延ばすことが多い）、今日はここから歩いたほうが早いだろう。

運良く、満車のパーキングから一台出てきた。すかさず、デグがレックス号で突っ込む。こういうときに小回りが利く軽自動車は助かる。

いざ出陣、とばかりに車を降りたが、あまりの冷気に一瞬で体が凍りついた。

さ、寒い……。三月とはいえ、京都の寒さは半端じゃない。頬に当たる風が痛すぎる。

こんな日にナンパかよ……。通りをよく見ると、車は混んでいるが、暇そうな女の子たちはまるで歩いていなかった。道行く人は、みんな険しい顔つきで帰路を急いでいる。

おれは早くも後悔していた。また、勢いとノリだけで動いてしまった。これじゃ大晦日のテレクラと一緒ではないか。

チラリとデグの横顔を見ると、ヤツも思いっきりテンションが落ちている。

しかし、二人とも「寒いし、大人しく帰ろうか」とは口が裂けても言い出さない。ここまで来たからには、結果を出さないまま逃げ帰るわけにいかないのだ。


木屋町に着いた。四条通りから木屋町通りに折れ、高瀬川沿いを練り歩く。ようやく寒さなんて関係のない夜遊び好きの人種が出てきた。〝遊びに来てる風〟の女の子もチラホラだがいる。まだ時間的に早いので、会社帰りのＯＬの姿も見える。

「どれからいく？」どの女の子に声をかけるか、デグが吟味しはじめた。

ロックオンは慎重にしなければならない。理想は二人組だ。ヤンキーや水商売のテイストが入っている子たちは除外。あと、暗そうに俯《うつむ》いている子たちもパス。たまに、黒魔術の集会にでも参加するのかと思うぐらいダークな雰囲気を身にまとった子もいるので、気をつけなければいけない。

ただ、明るい子たちがいいとも限らない。地面から五センチぐらい浮いてるようなフワフワした足取りで、キャッキャッと騒ぎながら歩いている子たちも避けたほうがいいのだ。

なぜかと言うと、彼女たちは自分たちだけで充分に楽しんでいるからだ。そこに、突然ナンパしに行っても、軽くあしらわれて終わるか、ひどいときはケチョンケチョンに罵られる。

「たぶんアカンと思うけど、あの子ら、いってみる?」デグが、居酒屋のショーウインドウを覗いている二人組を指した。

「あれ?　マジで?」おれは露骨に顔をしかめた。明らかにフワフワガールズだ。

二人とも浜崎あゆみのような髪の毛をして、浜崎あゆみのような服装をしている。最近増えてきたファッションの、イマドキの女子だ。

「とりあえず、勢いをつけようや」デグが小走りで二人組に近づく。

おれは慌てて追いかけた。デグは必ず、声をかける一組目のハードルを上げてくる。わざと失敗をしたがるのだ。彼なりの何かしらのジンクスなのか、それとも少しMっ気があるのかもしれない。

「すいません!　僕の母を知りませんか?」デグが定番のギャグを出した。「三千里探し続けてるんですけど」

女の子たちはピタリと話すのをやめ、シラけた表情で歩きだした。

デグがニタニタと嬉しそうに笑い、おれを見た。次はおれが何かを言う番だ。

おれたちのナンパには暗黙のルールがある。なぜか、ギャグを順に言い合わなくてはならないことになっている。しかも、女の子たちを笑わすというよりも、たとえナンパに失敗したとしても、あとから自分たちで笑い話として楽しむために、あえて〝スベリ〟にいくという、一石二鳥というか保険をかけるというか、他人からすればまったく理解のできないルールだ。

おれはデグと入れ替わるようにして、あゆ二人組に声をかけた。「すいません！　僕の父も知りませんか？」

「もうええって」あゆ二人組が足早に逃げようとする。

おれもめげずに本邦初公開のギャグを言った。「風船おじさんなんですけど」

あゆ二人組が「死ね、アホ」と毒を吐き散らしながら去って行く中、おれのうしろでデグが爆笑した。

「まさか、〝風船おじさん〟で来るとはな」

正直、ナンパが成功するよりも、デグに笑ってもらうほうが嬉しい。本人には口が裂けても言わないが。

路上でのナンパは三十分でギブアップした。寒すぎて、唇や指先の感覚がなくなっている。

「どっかに入ろうか？」おれは我慢できずにデグに言った。「この時間やったら《マービン》や《ナッツ》に行くには早いやろ？　どっかええとこある？」

「そやな……」デグが渋い顔をする。

店に入れば金がかかる。バイトをしていないデグからすれば、女の子をゲットしてから店に入りたいところだろう。

《マービン》はその店名からもわかるとおり、ソウル・ミュージックをガンガンかけるバーである。店長は口髭を生やした五十近いダンディなおっさんで、いつもカンゴールのハンチングをツバを後ろに回して被っている。《ナッツ》はその名にちなんでか、落花生が食べ放題で、落花生の殻を床にバンバン捨ててもいいのがなんだか恰好良くて通っていた。どちらの店も、終電を過ぎてから盛り上がる店だ。

結局、おれたちは新しい店探しをすることにした。木屋町通りと河原町通りの間にある飲食店密集地帯を探索するため、迷路のような路地に入る。

「おい！　リュウ！　なんだよ、あれ!?」デグが、興奮して前方を指した。

外国人の集団が店の前にたむろしている。白人やら黒人やらラテン系やら中東系やら国際色が豊かで、異国の路地裏のような風景だ。そして、その外国人たちの間に尻の軽そうな日本人の女の子たちがわんさかいるではないか。

「なんで、あいつら、あんなに薄着やねん……」デグが驚愕の表情で集団を見る。

外国人の数は約二十人。八割が男だが、ほぼ全員がタンクトップ姿で《クアーズ》の瓶ビールをグビグビ飲んでいる。日本人の女の子たちもピチピチのTシャツや、中にはチューブトップの子までいた。

まさに、熱気ムンムンだ。男も女も鍋から出されたばかりのゆでダコみたいに全身から湯気が出ている。

店の看板には《マイアミ》とあった。聞いたことのない店だ。

「とりあえず入ってみようや」デグの目が爛々《らんらん》と輝く。

「……やめたほうがええんちゃうか?」おれは乗り気じゃなかった。「あの女の子たち、どう見ても『日本人の男には興味がありません』って顔してるで」

店の名前も気に入らない。ここは千年の歴史がある京都なのだ。すぐ横に、高瀬川《たかせがわ》と鴨川《かもがわ》があるというのに《マイアミ》はないだろう。

「なら、他に行くとこあるんか?」デグが大げさに肩をすくめる。「木屋町をあと何周すればええねん」

そう言われたら何も言い返せない。おれたちは未知の世界へと足を踏み入れることにした。

「うわっ……なんやねん、これ!?」おれは思わず顔をしかめた。

店内はサウナかと思うぐらいに暑かった。そこまで広くないスペースが祭りのようにすし詰めだ。レゲエが爆音で鳴り響き、みんな我を忘れて踊っている。女の香水と男の汗臭い体臭にむせそうになる。

「リュウ、あの女、すげえぞ」デグが一人の女を指差し、感嘆の声を洩《も》らした。

バーカウンターの横にステージがあり、下着姿の日本人の女が踊り狂っていた。とんでもなくスタイルのいい女だ。Tバックからはみ出す尻に、《ミッキーマウス》のタトゥーがある。しかも、ダンスがエロい。女が腰を振るたびに、男たちが雄叫びを上げる。

ん？　あの女って……。どこか、見覚えがある。いや、見覚えがあるどころか……。

「おいおい……マジかよ」おれはアゴが外れるほどあんぐりと口を開けた。

「えっ？　まさか、知り合い？」デグが驚いた顔でおれを見る。

「……ヤブちゃん」

外国人の喝采を浴びて半裸で踊っているのは、おれの元カノの藪中祥子だった。

ヤブちゃん

「ありがとう。ちょうど足がなくて困ってたんだ」

後部座席に座るヤブちゃんが、百円ライターでタバコに火を点けながら言った。

午前一時。レックス号は再び名神高速道路に乗り、大阪方面へと向かっていた。

《マイアミ》ではヤブちゃんのほうから声をかけてきた(正しくは、下着姿のまま外国人のマッチョたちに囲まれているヤブちゃんに、おれは何時間も声をかけることができなかった)。

おれは助手席から、運転するデグの横顔を見た。この車はデグが姉貴から借りてるものなので〝絶対禁煙〟のはずなのだが、デグは注意しようとしない。さっきからチラチラとバックミラーでヤブちゃんを見ている。

おれもさっきまでのヤブちゃんの下着姿が脳裏に焼きついていた。胸は小ぶりだったが、ウエストが引き締まっていて脚も長く、なによりもお尻が素晴しかった。「真面目サイボーグ女」と呼ばれてたころからは想像もつかない。

あのとき強引にでも触っておけばよかった……。ノーマルな男なら誰もが感じる後悔だろう。セピア色の思い出が、突然生々しいものになってきた。

おれと付き合っていたころのヤブちゃんは、間違いなく処女だったはずだ。だが、今おれの後ろでタバコをふかしているのは、誰がどう見ても、男という生き物を熟知し、余裕で手玉に取っていそうな百戦錬磨の女だ。

あれから二年しか経っていないはずなのに、人はここまで変わるのか。

「このタバコ超マズい。さっきの店でメキシコ人からもらったんだけど」ヤブちゃんが、少しハスキーな声で言った。「灰皿ある？」

酒焼けだろうか？　明らかに声まで変わっている。それに、ずっと気になっていたが、標準語を喋っている。

「これ使えや」おれは飲み終えたばかりの缶コーヒーの空き缶を渡した。

「センキュー。桃田」ヤブちゃんがウインクをして受け取る。

呼び捨てかよ……。昔は〝リュウ君〟だったのに。

なんてふてくされつつ、実は、それだけでドキドキしている自分が情けない。

さすがに、車に乗ったヤブちゃんは下着姿ではなかった。オレンジ色のタンクトップの上に迷彩柄のブカブカのジャケットを羽織り、ミリタリーパンツとブーツを履いている。自衛隊の駐屯地から逃げ出してきたような恰好だ。

ようやくデグが口を開いた。「あの……ホンマに君〝ヤブちゃん〟なん？　ホンマにリュウと付き合ってたん？」

「そうよ。キスまでの仲だったけどね」ヤブちゃんは鼻から煙を吐き出し、笑った。「あのときは二人ともピュアだったもんね」

「おいおい、そこまで言わんでもええやんけ」おれは恥ずかしさのあまり、耳が熱くなってきた。

ヤブちゃんのことはデグにチラリとしか話をしたことがない。それも「おれの彼女、サイボーグみたいやねん」といった笑い話のトーンでだ。

「まさか、あんな場所で桃田と再会するとはね。運命感じちゃった。もう一度付き合っちゃう？」ヤブちゃんがさらにケタケタと笑う。

デグが運転しながらジロリとおれを睨んだ。

「いつから、こっち戻ってきてん？　東大に行ってるんやろ？」おれはデグを無視し、ヤブちゃんに訊いた。

デグが〝東大〟という単語に異様に反応し、さらにバックミラーを見る。頼むから運転に集中して欲しい。

「大学は辞めたんだ」ヤブちゃんが窓の外を見ながら言った。「仕事が忙しくなっちゃって」

「えっ？　東大を中退？」

「うん。でも、その仕事も辞めたから、実家に戻ろうと思って。年明けに帰ってきたばかりなの」

「仕事って……なんの仕事？」

ヤブちゃんがタバコを空き缶の中に押し込みながらクスクスと笑った。

「も、もしかして、グラビアとか？」デグが口を挟む。興奮を抑えきれない口調だ。

「そんな感じ」ヤブちゃんが、おれにコーヒーの缶を返してきた。「ねえ、なんか、もっとテンションの上がる曲ないの？」

「任せなさい！」デグがカーステレオの再生ボタンを押した。

車内にスライ&ザ・ファミリー・ストーンの『ダンス・トゥ・ザ・ミュージック』が大音量でかかる。

「スライ！　いいのがあるじゃん！」ヤブちゃんが曲に合わせて体を揺らす。「大阪に帰ってきてよかった。また一緒に遊んでね」

「もちろん！」デグが張り切って片手を突き上げた。

茨木に戻り、ヤブちゃんを送ったあと、おれの実家のマンション前に車を停めた。

時間は午前二時を回っている。たぶん、家族は全員寝ているだろう。

「いやあ。とんでもなくええ女やったなあ」停めた車の運転席でデグが言った。ヤブちゃんとメルアドを交換してご機嫌なのだ。当然、おれも交換したが、デグのようには喜べなかった。さっきから〃グラビア〃という単語が頭の中で点滅している。

「ホンマにあの子と付き合ってたんか？」デグが疑いの目でおれを見る。

「まあな……」

「ホンマにキスだけなん？」グイグイと質問をしてくる。

「まあな……」

なんだろう……この〃逃がした魚は大きかった〃感は……？　それに、デグがあからさまにヤブちゃんをロックオンしているのが気になる。

「デートに誘ってもええかな？」デグがおれに訊いた。

「別にええんちゃう？　おれには関係ないし」

「リュウは若林さん狙いやもんな」デグが確認するように言った。

「まあ……な……」

くそっ。どうも歯切れが悪い。《カリフォルニア》での若林さんと吉瀬君のイチャイチャぶりを週五で見ているのだ。そもそも若林さんとは、業務連絡以外の話をしたことがない（それもすべて一分以内だ）。

ただ、ここでデグに器の小さい男とは思われたくない。

「ヤブちゃんって食べ物なにが好きなん？　居酒屋とか一緒に行ってくれるかな？」デグ

が早くもシミュレーションを始めた。

「居酒屋はどうか知らんわ。食べ物はなんでも食べるけど、特に好きなのはうどんやな」

よくデートの帰りに二人で阪急茨木市駅の地下にある《なか卯》に行った。ヤブちゃんは毎回きつねうどんで、おれは牛丼に天かすをたんまり載せて食べた（デートはいつもボウリングかビリヤードかゲームセンターのコインゲームだった）。

「うどん？」デグが拍子抜けした顔で言った。「えらい安上がりやな」

「まだ高校生やったから金がなかってん。まあ、嫌いな食べ物も聞いたことはないし。なんでも喜んで食べるんちゃう？」

「なかなか気前よく情報を提供してくれるやん」デグが挑戦的な笑みを浮かべる。

「別れた女やからな」

決まった。ツレ相手に余裕を見せるのが、二十歳の男にとっては何よりも大切なのだ。

「よしっ。じゃあ、心置きなくヤブちゃんを攻略するわ」

「まあ、頑張ってくれ」おれは助手席のドアを開け、レックス号から降りた。

マンションの入口まで行き、デグが去るまで待った。すぐには家に帰りたくない。この悶々とした微妙な気持ちを解消するために、おれは近所のレンタルビデオ屋へ小走りで向かった。もちろん、アダルトビデオが借りられる店だ。国道一七一号線沿いにあり、午前五時まで開いている。

一目散にアダルトコーナーに入り、新作をチェックする。島袋浩のナンパものはまだ出ていなかった。

たまには単体ものでも借りてみるか……。金欠なので一本までだ。慎重に吟味しなければならない。

おれは無意識に《エロエロ家庭教師は現役東○生》というタイトルの作品を手に取った。

まさか、今夜二つ目の度肝を抜かれるとは思ってもいなかった。

ビデオのパッケージの中で上半身裸で微笑んでいるAV女優は、これまたおれの元カノの藪中祥子だった。

桃田家の人々

《笑っていいとも!》の時間に起きてしまった。目が覚めてすぐに見るタモさんの顔は、おれを強烈な自己嫌悪に陥らせる。ここ最近は《カリフォルニア》で働くため、午前八時には起きる規則正しい生活ができていたのに……。

おれは枕元の携帯電話を探し、着信履歴を見た。案の定、《カリフォルニア》からかかってきている。

このまま、シカトしようか……。何度、このパターンでバイトを辞めたことか（喫茶店、弁当屋と連続でシカトして自主的にクビになったので、《カリフォルニア》の前は、寝坊の心配のない深夜のコンビニでバイトしていたのだ）。

若林さんの顔が浮かんだ。《カリフォルニア》を辞めてしまったら、彼女とも会えなくなってしまう。まだ、まともに話もしていないのに、それだけは嫌だ。

おれはテレビを消してから《カリフォルニア》に電話をかけ、「すいません。風邪を引いて三十九度の熱があります」と嘘をついた（咳をする演技も付け加えた）。店長は何の疑いも抱かず、「無理するなよ。明日も休んでいいから」と優しい言葉をかけてくれた。

おれは少し安心し、もう一度ベッドに寝転がって、天井に貼ってある長渕剛《ながぶちつよし》のポスターを見つめた（最近は聴いていないが、中学生のときにハマっていた。ただ単にポスターを剝《は》がすのが面倒臭いだけだ）。

……おれ、何やってんやろ。いつもの不安感が押し寄せてくる。

高校を卒業して二年。将来の道は何も決まっていない。大学に行くつもりで予備校にも行ったが、半年で辞めた。勉強についていけなかったわけではなく、全員が必死こいて大学を目指すガツガツした雰囲気についていけなかった。

もちろん、このままフリーターで一生過ごすつもりはないが、社会人としてバリバリ働いている姿も想像できない。就職活動も履歴書を書いただけで終わった。そもそも、何の仕事をしたいかがわからないのだ。

仕事か……。テレビの上に置いてあるレンタルビデオ屋の袋を見た。あの中に、ヤブちゃんが出演しているビデオが入っている（女優名は〝伊達《だて》冴子《さえこ》〟という女殺し屋みたいな微妙な名前だった）。

結局は、ヤブちゃんでオナニーができなかった。というか、まともにテレビの画面を見られなかった。もしかしたら他人のそら似かもしれないと思い、借りてチェックしたのだが、紛れもなく本物のヤブちゃんだった。メイクが濃いだけで、声も体（京都の《マイアミ》でさんざん見たから間違いない）も同じだった。

……元カノがＡＶ女優。ゴキブリみたいにテカテカに黒く焼けたＡＶ男優とからんでいる。おれはひどく混乱し、眠ることができなかった。

ヤブちゃんに、何があった？　東大生からＡＶ女優にならなければいけない理由は何だ？　借金？　スカウトに騙《だま》された？　しかも、東大を退学してまで……。仕事も辞めたと言っていた。ＡＶ女優は引退したということか？

わからん！　おれはベッドからのそりと起き上がり、自分の部屋を出た。トイレで小便をしてからキッチンへと向かい、冷蔵庫から牛乳を取り出して飲む。

掃除機の音がした。オカンがリビングを掃除していた。

「おはよう」おれは一応挨拶した。「何か食うものないの？」

返事がない。明らかに聞こえているはずなのに無視だ。間違いなく、こんな時間に起き出してきたアホ息子に怒っている。

おれは冷蔵庫の中をゴソゴソと探した。ハムとトマトがある。マヨネーズをつけて食べよう。

「勝手に食べんといて！」オカンがヒステリックに怒鳴った。

「なんやねん……いきなり」

オカンが掃除機のスイッチを切った。「好き勝手するんやったら家にお金を入れて」

出た。毎度お馴染みの説教だ。二十歳になったら毎月二万円を家に納めるとルールを決められたのだが、おれは最初のひと月分を払っただけでずっと滞納している。

「コソコソと泥棒みたいな真似せんとって。誰のお金で買ったと思ってんの？」

おれは言い返したいのをぐっとこらえ、渋々とハムとトマトとマヨネーズを冷蔵庫の中に戻した。

オトンとオカンと六つ上のアニキ。これがおれの家族構成だ。三年前まで祖母とも同居していたが、肺ガンで他界した。

オカンは専業主婦、オトンは歯磨き粉の会社（アイドルがテレビのＣＭで白すぎる歯を見せびらかして宣伝している）の営業部長、アニキは大手の銀行でファイナンシャルコンサルタントという早口言葉のような仕事だ。詳しくは知らないが、顧客の資産運用に対するアドバイザーみたいなことをしているらしい。

言うまでもないが、フリーターのおれは非常に肩身が狭い。

「あんた、今日バイトは？」オカンがジロリとおれを睨む。

「……休みや」おれは自分の部屋に戻ろうとした。

「待ちなさい！　まだ話は終わってへんよ！」

「なんやねん……もう」おれはイラつきを隠さず振り返った。

オカンが心底呆《あき》れた顔でおれを見ている。「誰に向かってそんな口利いてるんよ」

「だから、なんやねんって」

「ええ加減、就職しなさい」

寝起きに一番聞きたくない言葉だ。おれは返事もせずに大股で自分の部屋へと戻った。わざとドアを激しく閉めて大きな音を出す。

オカンは小太りで（おれを産んでから急に肥えた。オトン曰く、昔は中村あゆみに似た美人だったらしい）、色が黒く、エネルギッシュな人だ。学生のころはシンクロナイズドスイミングでオリンピック候補に選ばれそうになったらしい。アニキが生まれるまでは、水泳のインストラクターをしていた。今も毎日泳いでいるし、毎朝ウォーキングはするし、山登りやマラソン大会にも参加する体育会系ウーマンだ（そのわりには痩せない）。

アニキはさらにその上をいくスポーツ野郎で、ガキのころから異様に運動神経がよく、メキメキと少年野球の世界で名を上げて、当時野球部が強かった近大附属高校に入学した。そして、最悪なことに、三年のときに大阪代表として甲子園に出場したのだ。おれはオトンとオカンに無理やり甲子園のアルプススタンドに連れていかれ、クソ暑い中、応援を強要された（控えのピッチャーだったアニキは結局出てこなかった）。アニキは高校を卒業したあとも大学で野球を続けたが、プロへの道は早々に断念し、就職活動に力を入れて銀行へ就職した。アニキは大学のころから一人暮らしを始めたので、たまにしか顔を合わせない。久しぶりに会ったとしてもほとんど口を利かない関係だ。アニキはオカンに似て色も黒い。どちらかと言うと色白のおれとはまったく似ていない。

オカンとアニキの座右の銘は一緒で「挫折は成功への第一歩」だ。うんざりする。ずっと挫折中のおれはどうすればいいのか？

おれもアニキの影響で小学生で野球を始めたが、ランニングがしんどくてすぐに辞め、そこからは運動とは無縁の生活を送っている。中学は吹奏楽部、高校は軽音部だったが、どちらも幽霊部員だった。

ちなみに、オトンは無口で何の面白味もない人で、酒もギャンブルも、もちろん女遊びもしない。唯一の趣味は城のプラモデルを作ることだ（なぜか姫路城ばかり作っている）。

早く、こんな家から出て行きたい。金さえあれば……。

おれもやりたいことが見つかれば、すぐに一人暮らしを始める。そう決めてはいるが、それがいつのことになるのかがわからない。

息が詰まる。壁にパンチをしたい衝動に駆られるが、すでにひとつ穴を開けているので我慢した（穴はアニキの銀行のカレンダーで隠している）。

デグに電話でもするか……。アイツのことだからまだ寝ているかもしれない。

携帯電話を見たらメールが入っていた。なにげに開いてみて、思わず電話を落としそうになった。

《腹へったからランチに連れてけー》

ヤブちゃんからだ。さっそく向こうから連絡をしてきた。

……どうする？　妙な緊張感がおれを包んだ。横目でチラリとテレビの上を見る。

元カノで元AV女優の女とデート？　ギャグマンガの登場人物みたいにゴクリと喉が鳴った。頭の中がボーッとして、次に何をすればいいのか思いつかない。

と、とりあえず……。おれはベッドの下のガラクタ入れに隠してあったコンドームを取り出した。

備えあれば憂いなし。

さすがに、この瞬間だけは若林さんのことは忘れていた。

おれは一張羅に着替え、ヤブちゃんに《オッケー！　何食べたい？》と返事した。

シャルル・ペローの白いチャペル

久しぶりにヤブちゃんとキスをした。

あれ？　あれれ？　おいおいおいおい！　おれは目を開けて、今、唇を重ねているのが本当にヤブちゃんなのか、思わず確認してしまった。

まるで別人だ。変わったのは外見だけではなかった。キスのテクニックは高校のときの〝見習いレベル〟から、今や〝師匠レベル〟にまでグレードアップしている。

おれの異変に気づいたヤブちゃんが目を開けた。戸惑うおれの表情を見て、目だけで笑う。さらに舌の動きが激しくなってきた。グニョグニョウネウネと、違う生き物かのように、変幻自在におれの口中を暴れ回る。頭の芯がぼうっとして、おれは師匠の動きについていくのに必死な弟子の気分だった。

ようやく、ヤブちゃんが唇を解放してくれた。おれの顔を見て懐かしそうに微笑む。

「全然変わってないね」

二時間前——。ヤブちゃんとのランチは、JR茨木駅の近くにある洋食屋《ピエロ》で食べた。おれはカツカレー、ヤブちゃんはデミグラスソースがかかったオムライスを注文した。この店は抜群に美味いわけではないが、どの料理もそこそこの味なので、口が洋食のときはいつもここにしていた。

「へーえ。桃田、こんな感じの店知ってるんだ」ヤブちゃんがニヤニヤしながら店内を見回した。

《ピエロ》は決してお洒落《しやれ》な部類に入る店ではない。老舗の洋食屋のようなおごそかな雰囲気でもなく、ひと昔前のカフェバーを彷彿させるような〝微妙な〟内装だ。テーブル席のみでカウンター席はない。キッチンの奥にひっこんだ料理人は姿を見せることがなく、覇気のない学生がオーダーを取りにくる。店の特徴と言えば、入口の前で玉乗りをしているピエロの人形だけだ（そのピエロもたいした個性があるわけでもなく、無難な風貌をしている）。

「こんな感じって、どんな感じやねん？」おれは少しムカついて訊き返した。ヤブちゃんの言い方にトゲのようなものがある。

「だって昔はうどん屋さんにしか連れてってくれなかったじゃん」

また標準語だ。おれは昨夜観た《エロエロ家庭教師は現役東○生》を思い出し、全身から変な汗が噴き出してきた。ヤブちゃんの顔を直視することができない（ビデオの中のヤブちゃんは、とても家庭教師とは思えない短すぎるスカートで、とても受験生には見えない男に勉強を教えていた）。

そして、今日のヤブちゃんの服装もかなりぶっ飛んだことになっていた。

「どうしたの？　俯いちゃって？　やっぱり私の恰好が恥ずかしいんだ」

「当たり前やろ。そんなん誰だって恥ずかしいわ」

ヤブちゃんは高校時代のブレザーの制服で、待ち合わせ場所に現れた。仰天したおれが「な、なんで？」と訊いたら「着れる服がないから」としれっとした顔で返された。

ヤブちゃんのかもし出すエロオーラと、色気の欠片《かけら》もないグレーのブレザーの組み合わせは凄まじかった。Ｇカップ熟女がスクール水着を着ているかのようなインパクトだ。ヤブちゃんの女子校の制服はねずみのような色で、地域でも圧倒的に人気がなく、歩く墓石と呼ばれていた。

昼どきなので店は混んでいる。他の客は、平日のこんな時間に制服姿の女の子が座っているのが気になるのだろう。さっきからチラチラとこっちを見てくる。

「普通の服はないの？」おれはカレーのスプーンを口に運びながら質問した。「昨日も軍服着てたやん」

「あれは私の服じゃないし」ヤブちゃんがスプーンでオムライスをくずす。「《マイアミ》で酔っぱらってた白人にもらったの」

「は？　マジで言ってんの？　何でまたそんなことに……」

「私の服がどこかに行っちゃったから」

下着姿で踊り狂っている間に、誰かに盗まれでもしたのか。そう言えば上半身裸の男たちがヤブちゃんを囲んで踊っていた。

その中の一人の服を……。余計な妄想が頭を駆け巡る。あの猥雑な店内で、ヤブちゃんはその白人と肉体関係を持ってしまったのだろうか？《ビデオショップ・カリフォルニア》のレジの横の壁に貼ってある『ターミネーター2』のシュワちゃんの姿がチラつく。シュワちゃんの丸太のような腕に抱かれているヤブちゃん……。ただ、想像してみると、そんなにヘビーでもダーティでもない。リアリティがないからだろう。昨夜、自分の部屋のテレビで観た映像のほうが何千倍もキツい。AV男優に体をまさぐられて喘《あえ》ぎ声を上げるヤブちゃんが、まだくっきりと脳みそにこびりついていた。

ヤブちゃんが皿の中でオムライスをバラバラにしはじめた。せっかく、きれいに包んである卵をスプーンを使って器用にはがしている。

「……何してんの？」

「あれ？　知らなかった？　私、卵が嫌いなんだよね」

「でも、昔《なか卵》で食べてなかった？」

ヤブちゃんはいつもうどんだったが、おれの牛丼（生卵付き）も「ちょっと、ちょうだい」と言っては半分近く食べていた記憶がある。

「そうだっけ？」ヤブちゃんが肩をすくめる。

「て、言うか……卵が嫌いなんやったら、オムライスを頼まんかったらええやん」

「ケチャップ味のごはんが食べたかったんだよね」ヤブちゃんは、チキンライスを一口食べ、ニッコリと笑った。

唇の端についたデミグラスソースを、舌先でペロリとなめる。

おれはヤブちゃんの艶《なま》めかしい仕草に興奮するどころか、ヘビに睨まれたカエルのように固まって、カツカレーを食べる手を止めた。ヤブちゃんのメイクは、明らかに女子高生のものではない。墓石色のブレザーが、安い風俗店のコスプレのように見える。制服の着こなしも、あのころと違う。ブレザーの下のカッターシャツは、胸元のボタンが三つも開いており、ヤブちゃんがチキンライスをスプーンで口に運ぶたびに、黒いブラジャーがチラチラと顔を出す。スカートも『サザエさん』のワカメちゃんのごとく短くなっている。駅からこの店に来るまで、五、六回は黒いパンティーが見えた。

まるで、アダルトビデオの世界に迷いこんだみたいだ。

ドアが開き、四人組のおばちゃんが大声で喋りながら店に入ってきた。おれたちの隣のテーブルに案内される。

やめてくれよ……。おれは隣に聞こえないように舌打ちをした。大阪のおばちゃんは一人だけでもやかましいのに、四人も揃えばちょっとした騒音になる。案の定、ヤブちゃんとおれを見比べてコソコソと耳打ちをし、ゲラゲラと笑い合っている。

「まあまあ」ヤブちゃんがイラついてるおれを宥《なだ》めてきた。「おばちゃんたちって可愛いじゃない」

「どこがやねん」おれは横目で隣のテーブルを睨んだ。

おばちゃんたちはメニューを見ながら、何が面白いかわからないが、ギャーギャーと騒いでいる。料理を決めているのかと思えば、一人のおばちゃんの息子の結婚式の話題で盛り上がっている。

「私も早くおばちゃんになりたいよ」

意外だった。高校の制服を着ているヤブちゃんが言うと不思議な感じがする。

「なんで、そう思うん？」

ヤブちゃんは口をすぼめながらしばらく考え、首を傾《かし》げた。「若いのは面倒臭いから」

同い年とは思えない大人びた顔になった。東大の学生からアダルトビデオの女優に転身すれば、誰だってそうなるのだろうか。おれとは経験のレベルが違いすぎる。

おれは急に自分がガキに見られたような気がして、居心地が悪くなった。

「もっかいだけ訊いていい？」おれは、ヤブちゃんに質問した。「なんで制服なん？」

「東京で一緒に住んでた男の所から逃げてきたから」。一瞬、ヤブちゃんの顔が曇った。

「服とかお金とか全部置いてきたの。実家には昔の服があるけど、ダサすぎて着れるわけないし」

「それやったら……しゃあないな」

全然納得したわけじゃないが、これ以上ディープな話になるのが怖くて訊けない。

「食べ終わったら、ラブホテル行こうね」

あまりにも自然にヤブちゃんが言ったので、おれは相槌《あいづち》をうつようなノリで「うん」と答えてしまった。

《ピエロ》を出たおれたちは、バスに乗って一七一号線を走り、《郡》というバス停で降りた。茨木川沿いにラブホテル街がある。

「あのネーミングセンス笑えるよね」ヤブちゃんが《シャルル・ペローの白いチャペル》と書かれたラブホテルの看板を指した。「シャルル・ペローって誰?」

ヤブちゃんの手がおれの手を握ってきた。

「ここにする?」ヤブちゃんが上目使いでおれを見た。

「ええんちゃう?」おれは動揺を悟られないように平常心を装い答えた。本当は心臓が口から飛び出しそうだ。

おれたちは手をつないだまま《シャルル・ペローの白いチャペル》の入口をくぐった。


「全然変わってないね」

キスを終えたヤブちゃんがベッドに立ち上がり、墓石色の制服を脱ぎ始めた。おれの顔をジッと見つめながら、カッターシャツのボタンをゆっくりと外していく。

「暗くしてよ」

「あ、はい」おれは飼い主にフリスビーを投げられた犬のような反射神経で、枕元のスイッチボードをまさぐった。

ど、どれだ？　色んなスイッチがあってややこしい。電灯のスイッチだけでも三つも四つもあって、ほどよい暗さにするのが難しく、焦れば焦るほど部屋が明るくなったり真っ暗になったりと、微妙な調整ができない。

見かねたヤブちゃんがおれの横に来た。いつの間にか下着姿になっている。ベッドの上で四つん這《ば》いになり、電灯のスイッチを慣れた手つきで触る。

部屋の中が薄暗くなるほど、ヤブちゃんの白い肌が浮かび上がっていく。細い腰が弓のようにしなっている。

「桃田も脱いでよ」ヤブちゃんが、少し照れた表情を見せる。アダルトビデオのときとは明らかに違う態度に、こっちが戸惑ってしまう。

「お、おう」おれは《ビームス》で買ったスウェットを脱ぎ、ベルトを外そうとしたが、指が震えてうまくいかない。

ヤブちゃんが、そんなおれを見てクスクスと笑いだした。ベッドに腰掛けているおれの横に正座して、《フルカウント》のデニムを脱ぐのを手伝ってくれた。

おれは、あっという間にトランクス一枚の姿になってしまった。

「桃田って、もしかして童貞？」

「ち、ちゃうわ」即答してしまったせいで、とてつもない情けなさが残った。たしかに童貞ではないが、誇れるような戦績は残せていない。体験人数は二人。そのうちの一人とは一回だけしかやってないのに、性格の不一致で別れた。もう一人とも数えるほどしかヤッていない。とてもじゃないが、元プロのヤブちゃんに太刀打《たちう》ちできるわけがない。

「ふーん、残念。てっきりまだだと思ってたのに」ヤブちゃんがおれの乳首を人差し指でツンツンしながら言った。

「ヤブちゃんはどうやねん？　まだ処女？」

おれはアホか……。男の乳首を弄《もてあそ》んでいる女に訊いてどうするんだ？

「なわけないじゃん」ヤブちゃんがあっけらかんと言った。

「そうやんな」おれもヤブちゃんに合わせてヘラヘラと笑った。

「エッチする前に、一つだけお願いがあるんだけど」

「な、何？」つい、ツバを飲みこみ、マンガみたいにゴクリと音を立ててしまう。

「コンドームはちゃんと着けてね」

「もちろん。それは、当たり前のことやし……」

もっと、とんでもないことを要求されるのかと思ってたから拍子抜けした。

「元彼は一度も着けてくれたことがなかったんだよね」

「えっ？」絶句しそうになったので、無理やり言葉を続けた。「そ、それで大丈夫やったん？」

「一応ね」

一応、って何だよ？　おれは、一瞬で萎《な》えてしまった。

ヤブちゃんが上に覆いかぶさってきた。びっくりするぐらい体温が低い。おれは懸命に、ひんやりしているヤブちゃんの体を愛撫したが、頭の中で昨夜観た《エロエロ家庭教師は現役東〇生》のシーンや、ヤブちゃんに軍服を貸したシュワルツェネッガーや、謎の同棲相手（なぜか真木《まき》蔵人《くろうど》を想像した）がごちゃまぜになり、最悪なことに若林さんの顔まで思い浮かべてしまった。

そのせいなのか、おれのアソコがウンともスンとも反応しない。

「あれ？　ダメじゃん」

様々な〝技〟でヤブちゃんも手を尽くしてくれたけど、期待に応えることはできなかった。

「桃田、インポなんだ」

「……昨日、飲みすぎたからかな？」おれは引きつった笑いを浮かべながら言った。

ヤブちゃんは女のプライドが傷ついたのか、無表情のまま部屋に設置されているカラオケのマイクを手に取り、ミスチルを熱唱しはじめた。

結局、ヤブちゃんのカラオケを二時間、聞くだけ聞いて、おれたちは《シャルル・ペローの白いチャペル》を後にした。

ビデオショップ・カリフォルニアの危機

〝白いチャペルのインポ事件〟から一カ月半が経ち（あれからヤブちゃんとは一度も会ってない。連絡さえない）、四月も終わろうとしている。

午前九時だが、早くも春の陽気が街を包み、ＪＲ摂津富田駅を歩く人たちも、みんな笑顔で幸せそうだ。その中で、一人だけこの世の終わりのような暗い顔でトボトボと改札を通り抜けてくる、カウボーイハットの男がいた。

店長だ。どんよりと俯いたまま、目の前のおれに気づかず通り過ぎる。

「店長。おはようございます」おれは後ろから駆け寄り、声をかけた。

「ああ……桃田君か……」店長が虚《うつ》ろな目で振り返った。

明らかに様子がおかしい。目のまわりがパンパンに腫れている。いつもなら、生まれも育ちもアメリカ西海岸かしらと思うくらいテンションが高いのに、今朝はこのまま消えてしまいそうなほど、存在感が薄い（まるで、『バック・トゥ・ザ・フューチャー』のマイケル・J・フォックスが三十年前の過去で歴史を変えてしまったせいで、体が徐々に透明になっていくシーンのようだ）。

「どうしたんですか？」

「いや……まあ……ねえ」と店長は曖昧な返事をしたものの、前から歩いてきたOL風の女と肩がぶつかり尻餅をついた。

「だ、大丈夫ですか？」おれは慌てて店長の手を取り引き起こした。

「大丈夫じゃない」店長が吐き捨てるように言った。「もう、すべてが終わりなんだ。隕石が落ちて地球が滅んで欲しい。ちなみに僕は『アルマゲドン』よりも『ディープ・インパクト』派なんだけど、桃田君はどっち派？」

「どっちでもいいですよ」

二つとも話題作だったが、『アルマゲドン』しか観ていない。梅田の映画館にデグと行ったのだが、デグは「全然、おもんなかった。『ダイ・ハード』のほうが断然ええわ。何よりもエアロスミスの主題歌が寒すぎるやろ」とえらくご立腹だった。

「どっちでもいいわけないだろ？　同じ年に公開された同じ題材の映画なんだぞ」店長が

少しだけいつもの元気を取り戻してきた。映画のことになるとどんなときでも熱くなるのだ。

「とりあえず、店に行きましょうよ。開店準備をしなきゃ間に合いませんよ」

「無駄だよ」店長が深いため息をついた。萎《しぼ》んでいく風船のように、みるみる落ちこんでいく。「《カリフォルニア》は終わりだ」

「どういう意味ですか？」

「潰《つぶ》れるってことだ」店長がぶっきらぼうに答えた。

予想もしていなかった言葉に、しばし啞然とした。

おいおい……《カリフォルニア》が潰れてしまったら、若林さんと会えなくなる。それは非常に困る。まだ、まともに話もできてないのだ。ヤブちゃんとの一件があってから、おれが勝手に気まずくなり、若林さんがバイトにやって来てもほとんど挨拶もせず、毎回逃げるように家に帰っていたことを激しく後悔した。

「どうして、潰れるんですか？」

たしかに、昼の客は少ないが、夜の営業はマニアでそこそこ賑わっている。

「……《レンタル白虎隊》がやって来る」店長がわなわなと唇を震わせた。

「はい？　何ですか、それ？」

レンタルと付いているからには同業者なのか？　《TSUTAYA》なら知っているが、そんなふざけた名前は初めて聞く。

「来月、ここから近いイナイイチ沿いにできるんだよ」

イナイイチというのは国道一七一号線の愛称だ。

店長は、充血した目をしばしばと瞬《しばた》かせた。顔面蒼白のこの表情を見ると、どうやら強敵らしい。

「その白虎隊とやらができたらヤバいんですか？」

店長がコクリと頷き、《カリフォルニア》のほうへと歩きだした。その足取りは、まるでゾンビのようだ。

おれは努めて明るく振る舞った。「大丈夫じゃないですか？　イナイイチまで歩くのは面倒臭いし、客の流れは変わりませんよ。おれなら《カリフォルニア》でレンタルしますよ」

「甘いな」店長が力ない声で言った。「奴らの手口は半端じゃない」

「そんなに凄いんですか？　おれ、まったく聞いたことないですけど」

「東北地方では有名な大型チェーンだ。近々、関西に進出すると噂は流れていたが、まさか、摂津富田だとは……」店長はガックリと肩を落として、もう一度、深いため息をついた。「桃田君も新しいバイト探しておいてね。《カリフォルニア》は、もってあと二カ月の命だから」

「……あ、はい」おれは中途半端な返事で済ませた。

正直、ピンとこない。いくらなんでも、そんなすぐに《カリフォルニア》が閉店に追いこまれるわけがないだろう。

どこまで弱気なんだよ……。おれは、ピンボールみたいにサラリーマンにぶつかりながら歩いていく店長の背中を見つめた。


その日の夜、おれの携帯電話に知らない番号からかかってきた。

「もしもし？　桃田君？」女だ。ヤブちゃんの声ではない。

「誰？」寝起きの頭でボーッとしたまま、ベッドの上でおれは、デジタル時計の時間を確認した。午前二時――。テレビを観ながら眠ってしまったみたいだ。テレビ画面では深夜アニメが流れている。

「同じバイトの若林だけど」

バネ仕掛けの人形のように飛び起きた。〇・五秒で目が覚める。慌てて、枕の下にあったリモコンでテレビを消した。

「ど、どうしたんですか？　こんな時間に」

バイト先と同様、敬語になってしまう。ドクドクと熱い血が全身を駆け巡り、体温が急激に上がっていくのがわかる。

それにしても、なんで、おれの番号を知ってるんだ？　妙な期待が膨らんでしまう。ちょうど、向こうはバイトが終わった時間だ。

「ごめんね。起きてた？」

電話口の若林さんのハスキーな声に、耳がゾクゾクする。

「大丈夫です。映画観てましたから」思わず嘘をついてしまう。

「ホンマに？　何の映画？」途端に若林さんの声が明るくなる。

……この子は何よりも映画が好きなんだな。嘘をついてしまったことに、チクリと胸が痛む。ただ、ここで終わるわけにはいかない。

「『トゥルー・ロマンス』です」引き続き嘘をついた。

「あの映画好きなん？」若林さんが嬉しそうに訊く。

「もちろんです。最高です」

全然好きじゃないけど、若林さんが『トゥルー・ロマンス』のビデオにコメントを書いていたので《カリフォルニア》でタダ借りして三回も観直していた。いつか、若林さんと映画の話ができるようになった日のためにだ。

備えあれば憂いなし。どうやら、この言葉がおれの座右の銘になりそうだ。

「もしかして、クリスチャン・スレーターが好きなん?」

主演の若ハゲの俳優だ。ホッとした。

「はい。『告発』と『インタビュー・ウィズ・ヴァンパイア』でファンになって」

こいつと監督のトニー・スコットと脚本のクエンティン・タランティーノは、予習済みだ。ヒロインのパトリシアなんとかについては、ヒット作に恵まれていないのか情報が少なく、ニコラス・ケイジと結婚していることしかわからなかった(それも、たまたま店長の〝ハリウッドクイズ〟に出てきたから得た情報だった)。

「ウチもクリスチャン・スレーター好きやねん。日本でも、もっと評価されてもええのに」

「おれもそう思います」

はっきり言って、若ハゲの評価なんて知らないが、若林さんが〝ウチ〟と自分を呼んだことに感動した。ぐっと二人の距離が縮まった気がする。

「桃田君、今から摂津富田に来れる?」

なぜ、急に呼び出されるんだ?　心臓がさらに高速に鳴りはじめた。

「自転車なんで十五分かかりますけど……」

「じゃあ、《カリフォルニア》まで来て。事務所で待ってるし」

若林さんが電話を切った瞬間、おれはベッドから飛び下りた。三十秒で歯を磨いて口をゆすぐためにモンダミンを口に含んだ。

「こんな時間から出かけるんか」

突然、背後から声をかけられ、モンダミンを飲みこみそうになった。

振り返ると、洗面所の入口にパジャマ姿のオトンが立っていた。険しい顔つきでおれを睨んでいる。

おれはモンダミンを洗面台に吐き出し、タオルで口を拭いた。

「……起きとったん？」

「お前がゴソゴソするから起きてもうたんやろが」

ここ最近のオトンは、いつもおれへの怒りを抱えている。おれがいつまで経ってもフリーターを続けているからだ。だからと言って、怒鳴りつけることも説教を垂れることもしない。銀縁メガネの奥の細い目で、憐《あわ》れむようにおれを見るだけだ。

「ごめん。友だちに会ってくるわ」

オトンの横をすり抜けて洗面所を出ようとしたが、目の前に立ちふさがれた。おれよりも頭一つ背が低いので、薄くなった頭頂部が見える。加齢臭なのか中年の男の匂いがして、むせそうになった。

「何の友だちや？　えっ？　こんな夜遅くにどうしても会わなアカン用事があるんか？」

珍しく説教モードだ。おれは腹の底から苛《いら》ついた。

……よりによって、こんなときに小言は勘弁してくれよ。

「あるから出かけるねん」おれは強引に洗面所を出ようとした。

その瞬間、オトンがおれの胸倉を両手で摑んだ。怖いというより、呆気《あっけ》に取られた。今まではそんなキャラではなく、もっぱら子供を叱りつけるのはオカンの役目だったからだ。もちろん、ガキのころに悪さをしてオトンに殴られたことはあるが、中学以降は、ほとんど怒られた記憶はない。

「何が不満や？　えっ？　寝るとこまであって、ご飯まで食べさしてもろて。えっ？　人生を無駄にしてるのがわからんのか？」

カチンときた。おれの人生はおれのものだ。大学に行って会社員になることだけが、正解とは思えない。上司にヘラヘラしながら頭を下げ、満員電車に揺られながら毎日を過ごしていくなんて、そっちのほうが人生の無駄じゃないのか？　そう口答えしたかったが、揉める気はない。若林さんが待っている。恋には、ムカつく親も許してしまう力がある。

「ちゃんと、働いてるやろ」おれは怒りをこらえ言った。

「ただのビデオ屋のアルバイトやろが」

「ビデオ屋の何が悪いねん」

「お前は映画が好きなのか？」オトンがおれの体を揺らした。「好きなことを仕事にするならアルバイトだろうが文句は言わん。だが、現実から逃げてるだけなら今すぐやめろ」

「自分はどうやねん？　歯磨き粉を売るのが好きで仕事にしてんのか？」こらえ切れずに、言ってしまった。

オトンがおれの胸倉を掴む手を緩めた。「……誇りを持って働いているつもりだ」

おれは無言でオトンから離れ、玄関へと向かった。

「明日、この家を出ていけ」

背後からオトンの声がしたが、おれは振り返らずにドアを開けた。

自転車を立ちこぎして、ＪＲ摂津富田駅に向かった。ママチャリに毛の生えたような自転車なので、たいしたスピードが出ないのが歯痒《はがゆ》い。

せっかく、若林さんと会えるのに最悪な気分だ。まだ、オトンに胸倉を掴まれた感覚が残っている。「家を出ていけ」と言われたが、どこまで本気なのだろう。いきなり一人暮らしを始めろと言われても、まったく貯金もないのに不可能だ。

くそっ。くそっ。くそっ。ペダルを踏みしめ、静まり返った夜の街を走り抜ける。

おれだって、好きでフリーターをやっているわけじゃない。やりたいことが見つからないだけだ。このまま自分の天職が何なのかわからないまま人生が終わってしまうのかもしれないと考えただけで、とてつもなく不安な気持ちが襲ってくる。いくら想像を膨らませても、自分がイケてる大人になっている姿を思い浮かべることができない。

阪急茨木市駅から線路沿いを走り、総持寺《そうじじ》駅へと向かった。コンビニバイト時代に使っていた道だ。安威《あい》川に架かる橋を渡ると《フジテック》の塔が見えてくる。以前のバイト先のコンビニの前を通った。店内をチラリと見ると、知らない奴が店の制服姿で、レジでボーッと突っ立ってる。おれの後釜か……歳は同じぐらいだ。社会経験のない学生にだってできる仕事なんだって突き付けられた気がした。《カリフォルニア》のバイトにしてもそうだ。別におれがやらなくてもいい。少し映画に詳しくて愛想笑いさえできればそれでいいのだ。

誰もおれのことなんて必要としていない。就職したところで、それは変わらないはずだ。

オトンが本当に伝えたいことが何かわかっている。

『この世はやりたいことをやれる人なんて一握りだ。早くお前も諦めろ』

きっと、そう言いたいんだ。

「があああああ！」

おれは大声を張り上げ、限界まで足を回転させた。スピードが上がり、自転車のタイヤから軋《きし》んだ音がする。

ふざけんな！　ふざけんな！　ふざけてんちゃうぞ！

おれの未来はおれが決める。かっこ悪い大人には死んでもなりたくない。


家を出てからちょうど十五分後――。《カリフォルニア》に着いた。

看板の電気は消え、入口のシャッターも半分ほど閉じている。おれはしゃがみながらシャッターをくぐり、店内へと入った。店の照明も半分ほど消され、薄暗い。

深呼吸をして、心を落ち着かせた。事務所に若林さんがいると考えるだけで、緊張のあまり全身から冷や汗が噴き出してくる。片思いしている女の子と二人きりになることよりも、どれだけ映画の話をできるかが気がかりだ。テスト前の心境に似ている。腹がキリキリと痛くなってきた。この三カ月ほど、店長の〝ハリウッドクイズ〟で鍛えられたおかげで、映画のウンチクにはある程度詳しくなったが、油断をしてはいけない。付け焼刃《やきば》のおれの知識なんて、すぐにボロが出てしまう。

おれは覚悟を決めて、事務所のドアを開けた。

待っていたのは若林さんだけではなかった。

「よう。ホンマに十五分で来たな」パイプ椅子に座ってタバコを吸っていた吉瀬君が手を上げた。「まあ、座ってくれや」

若林さんは、いつもどおりクールな顔で店長の机に腰掛けている。いつもの革ジャンに、デニムのスカート。黒いストッキングの脚がスラリと伸び、目のやり場に困る。

なんで、吉瀬君がおるねん……。緊張が一気に解け、どっと疲れた。

おれは事務所の隅からパイプ椅子を出し、吉瀬君の前に座った。「これ……何の集まりですか？」

「バイトだけで、話がしたいと思ってな」

店長は夜の八時に家に帰る。店を閉めるのは、バイトの仕事だ。今日は吉瀬君と若林さんの番だ。

「話って何なん？」若林さんが吉瀬君に訊いた。「ウチ、早く帰ってルコントの『橋の上の娘』観たいねんけど」

なんだよ……若林さんがおれに電話をしてきたのは、吉瀬君に頼まれたからか。

何か知らないけど、ムカつく。まさか、吉瀬君はおれが若林さんに恋していることに気づいているのか？

「じゃあ、さっそく本題に入ろうか」吉瀬君は優雅な手つきで、灰皿でタバコを消した。いちいち絵になる男だ。元々ハンサムな上に、映画を観まくっているからか、たまに「お前はハリウッドスターかいな！」とツッコミを入れたくなるような仕草を見せる。ピッタリとした黒いTシャツにジーンズは、若林さんとペアルックみたいで、ますます腹が立つ。

吉瀬君が、若林さんとおれを交互に見た。「この店を辞めてくれへんかな」

「はあ？」若林さんがあんぐりと口を開けた。「それ、何の冗談？」

吉瀬君がゆっくりと脚を組み、背筋を伸ばした。よく見ると胸の筋肉が盛り上がっている。腕もおれよりも太い。もう少し優男《やさおとこ》なイメージがあったが、いつも若林さんしか眼中になかったので気づかなかった。

「本気や。明日で辞めて欲しいねん。俺も辞めるから」

若林さんはキョトンとした顔でおれを見た。吉瀬君の高圧的な口調と態度に戸惑っている。たしかに、いつも物腰が柔らかい吉瀬君とは別人みたいだ。

「……何があったん？　店長に何かされたん？」若林さんが机から降りて訊いた。

「店長はご存じのとおりいい人やで。ちょっとお人好しすぎて、商売人には向いてないけどな」

おれも吉瀬君に対抗するように胸を張った。「辞める理由を教えてください」

自分が辞める報告をしたいのならわかるが、なぜ、おれたちも一緒に辞めさせたいのかも知りたい。

「俺、《白虎隊》の人間やねん」

吉瀬君の言葉に、若林さんが眉《まゆ》をひそめた。「何、それ？」

おれは今朝の店長とのやりとりを思い出した。

「もしかして、《レンタル白虎隊》ですか？」

「へえ。桃田君、知ってるんや？」吉瀬君が、口の端だけを歪《ゆが》めて笑みを浮かべる。

「東北のレンタルビデオショップのチェーンですよね？」

「そのとおり。来月にはこの近くのイナイチ沿いにできるねん」

店長が聞いた噂は本当だったのか……。

『奴らの手口は半端じゃない』

店長の声が耳元で聞こえた気がした。

「なんで他の店の人間が《カリフォルニア》におんのよ？」若林さんが吉瀬君に詰め寄る。

かなり険しい表情だ。

「調査や。俺は三年前まで梅田のＴＳＵＴＡＹＡで店長やってたんけど《ホワイトタイガー》にヘッドハンティングされてん。あ、ちなみに《ホワイトタイガー》は《白虎隊》の親会社ね」

「それ、調査って言うよりスパイやん」若林さんが軽蔑《けいべつ》した顔で言った。

ざまあみろ。若林さんに嫌われたぞ。こんなときに不謹慎だが、喜んでしまう。

だが、吉瀬君は一向に気にせず話を続けた。「人聞きの悪いこと言わんとってくれよ。新しくビジネスを展開するのに、マーケティングなしではありえへんやろ？　この地域でビデオショップが成立するか知りたかったし、ライバル店があるなら、その弱点も探っておきたかったし。おかげで、ワカバヤちんみたいな優秀な人材とも出会えたしな」

若林さんが腕を固く組み、吉瀬君を睨《にら》みつけた。「ウチを引き抜くつもりなん？」

「副店長を任せたいねん。給料はここの倍は払う。もちろんボーナスも有休もあるで。ビデオの在庫に関しては《カリフォルニア》の十倍はある。それだけやなく、ＣＤやＤＶＤのレンタルも展開していくねん」

若林さんが鼻で笑った。「ＤＶＤ？　そんなもんが流行《はや》ると思ってんの？」

たしかに最近では取り扱う店も出てきたが、棚の隅に置かれているぐらいでまだまだビデオが主流だ。ちなみに《カリフォルニア》ではＤＶＤを扱っていない。

「いずれ、ビデオなんか、誰も借りへん日が来るよ」ニヤけていた吉瀬君が真顔になった。

「この店はどうしようもなく時代遅れや。《白虎隊》ができたら間違いなく、二カ月も持たずに潰れるやろ。ワカバヤちん、ホンマに映画が好きやったらこっちで働け」

「アンタが店長やんの？」

「もちろんや。桃田君もバイトで雇ってやるで。時給は千円スタートでどう？」

《カリフォルニア》の時給八五〇円に比べれば魅力的な数字だ。だが、こんな奴の下で働くぐらいなら無職のプータローに戻ってやる。

「今すぐ返事したほうがいい？」

若林さんはニッコリと笑って、右手の中指を吉瀬君の顔の前に突き立てた。

吉瀬君の頬がピクピクと痙攣《けいれん》する。

よっしゃあ！　おれは心の中でガッツポーズをした。

吉瀬君が、ハリウッド俳優のように大げさに肩をすくめ、パイプ椅子から立ち上がってドアの方へ向かった。

「残念でしたね」おれは勝ち誇った顔で言った。

「まあ、ワカバヤちんとエッチできただけでもよしとするか」吉瀬君がすれ違いざま、おれの耳元で囁《ささや》いた。「すげえオッパイやったぞ。騎乗位のとき揺れる揺れる」

頭の中が真っ白になった。事務所の天井や壁がグニャリと曲がる。

おれはハッと我に返り、若林さんを見た。顔を赤らめて俯きながら歯を食いしばってい
る。

奴は？……ふり返るといない。いつの間にか、事務所から出ている。

おれはダッシュで追いかけた。奴は頭を下げ、シャッターをくぐろうとしているところ
だった。

「吉瀬！　待てや、こらっ！」

怒りのあまり、全身がわなわなと震えてきた。こんな奴に〝君〟をつけて呼んでいた自
分が許せない。

「なんや？」吉瀬が顔を上げた。目が据《す》わっている。「文句あるんか？」

直感で、コイツは喧嘩慣れしているとわかった。学生時代を平和主義者で通してきたお
れよりも、遥かに強い。

だが、今日は退《ひ》いたら男じゃやなくなる。

「若林さんに謝れや」

「なんで謝らなアカンねん。誘ってきたんは向こうやぞ」吉瀬が大げさに顔をしかめた。

「まあ、俺が酒を飲ませまくってんけどな」

おれの頭の中で神経の束がブチブチと切れた音がした。右の拳《こぶし》を握りしめ、吉瀬の顔面を狙った。

あっけなく、かわされた。吉瀬が軽く体を捻《ひね》っただけで、おれの拳は空を切り、バランスを崩して棚にぶつかりそうになった。

体勢を立て直そうとした瞬間、吉瀬の拳がおれの腹にめりこんだ。

みぞおちにモロに食らってしまった。息ができない。おれは両膝をつき、うずくまってしまった。

「お前、めっちゃダサいな」

吉瀬は笑い声を上げ、《カリフォルニア》から出て行った。


午前六時——。おれは実家のマンションに着いた。

あれからずっと、《カリフォルニア》にいたけれど、若林さんは事務所のドアに鍵をかけたまま出てこなかった。いくら、ドアの前から呼びかけても返事をしてくれなかった。

おれは諦《あきら》めて、一人で自転車に乗って帰ってきた。自転車をこぎながら、悔しさのあまり何度も言葉にならない叫び声を上げた。

悪いことは続く。さらに、傷口に塩を塗りこむ出来事がおれを待っていた。

マンションの玄関前に、おれの部屋があった。正しくはおれの部屋にあったすべての物が表に出されていた。ご丁寧に、天井に貼っていた長渕剛のポスターまである。

オトンの仕業だ。家から出て行けという本気のメッセージだ。

おれは携帯電話のボタンを押した。

「何やねん……」思いっきり寝ぼけたデグが出た。

おれは吉瀬を殴りそこねた右拳を強く握った。

「ゴメン。車貸してくれへん？」

白虎隊の襲来と肝だめし

デグの部屋に一週間の約束で転がりこんだのはいいものの、あっと言う間に二週間が経とうとしていた。

《メンズノンノ》のページに出てきそうなほどのお洒落なデグの部屋が、おれの荷物で見るも無残に埋め尽くされていた（ベッドだけはどうしても入りきらずに捨てた）。最初は「大変やねぇ」と笑っていたデグの母親（誰かに似ていると思ったら、『天使にラブ・ソングを…』のウーピー・ゴールドバーグだ。肌の色を黒くすればウリ二つだろう）も、さすがに一昨日《おととい》ぐらいから口を利いてくれなくなった。

世間はゴールデンウィークだというのに、おれのテンションは落ちっぱなしだ。

そして、今日、憎き《レンタル白虎隊・摂津富田店》が、国道一七一号沿いに堂々オープンした。すでに街中にビラが撒《ま》かれ、「とんでもないレンタルビデオ屋ができた」との噂が駆け巡っている。

どんな様子か見に行きたい……。だけど行けない……。《カリフォルニア》での事件以来、吉瀬には会っていない。顔を見たら、また殴りかかって殴り返されてしまうだろう。

おれはデグに頼みこんで、スパイとして見に行ってもらうことにした。

「なんで、オレがそんなことせなアカンねん。今、観たいビデオないし」デグは面倒臭そうにブツブツ言いながらもレックス号で向かってくれた。

もちろん、ただではない。《金的》のお好み焼きを奢《おご》る約束だ。


「いやー、バリバリやったわ」

深夜。午前二時半。偵察に行ってくれたデグは、興奮した様子で戻ってきた。

「バリバリって何やねん？」おれはデグのわかりにくい表現にヤキモキしながら訊いた。

「バリバリは……バリバリやんけ」デグが言いにくそうに口をモゴモゴとさせた。

「遠慮せずに言えや。店の広さは？」

「めっさ広いで。《カリフォルニア》の二十倍はあるわ」

「はっ？　二十倍は大げさやろ？」

デグが悲しげな顔で首を振った。「ホームセンターかと思うぐらいの広さやった。だって、店員たちがローラースケートで移動してんねんで。しかも、店員の制服がホットパンツやぞ」

思わず絶句した。こっちよりも、よっぽどカリフォルニアではないか。

「噂では、夏になると上半身ビキニの店員も出現するらしい」

「どんな噂やねん！」

「七月と八月の二カ月間は、毎週土曜に〝ビキニ・デイ〟があるらしい。後ろに並んでた男たちがはしゃいどった」

そりゃ、男だったら誰だってはしゃぐだろう。おれも吉瀬との因縁がなければ、今すぐ《レンタル白虎隊》に駆けつけて事実確認をしたいところだ。

レンタルビデオ屋でビキニって……それだけで北摂中のスケベが全員集合するのではないか。敵ながら、素晴しいアイデアを出してきやがる。

感心している場合ではない。《金的》のお好み焼き一枚分の情報を聞き出さなければ。

「他に、スゲーって思ったところは？　この際、正直にぶちまけてくれ」

デグは鼻から息を大きく吸いこみ、一気にまくし立てた。「まず、映画館ばりのスクリーンがあって、プロジェクターでバンバン新作映画の宣伝を流しとる。ＤＪブースもあって黒人がノリノリのヒップホップをかけてるねん。壁一面には、ハリウッドスターのサインが並べられとったわ」

「……マジで？　それ本物か？」

「うん。オーナーがスターたちとツーショットで写ってる写真が添えられとったからな」

こっちの店長の怪しい武勇伝とは大違いだ。

「ちなみに、誰のサインがあった？」

デグがもう一度深呼吸する。「アーノルド・シュワルツェネッガーにブルース・ウィリスにシルベスター・スタローンにトム・クルーズにニコラス・ケイジにジョン・トラボルタにシャロン・ストーンにメグ・ライアンにシガニー・ウィーバーにジョディ・フォスターに、あとジャッキー・チェンもおったわ」

「ジャッキーまで！」

正直、めちゃくちゃ羨《うらや》ましい。吉瀬がいなかったらバイトの面接を受けたいぐらいだ。

新作映画の宣伝を流しているということは、映画の配給会社ともつながっているのか……。ＤＪブースがあるというのはわけがわからないが、ノリノリの音楽をかけられたら客の財布の紐《ひも》も緩《ゆる》むかもしれない。

「ビビるのはそれだけじゃないぞ」デグが鼻息荒く続けた。「店の中にカフェ・バーがあるねん。ビールも飲めるし、パフェも食える。ホットドッグやピザまであった。そこで、毎週日曜日にビンゴ大会が開催されて優勝者にはペアでハリウッド旅行をプレゼントやねん！　どう？　凄すぎへんか？」

最初は遠慮していたデグも、いつの間にか《レンタル白虎隊》の宣伝マンになってしまっている。

ハリウッド旅行って……。毎週日曜日ってことは、月に四組ものカップルが行けるのか？　どれだけ気前がいいんだ？

『奴らの手口は半端じゃない』

また、店長の言葉を思い出した。

たしかに、ここまでやられれば《カリフォルニア》のような個人経営の店はひとたまりもない。店長の言うとおり、あと二カ月の命……いや、一カ月も持たないかもしれない。

まだ《レンタル白虎隊》のオープン初日だというのに、今日の《カリフォルニア》は悲惨なくらい閑古鳥が鳴きまくっていた。「あれ？　街中の人間がゾンビになっちゃったのか？」という店長の自虐的なジョークにもまったく笑えなかった。

あの日以来、若林さんの姿を見ていない。無断欠勤が続いている。店長が電話しても連絡がつかないらしく、「まあ、彼女も色々あったんだろうね……」と同情的だ。おそらく、若林さんと吉瀬の関係に薄々気づいていたのだろう。

一応、おれも若林さんの連絡先を知っているには知っているのだが……。どうしても、電話をかけることができない。嫌われそうで怖い。いや、もう、嫌われているのかもしれない。

おれはなるべく、若林さんのことは考えないようにした。考えてしまえば、吉瀬とのセックスシーンを想像してしまうからだ。

そんなわけで、今、《カリフォルニア》の勤務シフトは、おれと店長だけで埋まっていた。ここしばらくは、毎日十二時間以上のハードワークだ。計算上、金は貯まるが、先月分の給料はまだもらっていない。「必ず支払うから待ってもらえないかな」と店長に泣きつかれたのだ。

「なあ、リュウ。これは勝負にならへんぞ」デグがおれを窘《たしな》めるように言った。「向こうはビデオの在庫も豊富やし、二十四時間営業や。雑誌も漫画も売ってる」

「アダルトコーナーは？」

肝心な情報を聞き忘れていた。ビデオ屋の生命線だ。

「完璧やな。大手メーカーの新作からインディーズ系のマニアックな作品まで、これでもかって言うぐらいな充実の品揃えや。お前の好きな島袋浩のナンパシリーズもびっしりと揃ってるで」

完敗だ。おれはデグが目の前にいるのも構わず、ガックリと肩を落とした。

話を聞いただけでわかる。《レンタル白虎隊》は、今後とてつもなく売り上げを伸ばしていくだろう。今日のデグのように、一度足を運んだ者が宣伝マンとなり、「すげえぞ！」との噂がどんどん広がっていく。

ちくしょう……。めっちゃ、めちゃくちゃ悔しい。

好きな人を奪われた相手に喧嘩で負けて、アルバイト先も潰されそうで、挙句の果てに実家を追い出された……。

「なあ。おれ、今、〝負け犬ランキング〟日本で何位やろ？」おれはボソリと呟いた。

「そやな……かなりええとこまでいってるんちゃうか？　全国の二十歳の中やったらトッ

プテン圏内におるで」デグが馬鹿馬鹿しいギャグで慰めてくれる。「よかったやんけ。〝負け犬日本代表〟に選ばれるぞ。いっそのこと主将《キャプテン》を務めたらどうや？」

「〝負け犬ワールドカップ〟に出れるかな？」おれも馬鹿馬鹿しいギャグで返す。

「まず、アジア予選を勝ち抜かなアカンで」

「〝負け犬ワールドカップ〟の優勝候補はどこなん？」

「フランスやな。全員がジダンみたいな頭しててんねん」

おれたちはケタケタと笑った。

こんな、しょうもないやりとりがおれを救ってくれる（他人に、このノリは理解できないと思うが）。おれとデグの間に、優しい言葉はいらない。傷ついてヘコんでいるときは、さらにおちょくるような一言が欲しい。「大丈夫か？」や「がんばれよ」、「お前ならやれる。信じてるぞ」みたいな台詞《せりふ》はタブーだ。

「なあ？　こういうときは何をしたらええと思う？」おれは、わざとらしく両方の眉を上げて訊いた。

デグがニタリと笑った。

「アホなことやらかして、スカッとするしかないやろ！」

おれたちは部屋を飛び出して、意気揚々とレックス号に乗りこんだ。

「BGMは何にする？」おれは後部座席からCDケースを引っ張り出した。

選曲ならば、《レンタル白虎隊》の黒人DJにも負けない。

「痺《しび》れるやつ、一発くれや！」デグがエンジンをかけながら叫ぶ。

「これでどうじゃ！」

おれはアイズレー・ブラザーズの『ファイト・ザ・パワー』をかけた。

「よっしゃ！」

どこに行くのか知らないが、デグがアクセルを踏みこんだ。


三十分後。

おれとデグは高槻《たかつき》の山にある摂津峡《せっつきょう》のキャンプ場に来ていた。ひんやりとした空気が頬を撫《な》で、五月だというのに肌寒い。

「おいおいおいおいおいおい。何で、こんなとこに連れてきてん？」

おれは暗闇の中、デグを睨みつけようとしたが、暗すぎて顔がよく見えない。雰囲気でニンマリと笑っていることだけはわかる。

時間は午前の三時だ。周りには山しかない上に、轟々《ごうごう》と流れる川の音が聞こえる。さっき車を停めたすぐ横は、低い崖になっている。足を滑らして川に落ちることを想像しただけで、全身から冷や汗が噴き出す。

「このキャンプ場、最近有名な心霊スポットらしいねん」デグが得意気な声で言った。

「はあ?」違う種類の汗が、手の平と脇の下にジットリと滲《にじ》んできた。

もちろん、シーズンオフなのでキャンプ場に人の気配はない。

「数年前、ここのトイレでタクシーの運転手が殺されたらしいねん」

「ト、トイレ? 話が見えへんねんけど」

デグの口調が、途端に〝稲川淳二《いながわじゅんじ》モード〟になる。「ある夏の日の真夜中、タクシーの運転手が高槻の駅前で男性客を拾ったんだよね」

「おい、こらっ。何、いきなり、怖い話を始めとんねん」

どうして傷心のおれにこんなことをするのか、デグの意図がわからない。

「その男性客は『摂津峡のキャンプ場に行ってくれ。昼間、家族で来たときに財布を忘れたんだ』と言ったんだよ。運転手は、『こんな夜中に山道を走りたくないなあ』と思ったんだけど男性客が困っているようだったから仕方なしに向かったんだ。だが、男性客は摂津峡につくまで一言も発しない」

デグには悪いが、まったく怖くない。中途半端な稲川淳二の物真似が滑稽なのだ。暗くてよく見えないが、たぶん顔真似も入っている。

「わかった、わかった。その運転手がトイレで殺されて化けて出るようになったんやな？　どうせ、ウンコしてたらトイレの外から、運転手の幽霊が『お客さん、どこまで？』とか訊いてくるんやろ？」

「この話、知ってんの？」デグががっかりした声で言った。

「たいがい、そういう怪談話のパターンは決まっとる。《赤いちゃんちゃんこ》や《トイレの花子さん》から、あまり変わってへん」おれはため息を飲みこみ言った。「で、おれに何をさせたいの？」

「肝だめしや」

「なんでやねん！」

ずっこけて、川に転落しそうになった。こういうときに吉本新喜劇育ちの大阪人の反射神経が板についていると危ない。

「いわゆる荒療治《あらりょうじ》ってやつやな。幽霊に勝てば、吉瀬にも勝てるやろ」

吉瀬の名前が出てきた以上、退くに退けない。デグなりに「リベンジしろよ」とメッセージを送ってきているのだ。

「……でも、幽霊に勝つってどうすればいいねん？」

まさか、喧嘩をするわけにもいかない。その前に、おれには霊感がまったくない。

「もし、幽霊が出てきてもビビらんかったら勝ちちゃうか？」デグが曖昧な提案をしてくる。

幽霊がそれで納得してくれるかは疑問だが、デグが納得してくれるならそれでいい。

「よっしゃ、やってやろうやないか！」おれは両手で頬を叩いた。

ここで気合を注入して、再び、吉瀬に挑戦してやる。吉瀬と戦うということは、《レンタル白虎隊》と戦うということだ。

負け犬のおれは、摂津峡のキャンプ場に置いて帰る。

おれとデグはレックス号から懐中電灯を取り出し、タクシー運転手の幽霊が待つトイレへと向かった。

「たぶん、ここや……」デグが声を潜める。

懐中電灯の光の輪の中に浮かぶ公衆トイレは、さすがに不気味な雰囲気を醸し出していた。幽霊が五、六人出てきてもおかしくない。

「これは……かなり期待できるんとちゃうか？」デグがゴクリと唾を飲みこんだ。

霊感のないおれでも何か感じるものがある。全身の毛穴が開き、背中に寒けがする。強烈なアンモニア臭よりも恐怖のほうが勝《まさ》っている状態だ。

「……ホンマに出てきたらどうする？」

「絶対にビビるな！　幽霊タクシーに乗せてもらって家に帰れ！」

静まる山に、デグの声がこだまする。

「わかった。乗せてもらうからタクシー代貸してな」おれがボケる。

「なんでやねん！」デグがツッコむ。

「おれ、金ないで」

「オレも金ないって！」

「よっしゃ、じゃあ、幽霊にデグの車を運転してもらったらええねん」おれがさらにボケる。

「おっ。それいいアイデアやな。オレ、帰り寝れるやん。って、なんで、幽霊と一緒に帰るねん！」デグのノリツッコミが炸裂《さくれつ》した。

心霊スポットでさえも、咄嗟《とっさ》に漫才を始めてしまう。

大阪人の反射神経は恐ろしい……。

一時間経っても、何も起こらなかった。

「アカンみたいやな……」おれはアクビを嚙《か》み殺して言った。

遠くの空が明るくなってきている。そろそろ、夜が明ける時間だ。

「このままじゃ帰られへんやろ」驚いたことにデグはまだ諦めていない。「よしっ。オレにいい考えがある」

　おれは逃げ出したくなった。デグの〝いい考え〟が、まともだったためしはない。

「幽霊を怒らせたらええねん。そしたら出てきてくれるやろ」デグが一人で頷きながら言った。

「待て。無理に怒らす必要ないやんけ」

　眠いし、寒いし、早く帰りたい。帰る場所がデグの実家じゃなければ、とっくに諦めているところだ。

「リュウ。オレに続け」デグがおもむろにプーマのパーカーをTシャツごと脱ぎだした。

「おい、何やってんねん？」

　デグはおれを無視してジーンズとパンツを下ろし、コンバースのスニーカーまで脱ぎ捨てた。

　完全に、スッポンポンだ。

「……アホか」

「そうや。アホや。お前もアホをやらかしに来たんやろ？」デグが仁王立ちで答える。

　やれやれ。持つべきものは、こっちが落ちこんでいるときに率先して裸になってくれる友だ。

否《いや》が応《おう》でもテンションが上がる。いつまでもグジグジとヘコんでる暇はねえ。おれは、身につけているものをすべて剝ぎ取り、空に向かって吠《ほ》えた。

「幽霊、出てこんかい！　吉瀬、待ってろや！」

何とも言えず、すがすがしい気持ちになれた。おれたちは今、自然と一体になった。ビデオ屋同士の争いなど、ちっぽけな出来事に思える。

山から風が吹いてきて、おれたちの金玉を揺らす。ひんやりとして、気持ちがいい。

そのとき、公衆便所の後ろの雑草がガサガサと鳴った。

えっ？　マジで出てきた？

出てきたのは幽霊ではなかった。

低い唸《うな》り声が、公衆便所の後ろから聞こえてくる。

「野犬や……」デグが震える声で呟く。

しかも、一匹や二匹ではない。爛々《らんらん》と闇に光る目が無数に現れる。

これ、ヤバいんちゃう？　こっちの体を守るものは、文字通り何もない。

「逃げろ！」デグが叫んだ。

おれは、一目散にレックス号へと駆けだした。足の裏に小石が食いこんでえぐれる。心臓が爆発しそうだ。

背後から犬が迫ってくる気配がする。

ヤバいヤバいヤバいヤバい……。

もし、こんな場所でフルチンで野犬に噛み殺されて死んでみろ。おれとデグは完全にそっちの仲と誤解されてしまうではないか。

幸運なことに、車の鍵は挿したままにしていた。不運だったのは、服を残したままにしていたことだ。

朝焼けの街をおれとデグはフルチンでドライブした。

途中、パトカーが通りかからないことだけを必死で祈り、何とかデグの実家に着いた。

ホッとして車を降りた瞬間、ゴミを出しにきたデグの母親に二人の姿を目撃されてしまった。

その日、おれはデグの家を追い出された。

さらなる引越し

「じゃあ、ここに住めばいいんじゃない？」

その日のバイト中、店長が軽い口調で言った。

「はい？　ここって言うのは……」

「《カリフォルニア》だよ。事務所にソファもあるし、そこで寝ればいいじゃん」

デグの家を追い出されたことを店長に相談したら、あっけなく、決定した。

その日の夜中、閉店後におれの荷物をデグの家から、《カリフォルニア》の事務所に移動した（またもや色々捨て、荷物の量は三分の一になった）。

マジかよ……。店長もデグも帰宅し、ポツンと一人事務所に残されたおれは、複雑な心境でソファに寝転がった。まさか、面接を受けたときに店長が座っていたソファが寝床になるとは、思ってもみなかった。

孤独が五十パーセント、あとの半分は不安が占めている。店長は「どうせ潰れるから」と快く事務所を使わせてくれたが、言い換えれば「潰れたら出て行け」というわけだ。まったくもって安心できない。

長くて二カ月……その間に金を貯めて、一人暮らしを始めなければ……。部屋ってどうやって借りるんだ？　保証人とか要るのかな……。仕事はどうしよう？　って言うか、おれいつまでフリーターを続けるんだ？　オトンに謝って許してもらう？　いやいや、そんなことできるわけないやろ！

ああ、ダメだ。色んなことを考えすぎて事務所の天井がグルグル回る。叫び出したい。とてつもない不安に押し潰されそうになる。

おれの人生、どうなんねん？　つい二十四時間前までフルチンで野犬に追われていた者が口にする言葉ではないかもしれないが、考えずにはいられない。

就職すればええやんけ。わかってる。でも、どこに？　おれのやりたいことって何？

そもそも、やりたいことを仕事にして食っていくことができるのか？　何よりも怖いのは、自分が何者にもなれず、平凡なまま人生を終えてしまうことだ。

そして、薄々、気づいている。大半の人間が平凡な人生を受け入れ、妥協しながら暮らしているんだ。おれのオトンもオカンもアニキもデグも店長も、テレビや雑誌の中でキラキラ輝いている人たちとは程遠い。

涙が出てきた。天井の蛍光灯が滲《にじ》む。

考えるな。考えても仕方ないだろ。吉瀬の顔を思い出せ。

クソッ……あの野郎……。

急にメラメラとした気持ちが湧いてきた。後ろから金属バットで殴ってやろうか。もしくは原付バイクでひいてやってもいい。もちろん、そんな度胸はないが、おかげで涙はピタリと止まった。

二十歳のおれは、〝復讐心〟が人のモチベーションを上げることを学んだ。

やってやろうじゃねえか。吉瀬をぶっ倒す。アイツにとって、一番ムカつくことは何だ？

そう、《カリフォルニア》が潰れないことだ。たとえ細々でも、この店がある限り、おれの勝ちだ。

おれは無理やり自分を鼓舞し、ソファから起き上がって、荷物を詰めこんでいるロッカーを開けた。デグが餞別《せんべつ》代わりにくれた《ジャックダニエル》のビンを取り出す。

もう一度、吉瀬の顔を思い浮かべ、《ジャックダニエル》を一口飲んだ。

辛い。強いアルコールの刺激が喉《のど》を通り抜け、胃を熱くする。もう一口。次は刺激も軽くなり、全身に力がみなぎってきた。

見てろよ、吉瀬。

《カリフォルニア》は、おれが絶対に潰さない。

だが、ストレートのまま飲むのはこれが限界だ。あとでコンビニで氷とソーダを買おう。

次の日からおれは、バイト中もずっと、打開策を考え続けた。

どうすれば、《カリフォルニア》にお客さんが戻ってくるのか？

日に日に、《カリフォルニア》を訪れる人が減っている。もうそろそろ夕方になろうというのに、今日はまだ一人も来ていない。常連さんたちもピタリと来なくなってしまった。どう考えても、《レンタル白虎隊》に流れてしまっている。

今までのお客さんたちを呼び戻すのか？　それとも、新しいお客さんをターゲットにするのか……？

「ははは、エディ・マーフィは何度見ても面白いや」

店長はさっきから、レジ横のテレビで流している『ビバリーヒルズ・コップ』に釘付けだ。まったくもって、やる気がない。

最近はテンガロンハットも被らなくなったし、お得意のハリウッドクイズも出してこなくなった。ゾンビのようにフラフラと出勤してきては、コメディ映画ばかり観ている（ちなみに今日は、午前中に『星の王子ニューヨークへ行く』、午後に『ナッティ・プロフェッサー』を立て続けに観た）。

「あの、質問があるんですけど」おれは店長の背中越しに訊いた。

店長がテレビから目を離さずに答える。「本名はエドワード・レーガン・マーフィ。映画デビューは『48時間』。もともとはスタンダップ・コメディアンで、なんと十五歳のときからニューヨークのクラブのステージに立っていたんだ」

「すんません、エディ・マーフィのことじゃないんですけど……」

「えっ？　じゃあ、何？」店長はリモコンで画面を一時停止した。スタジャンを着たエディ・マーフィのニヤけ顔がストップモーションになる。

「映画とかで、よく主人公がピンチになるじゃないですか」

「まあ、ピンチが起きないとストーリーが展開しないからね」店長が肩をすくめる。どこかしら、エディ・マーフィの仕草に似ている。朝から彼の作品を観すぎたせいだろう。

「そういうときって、どうやってそのピンチを乗り切ることが多いですか？」

「一概には言えないけど……」やる気のなかった店長の顔に、少し生気が蘇《よみがえ》る。「やっぱり、助っ人の存在かな」

「助っ人……ですか」

「たとえば『ダイ・ハード』で言えば、ブルース・ウィリスを黒人の警官が無線で助けただろ？　『ダイ・ハード3』ではサミュエル・L・ジャクソンが電気屋の役で相棒になったし。『スピード』は、刑事役のキアヌ・リーブスをたまたまバスに乗り合わせたサンドラ・ブロックが助ける」

なるほど。一理ある。いくらスーパーヒーローでも、助っ人の協力なしではピンチを脱出できないのだ。そういえば、『バック・トゥ・ザ・フューチャー』のマーティも、ドクの助けがなければ元の時代に戻って来られなかったはずだ。

光が射してきた。一人で《レンタル白虎隊》と戦う必要はないのだ。

おれの周りで助けてくれそうな人間は……。

「店長、お腹が痛いんで早退してもいいですか？」

「う、うん。別にいいけど大丈夫？」店長がキョトンとした顔で訊いた。

「大丈夫です！」おれは勢い良くレジを飛び出し、自分の住居を後にした。


一時間後。ＪＲ茨木駅近くのファミレス。おれはアイスコーヒーを飲みながら、ソワソワと落ち着かないでいた。

そこから待つこと四十分、助っ人候補の一人目が、おれの待つテーブルにやって来た。

「お待たせ、桃田。インポはちゃんと治った？」

ヤブちゃんが、わざと他のテーブルに聞こえるように大声を出してゲラゲラと笑った。

さすがに今日は制服ではなく、ジージャンに真っ赤なミニスカートだ。

「やめてくれよ。実家が近いんだから」おれはかぶってきたベースボールキャップをさらに目深《まぶか》にした。本当なら、高槻かどこかで会いたかったのだが、ヤブちゃんがこのファミレスを指定してきたのだ。

「家出したんでしょ？　デグちゃんから聞いたよ」ヤブちゃんはおれの前に座ってニヤニヤと笑い、注文を訊きにきたウェイトレスにクリームソーダを頼んだ。

デグから、ヤブちゃんと二度ほどデートしたと報告を受けているが、二人は意外にもプラトニックな関係らしい。ただ、デグには、ヤブちゃんがAV女優だったことはまだ伝えていない。どうも、デグがマジで恋してるっぽいのだ。

おれは後頭部を掻きながら言った。「家出って言うか……オトンに追い出されたんやけどな」

「今はどこに住んでんの？」

「バイト先のレンタルビデオ屋」

「えっ？　マジ？」ヤブちゃんが目を丸くする。

ここは正直に話さなければ。おれには助っ人が必要なこと。ヤブちゃんの美貌（とエロさ）なら即戦力になること。

おれは《カリフォルニア》での出来事をイチから説明した。ヤブちゃんは身を乗り出して聞いてくれた。特に、おれが愛しの若林さんを寝取られ、殴られたとこでは「何よ！　そいつ！　ムカつく！」とおれよりもキレた。と言っても「愛しの若林さん」とは言っていないし、「寝取られた」とも言っていない。あくまでも「同僚の若林さんがヤラれちゃった」だ（おれの恋愛感情は伏せておくに限る）。

「わかった。桃田を助けてあげる」ヤブちゃんがおれの手を握って言った。「その吉瀬って奴を誘惑して骨抜きにすればいいのね」

思いっきり、はき違えている。

「ちゃうって。ヤブちゃんが《カリフォルニア》にバイトとして入って欲しいねん」

「私が？」ヤブちゃんの顔が曇った。「私が入るのは……やめたほうがいいと思うよ」

おれの心臓がドクドクと鳴った。ヤブちゃんを仲間に引き入れる際の難関は「ＡＶ女優」の肩書だ。

「ウチの店、アダルトを取り扱ってへんから大丈夫やで」

ヤブちゃんの顔が強張《こわば》った。「……いつから知ってたん？」

「京都で会った日。あの帰りにたまたまビデオを借りに行ったら……」

「私が棚に並んでたわけね」ヤブちゃんが自嘲気味に笑った。「で、私でオナニーしたん？」

「……できひんかった」

「何で？　やっぱりインポなん？」

「わからん。付き合ってた頃のヤブちゃんが頭にチラついて、どうしてもその気になれへんかったていうか……」

うまく説明できない。チラリとヤブちゃんを見ると、お面のような無表情でおれを見ている。

「ごめん」

「何で謝んの？」ヤブちゃんの声が冷たい。完全に怒らしてしまった。

ウェイトレスがヤブちゃんの頼んだクリームソーダを運んできた。ヤブちゃんは緑色のソーダをストローでイッキ飲みし、スプーンをアイスに突き刺して一口で食べた。

「訊きたい？　ＡＶ女優になった理由」

「いや……」

「男のため」ヤブちゃんが勝手に進める。

「お、男って、も、元彼？」

「そう、前に話したよね、コンドーム着けてくれなかった人」

「ど、どんな奴やったん？」

訊きたくないのに、元彼のことがやっぱり気になってしまう。

「大学の先輩。学生なのに映画作ったりしてる人で、夢を追ってる彼はキラキラしてて眩しかったの。優等生キャラの女って、そういうアウトローな生き方をしてる男にハマりがちなのよ。で、凄いなあって尊敬してたんだけど、知れば知るほどサイテー野郎だった。彼ね、借金まみれで、借金に追い詰められて自殺未遂したの」

「自殺？」

「でも、嘘だったの。首を吊るロープを買っただけのパフォーマンス」ヤブちゃんの顔がみるみる険しくなる。「なのに、私しか彼を助けられないんだとか思っちゃって、彼の借金を返すためにキャバクラで働いたんだけどね。そのサイテー野郎、私がスケベな客の接待をしているときに映画サークルの後輩の女とか女優の卵と浮気しまくってたんだよね。でも、他の女に取られたくなかったから意地でも別れなかった。女優になって見返そうとして、彼の映画にも出た」

「女優さんになったんや……」

「しばらくして彼は、ある監督に私を紹介した。紹介料をもらうためにね。もちろん紹介料のことは私には内緒」

「その監督がＡＶの監督やった、とか？」

「そう。文句ある？」

「な、ないです」

「若い女ってだけでお金になるのよね。結構な金額を元彼が受け取ってたことを後で知って、もういろんな意味で心底うんざりした。若さで金額が上がるなんて、くだらないと思わない？　私の場合は、〝東大の女〟ってのも高くついた理由らしかったけど」

「親にはバレてないですか？　その、そういうビデオに出てるってこと……」つい敬語で余計なことを訊いてしまう。

「バレてないんじゃない？　そもそも東大中退したときに激怒されて以来険悪で、実家ではずっと会話らしい会話もしてないし。まあ東大辞めて見るからにビッチになった娘なんて、もはや〝お荷物〟でしかないでしょ。大学にAVのことがバレる前に自分から辞めたのは、私なりのファインプレーだったんだけどね」

「そうなんや……」

「この間も親から言われたわよ。服装くらいちゃんとしなさいって。水商売の女みたいだって。そんな言い方、誇りを持って働いている人に失礼よね」

「まあ、そやな……」

「『東大まで行っておいて辞めたなんて、近所の人になんて言ったらいいの』って言われたときには、頭の血管がキレるかと思ったわ」

「ふつう、もったいないって思うやん。誰でも入れる大学じゃないんやし」

「若いとか、東大とか、私を評価するのはそれしかないの？　このまま東大出て、親の期待に応えて、それで面白いの？」

「期待されてるってことだけでもすごいけどな。おれなんて、何にも期待されてないし」

「どうして私、東大が嫌になったと思う？」ヤブちゃんの声がわずかに震えているように聞こえる。

「わからへんよ、想像もつかへん」

「ＡＶの撮影のとき、監督から言われたの。『アイツ、東大の女はエッチもすごいって言ってたけど、ほんとに君、いいね』って。彼が言ったんだってわかって、最悪って思った」

「それで辞めたくなったんや」

「それは『東大』ってことが嫌になった理由のひとつで、辞めたくなった理由とはちょっと違う。私、ヤケクソになって辞めたわけじゃないんだよ。その頃、学生をしながら起業して、すぐに中退しちゃった有名な先輩がいることを知ったの。未来を作る人は、枠になんかはまらないんだって思ったらゾクゾクした。私も自分で自分の未来を決めたい。ハッピーになるんだって」ヤブちゃんは噛みしめるように言った。

「私は決めたの。ハッピーになる」ヤブちゃんが、もう一度、宣言するように言った。

「心の底から。何の疑いもなく。どんなことがあってもブレないハッピーを、私は追い求めてるの。私をハッピーにできるのは私だけ。わかった？」

おれは頷いてみせた。

「私、桃田の助っ人になる」ヤブちゃんが切り替えるように言った。

「え？　マジ？」

これ、断る流れになってたんちゃうの？

だが、ヤブちゃんの全身からは、有無を言わせない〝やる気マンマン〟のオーラが出ていた。

「そのかわり、条件があるの。私のことを絶対にかわいそうだと思わないで。ずっと笑わして。約束できる？」

おれはもう一度深く頷いた。

ヤブちゃんの謎は深まるばかりだが、これだけはわかる。ヤブちゃんは、おれよりも遥かに大人だ。

「じゃあ早速、私を笑わせてよ」ヤブちゃんがニタリと笑った。

どこかデグの笑みと似ていて、おれはとてつもなく嫌な予感がした。


四時間後、午後十一時。

おれはアスファルトの上を匍匐《ほふく》前進していた。

な、なんでこんなことせなアカンねん……。

おれとヤブちゃんは、茨木の山手にある新興住宅地《サニータウン》にやって来ていた。山の中腹を切り開いてできたこの町はかなりの高台にあり、大阪市から生駒山《いこまやま》まで見渡せるほどだ。夜になれば百万ドルとはいかないまでも抜群の夜景スポットとなる。

中でも有名なのが、通称〝カーセックス通り〟だ。茨木や高槻のカップルたちが乗った車がズラリと一列に並ぶ通りがあるのだが、この時間ともなると、ほとんどの車がゆさゆさと揺れはじめる。

おれは今、地面に這いつくばりながら、訓練中の自衛隊さながら、一番激しく揺れているBMWに近づいていく。

これのどこがおもろいねん……。

もちろん、ヤブちゃんの命令だ。このミッションに成功して彼女を笑わすことができれば、助っ人になってくれる。

クソッ！　クソッ！　クソッ！　肘《ひじ》と膝が痛い。買ったばかりのチノパンに穴が開いたらどうしよう。

吉瀬め！　《レンタル白虎隊》め！

やっとこさ、ＢＭＷの真横に来たおれは、百円ライターで手に持っていた爆竹《ばくちく》に火をつけた。

かすかに女の喘ぎ声が聞こえる。

お楽しみ中、ごめんなさい。

おれはＢＭＷの下に爆竹を投げこみ、立ち上がった。十メートル先の歩道で待っているヤブちゃんの元へ、猛ダッシュした。

〝カーセックス通り〟に爆竹の破裂音が響き渡った。

「誰じゃあ！　こらっ！」いかつい怒号も響き渡る。

「ヒャッホー！」ヤブちゃんが、乗っている原付のエンジンをかけた。

「こ、これでええの？」おれは、ヤブちゃんの後ろに飛び乗った。

「うん！　明日から《カリフォルニア》で働いてあげるよ！」

原付が発進し、おれたちは風を切りながら《サニータウン》の下り坂を走り抜けた。ヤブちゃんは運転しながらゲラゲラと笑っている。

今ごろになって恐怖を感じる。もし、ＢＭＷに乗っていたのがヤクザだったら……。野犬に追いかけられたことといい、最近のおれはアクションづいている。

「なんでこんなことさせるねん！」おれは涙目になりながら訊いた。

「桃田がインポだから欲求不満なんだよう！」ヤブちゃんが夜空に向かって叫んだ。

ヤブちゃん、大フィーバー

入店二日目にして、ヤブちゃんの人気は大爆発した。

昨日と比べて、売り上げが二倍になったのだ。これは《カリフォルニア》のような小規模な店ではありえない数字だ。最近は《レンタル白虎隊》の影響で売り上げがガタ落ちだっただけに、店長も驚きを隠せずにいた。

「桃田君が連れてきた助っ人は、《カリフォルニア》の救世主になるかもしれないなあ」

店長がヤブちゃんを見ながら目を細める。少し元気が出たのか、その証拠にテンガロンハットが復活していた。

売り上げが驚異的に伸びたのには単純明快な理由がある。昨日、ヤブちゃんを目撃したお客さんが、今日も来店しただけの話である。それほどまでに、入店初日のヤブちゃんは気合が入りまくっていた。新型ヤブちゃん（どう考えても高校時代とは別人）の突拍子もない行動に慣れてきたおれでも、腰を抜かしたほどだ。

昨日のヤブちゃんの恰好は、顎《あご》が外れるほど凄まじかった。おれが親だったら泣いてしまう（すでに号泣させる要素を、ヤブちゃんはいくつも持っているが）。

まずは上半身。オレンジ色のタンクトップが、何というか「それ、子供用じゃないの？」とツッコミを入れたくなるほどサイズが小さい。ヘソが丸出しだ。腸が弱い人なら、あっという間にお腹を下してしまうだろう。かつ、金色のヘソピアスがセクシーさを通り越して「参りました」と、思わず頭を下げたくなるほど存在感を醸し出している。

そのヘソピアスさえも勝てないのが二つの胸の膨らみだ。なんと、ノーブラだった。ヤブちゃん曰く、「大丈夫。ニップレスをつけてるから」とのことだったが、タンクトップから浮き出るダブルの突起物が主張しすぎていた。はっきり言って全然大丈夫じゃない。

そして下半身。ローライズのジーンズは法律に引っかかるのではないかというぐらいずり下がっていた。しゃがむと、お尻の半分ぐらいが飛び出してしまい（比喩ではなく本当に。ミッキーマウスのタトゥーも顔を半分出していた）、しかも、紫色のTバックを穿《は》いていたから大変だ。ヤブちゃんが棚の低いところにビデオを並べるために前かがみになるたびに、男性客がヤブちゃんの後ろに行列をなした。

極めつきは、おかっぱのヘアスタイルだ。ヤブちゃん曰く、「インパクト勝負だから」と美容室でカットしてきたらしい。たしかに、露出狂ギリギリの服装に、サザエさんのワカメちゃん、もしくは『DESIRE』のころの中森明菜《なかもりあきな》を彷彿させる髪形は、インパクトがありすぎるほどあるだろう。心臓の弱い老人がフラリと入店してこないことを、おれは心の底から願った。

もちろん、その日だけでは終わらないのがヤブちゃんだ。

今日のヤブちゃんの恰好も衝撃的だった。なんと、ヤブちゃんはチアリーダーのユニフォームを着てやって来たのだ。しかも、髪はサラサラのロングヘアー（カツラらしい）をポニーテールにしている。

髪を切ったばかりなのに、わざわざカツラをかぶってくるプロ根性（何のプロかはわからないが）も凄いが、特筆すべきはスカートの短さである。

ヤブちゃんが弾むように歩くたびに、ミニスカートがヒラヒラと揺れ、目のやり場に本当に困ってしまう。パンチラというのは、普段絶対に見えないものが、神様のプレゼント的なアクシデントにより、奇跡のタイミングでチラリと見えるから有難いのであって、ヤブちゃんのように、二秒に一回の割合で見えてしまっては、逆に目を逸《そ》らさなければいけないという矛盾を引き起こす事態に陥ってしまう。

自分でも何を言っているのか理解不能になってきたが、ヤブちゃんが入店したことによって《カリフォルニア》に新しい風が吹いたのは、揺るぎない事実だ。

どうして、ヤブちゃんがここまでやってくれるのだろう。

おれのため？　ただ暇だから？

ヤブちゃんは、慣れない業務も一度の説明で簡単に理解し、しかも合理的な方法をさらりとこちらに提示してくれたりする。東大に現役合格した頭脳は健在で、スゴイのはセクシーさだけではないことも証明した。

本当に救世主が現れたような気になって、おれはワクワクした。


「焼け石に水だよ」

ヤブちゃんが帰ったあと、店長がため息交じりに言った。

深夜二時。おれと店長は閉店作業をしていた。レジ締めをしたおれが、売り上げ金の多さに素直に喜んでいたら、店長が水を差してきたのだ。

「この調子でいけば、潰れなくてもすむんじゃないですか？」おれは、店長を励ますために努めて明るい声で言った。

ここ最近の店長は、精神的な浮き沈みが激しい。夕方はヤブちゃんのフィーバーにホクホクしていたくせに、早くもテンションが下がってしまっている。

「だからといって《レンタル白虎隊》の売り上げには、とうてい敵《かな》わない。足元にもおよばないよ」店長は、レジカウンターに腰掛けながら、缶コーヒーをチビリと飲み、深くうなだれた。

「そりゃ……規模が違いますから……」なんとか慰めようとするが、うまい言葉が出てこない。

店長が目をショボつかせる。「それに、この売り上げはヤブちゃん頼みだ。彼女にもしものことがあったら、また元の状態に戻ってしまうじゃないか」

「もしものことって何ですか？」

「不慮の事故とか……」

「縁起でもないこと言わないでくださいよ」

「彼女が敵に寝返ることも、無きにしも非《あら》ずだろ？」

「それは……ないと思います……」

おれも店長につられて弱気になってきた。何せ、ヤブちゃんの行動は予測不可能なのだ。突然、明日から来なくなっても不思議ではない。いや、気まぐれな彼女なら、逆にその可能性のほうが高い。

「《カリフォルニア》の寿命が少し延びただけの話だよ」

店長がさらに深いため息をついて、缶コーヒーをグビッと飲む。

心労からか、日に日に店長が老けてきた。前からあったのかもしれないが、テンガロンハットの下から覗く毛に白髪がチラホラと見える。

「あの……奇跡を信じてみてもええんちゃいます？」

言ったそばから恥ずかしくなった。店長がジロリとおれの顔を見る。恥ずかしさのあまり、全身が熱くなる。

「桃田君は信じてるの？」

ぶっちゃけて言わせてもらえば、そんなもの信じてはいない。どこまでが奇跡かはわからないが、無理なものは無理だと知っている。今からおれが、どれだけの努力を積み重ねようともジャニーズには入れないし、プロ野球のドラフト会議で指名されることもない。宝くじはたぶん当たらないだろうし、世界を変えることもできないだろう。

そもそも、奇跡って何だ？

軽々しく口にしてしまってから、ふと思った。

思いどおりに人生が運ぶことか？　このまま《カリフォルニア》が潰れなければ、それが奇跡なのか？

「自分で言い出しといてあれなんですけど……よくわかりません」おれは正直に答えた。

「そうだよなぁ、そうなんだよなぁ」店長がうんうんと頷く。「奇跡を信じたい気持ちはあるんだけど、現実の世界でそれを期待しちゃいけないんだよなぁ」

店長がレジの向かいにある《観てなきゃ恥ずかしい名作コーナー》の棚にある『バック・トゥ・ザ・フューチャー』のビデオを指した。

「まず、現実ではタイムマシンは完成しない」

「それを言っちゃ、映画が作れないじゃないですか……」

店長が、その隣に並んでいる『グーニーズ』のビデオを指す。

「現実では宝の地図は見つからない」

「ですよね……」何だか、悲しくなってきた。

「そして、現実のジャッキー・チェンはさほど強くない」

『グーニーズ』の横には、『プロジェクトA』のビデオがある。

それでもおれは奇跡を起こしたい。

吉瀬に負けたままで引き下がれない。

おれは、睨みつけるように店長を見た。「もし、《レンタル白虎隊》のお客さんが、全部こっちに流れてきたらどうです？」

「それは、充分に奇跡と呼べるんじゃないかな」

店長が缶コーヒーを飲み干し、離れたゴミ箱にシュートした。ものの見事に外れて、缶が音を立てて床に転がる。

店長が寂しそうに笑った。「帰るよ。戸締まりだけよろしく」

一人残されたおれは、事務所のソファに寝転がり、シミだらけの天井を見つめていた。

どうすれば、《レンタル白虎隊》に勝てる？

たしかに店長の言うとおり、ヤブちゃんのフィーバーは長く続かないと思う。おれは頭に浮かんだヤブちゃんのTバックを無理やり払いのけ、憎き吉瀬の顔を思い出そうとした。

なぜか、うまく思い出せない。あれだけ悔しい思いをしたはずなのに……。いくら、ヤブちゃんのTバックが鮮烈だったとはいえ、おかしいだろう。

もしかして、おれは今の状況に満足しかけているのか？

住むところも見つかり、バイト先でも副店長のようなポジションを任されている。

戦うフリをしているだけで、おれは逃げてるんじゃねえか……。

自分自身に対する怒りが、メラメラと燃えあがってきた。奇跡がどうのこうのと言う以前の問題だ。

よしっ、決めた。明日《レンタル白虎隊》に行ってやる。吉瀬の顔を拝んで、正々堂々と「お前とこの店をひねり潰す」と宣言してやる。

おれはソファから跳ね上がり、意味もなくシャドーボクシングをして、疲れてビールを飲んで寝た。

再会とお立ち台

「一時間だけ休憩もらっていいですか?」

翌日の正午。おれは店長に直訴した。

「えっ? 別にいいけど……」開店したばかりなので店長も驚いている。「どこに行くんだ?」

「《レンタル白虎隊》です」

おれの顔つきを見て、店長はすべてを察してくれた。

「暴力はダメだぞ。暴力が許されるのは、シルベスター・スタローンだけだ」冗談を言って、おれの緊張をほぐしてくれようとしている。

「ブルース・ウィリスやシュワちゃんも暴れまくっているじゃないですか」

「それはアクション映画の中だけだろ? 現実では許されるべきことじゃない」

「スタローンは許されるんですか？」

「『ロッキーのテーマ』がかかれば、大抵のことはオッケーだ。行ってこい」

店長の励まし（もしくは、ハリウッドジョーク？）を受けて、おれは《レンタル白虎隊》へと向かった。

チャリンコに乗り、国道一七一号線へと出る。

心臓がバクバクする。急に下腹が痛くなってきた。自慢ではないが、おれはプレッシャーに非常に弱い。高校時代はテストの前日も、プレッシャーに押し潰されないように、マンガを読んでは（何度も読んでいる『ドラゴンボール』を一巻から）、一夜漬けの勉強から逃避していた。

だが、今日は逃げるわけにはいかない。

おれは頭の中で『ロッキーのテーマ』を大音量で流した。不思議なもので、この曲を聴くと否《いや》が応《おう》でもテンションがグングンと上がる。店長の言葉も、あながち嘘ではない。これから、ツラいときや悲しいときは『ロッキーのテーマ』で乗り切ろう。

あっという間に《レンタル白虎隊》に着いた。わかってはいたが、《カリフォルニア》とかなり近い。

なんやねん、これ……。

いきなり、おれの目の前に信じがたい光景が飛びこんできた。

平日の昼だというのに、客が店の外まで溢れているではないか。何も知らなければ、「今日はお祭りでもあるのかしら?」と思ってしまうほどの盛況ぶりだ。

《レンタル白虎隊》と書かれた看板から、巨大な白い虎の人形が飛び出している。店舗もデカい。ちょっとしたショッピングモールかと思うほどだ。駐車場も申し分ないほど広く、たこ焼きや焼きそばの屋台まで出ていた。

足がすくんだ。このまま、チャリンコに乗って引き返したい気持ちを撥《は》ねのけ、おれは《レンタル白虎隊》の店内に足を踏み入れた。

「いらっしゃいませー」

一斉に、女の子の黄色い声が飛んでくる。

おいおい！ なんじゃ、こりゃ！

おれはのけ反り、床にぶっ倒れそうになった。なんと、女の店員が、全員ボディコンのコスチュームに身を包んでいるではないか。

「なんでやねん……」思わず、口に出してしまう。

よく見ると、入口の自動ドアの前に《本日ディスコＤＡＹ》の看板があった。いつの時代のディスコやねん！ バブル期の《マハラジャ》そのまんまではないか。

デグが言っていたとおり、店の中央にＤＪブースがあり（天井にはミラーボールまである）、黒人のＤＪがレコードを回している。しかも、シェリル・リンの『ガット・トゥ・ビー・リアル』をかけているではないか（おれもデグも、車の中でよくかける）。曲に合わせて、女の店員たちが腰をくねらせる。中にはお立ち台（今日のために用意したのか？）の上で踊っている女たちまでいる。

ちゃんと働けよ……。

いや、これが彼女たちのれっきとした仕事なのだ。客寄せパンダとして、半端ないスキルを発揮しているではないか。

とてもじゃないが、ヤブちゃん一人では太刀打《たちう》ちできない（しかも、ヤブちゃんの出勤は夕方からだ）。

昨夜の店長のヘコみ具合と同じように、おれも全身の力が抜けてしまった。

これじゃ、勝てるわけがねえ……。

ゴージャスな店内を直視できず、俯いて床ばかり見てしまう。

スゴスゴと退散しようとしたとき、背後から聞き覚えのある声がした。

「よお！　桃田君やんけ！」

おれは足を止め、歯を食いしばり、拳を握りしめ、振り返った。

黒いスーツを着た吉瀬が、腕組みをして立っていた。その顔には、完全におれを見下した笑みが浮かんでいる。

内心、おれは怯《ひる》んでしまった。実際に、一、二歩後退《あとずさ》りをしたかもしれない。吉瀬は髪をオールバックにキメて、誰が見ても高級品のスーツを着ている。革靴もピカピカに黒光りしていた。

本気の吉瀬がそこにいた。《カリフォルニア》で働いていた吉瀬は、あくまで仮の姿だったのだ。オトンやオカンが、口を酸っぱくして言っていた〝立派な社会人〟が、今、おれの目の前に立っている。

「エロビデオでも借りに来たのか？」吉瀬が鼻で笑う。

「誰が借りるか、ボケ」おれは、足を一歩踏み出し、吉瀬にガンを飛ばした。

「じゃあ、何しに来てん？」

ここだ。ここが勝負どころだ。吉瀬に向かって「お前とこの店をひねり潰す」と宣言しろ。

しかし、言葉が出ない。《レンタル白虎隊》の実力をまざまざと見せつけられ、おれは金縛りにあったように動けなかった。

吉瀬が、そんなおれの心を見透かすように、勝ち誇った顔でニタリと笑う。

「桃田君にうちの新人を紹介するよ」

……新人だと？

とてつもなく嫌な予感がする。おれは、吉瀬が指す方向を見た。

お立ち台の上で、巨乳の女の子が尻を振って踊っている。金髪のウィッグのせいで、最初は誰かわからなかったが、そのあまりにも大きい胸の揺れ具合に見覚えがあった。

若林さんだった。ふわふわの羽根の扇子《せんす》を半狂乱で振り回している。

「ワカバヤちんの人気は凄まじいよ！　早くもファンクラブができそうな勢いやもん。やっぱり、スカウトしてよかったわぁ」吉瀬が、満足げな表情で言った。

そんな、アホな……。なんで、こんな奴の下で、アホみたいな恰好して働いてるねん。

怒りよりも疑問のほうが強かった。吉瀬にあんな仕打ちを受けたはずなのに、若林さんの行動がまったく理解できない。

唖然としているおれに、吉瀬がご丁寧に説明してくれた。

「ワカバヤちんも一皮剝《む》けば、ただの女やったってわけやな。あれから何回も電話して謝り倒して『お前のことホンマは愛してるんや。俺の店を手伝ってくれ』って言ったら、コロリと騙《だま》されよったわ」

「お前……最低やな……」今すぐ殴りたいが、金縛りはまだ解け切っていない。

「すべては勝つためや」吉瀬がグイッと胸を張った。「そのためやったら、俺は何だって利用する。負けたら終わりや。はっきり言って、お前みたいな雑魚《ざこ》を相手にしてる暇はないんや。俺とお前とでは、決定的な差がある。それが何か教えたろか?」

「やかましい……」

吉瀬はおれを無視して続けた。

「背負《せお》ってるリスクの桁《けた》が違うねん。結局、お前らみたいなカスは、安全地帯から出ることができへん。何かに守られてないと不安でしょうがないんや。そのくせ文句だけ一人前で、何の根拠もないくせに自分は人とは違う選ばれた人間と勘違いして、勝負を後回しにしよる。いつかは俺もどでかいことを成し遂げてやる。いつかは私もスーパースターになってみせる。そう思うだけで何も行動を起こさへん。人の失敗ばかり批判しては、時間を無駄に使っとる。どや、違うか?」

図星だった。グゥの音も出ない。

吉瀬がおれの鼻を摑んで、強烈に捻《ひね》り上げた。激痛が走り、おれは鼻を押さえたましゃがみこんだ。

「あのボロいビデオショップがお前にはピッタリや。これからも、せいぜい三流の人生を楽しめ。断言したる。お前は一生かかっても、俺には勝てへん」

店内の音楽が、ジャクソン5の『ネバー・キャン・セイ・グッバイ』に変わった。若き日のマイケル・ジャクソンの声が心の傷に塩を塗りたくる。

おれはそのまま立ち上がり、若林さんを見ずに《レンタル白虎隊》をあとにした。

涙と鼻血を流しながら、おれは国道一七一号線をチャリンコで走り抜けた。すれ違う人々が、ギョッとした顔でおれを見る。

吉瀬という巨大なハンマーが、おれのプライドを粉々に砕いた。砕かれた上にミキサーにかけられて、さらさらにされてしまった。

もう、どうでもええわ……。

ヤケクソな気持ちで胸がいっぱいになる。初めて他人から三流の人生だと言われた。

でも、それは常におれが抱いていた恐怖で、絶対に認めたくない現実だった。

おれは、世の中にとって何の役にも立たないクソ野郎だ。自分の人生を切り開くのは自分でしかないとわかっているはずなのに、他人や環境のせいにして努力を怠ってきた。

負けるのが怖くて勝負を避けてきたわけじゃない。頭の中がグルグル動くだけで、体が動いてこなかった。もう少し勉強すれば、もう少し貯金をすれば、少しでも就職活動をしていれば、無限の未来が広がったはずなのに。

いや、何が「もう少し」だ。「もう少し」ができないから、今のおれになったんだ。「もう少しやっておけば」が口癖のやつは、だいたい何の努力もしないやつだ。「もう少し」なんて言ってる時点で、無限の未来どころか、ちっぽけな未来だって、拓けないんだ。

次の瞬間、チャリンコのチェーンが外れ、おれは思いっ切り転倒した。肘と膝を強打したが、まったく痛みを感じなかった。そんな痛みよりも、胸のほうが千倍痛い。

歩道に仰向けになり、空を眺めた。快晴の青い空でさえ、今は悲しい。

『ロッキーのテーマ』を頭の中に流してはみたものの、壊れたオルゴールのように情けない音色しか聞こえてこなかった。

オトンのリストラ

六月になった。

《カリフォルニア》の売り上げは、ヤブちゃんが来た当初の八割くらいで落ちついていた。潰れるということからはなんとか免れている。

梅雨入りを感じさせるかのようにシトシトと雨が降る午後、オトンが《カリフォルニア》にやって来た。

「あれ、桃田のお父さんじゃない？」

店長とビデオの棚を整理しているとき（店長の提案で《雨特集》をしようということになった）、レジにいたヤブちゃんが言った。

「えっ？　マジ？」おれは『雨に唄えば』を棚に置き、ヤブちゃんが指す方向を見ようと移動した。

「どれどれ？」店長が『レインマン』と『ブラック・レイン』を両手に持ったままついてくる。

雨の中、傘も差さずにオトンが立っていた。正しくは仁王立ちだ。哀しげな目で、《カリフォルニア》の店内をジッと見ている。

おいおい、何やっとんじゃ……。

「何かあったんじゃない？」ヤブちゃんが、心配そうな顔で言った。

誰が見てもそう思うような不幸オーラを全身にまとっている。ただ、おれは、オトンの過剰なまでの哀しげアピールにドン引きしてしまった。

普段どおりのオトンなら、絶対にあんな真似はしない。西日本一かと思うほどの真面目人間で、異常なほど〝ドラマティックな生き様〟を嫌う。喩《たと》えるなら、石橋を叩いて叩いて、壊してしまうタイプの人間で、〝冒険心〟というものを強く憎んでいる（子供のころ読んでくれた『桃太郎』は、ストーリーを大幅に変更され、猿と犬とキジの説得により、桃太郎は〝鬼ヶ島〟に行くのを諦め、地道におじいさんの柴刈り業を継いだ）。

そのオトンが、雨の中、自分が追い出した息子に会いに来ている。

……何があったか、聞くのが怖い。

「中に入ってもらったらどうだ？」店長が気を遣って言ってくれた。

平日の昼を過ぎたばかりだし（ヤブちゃん目当ての客は夕方から夜にかけて集中する）、雨も降っているので客はいない。

「すんません」おれは店長にペコリと頭を下げ、店の外に出た。

冷たい滴《しずく》が顔にかかる。思ったよりも雨足が強い。

「何やってんねん……」おれは、佇《たたず》んだまま微動だにしないオトンに訊いた。

「すまんな。仕事中に」オトンが掠《かす》れた声で言った。

「どうしたん？　何かあったんか？」

オトンはすぐに答えようとはしなかった。おれの背中に、ヤブちゃんと店長の視線が突き刺さる。今すぐここから逃げ出したい気分だ。

オトンが、静かに口を開いた。「今朝、会社をクビになった」

「えっ？　そうなん？」

「流行《はや》りのリストラってやつや」

それが流行りかどうかはわからないが、オトンにとっては大ショックなのだろう。おれは正直、肩透かしを食らった気分だった（元々、オトンの仕事にはまったく興味がない）。もっと、重大な事件でもあったのかと思った。

「とりあえず、中に入りぃや」

「……中ってどこや？」オトンが眉をひそめる。

「このビデオ屋の事務所。今、おれ、そこに住んでるねん」

一気に、オトンの顔が険しくなる。

「何でそんなところに……人様に迷惑をかけるなと、あれだけ言うたやろ」

「別に迷惑なんかかけてへんわ」おれはムッとして言った。

「ビデオ屋に住むアホがどこにおるんや」

「ここや」おれはオトンを睨みつけた。「他に行くとこがないねんから、しゃーないやんけ」

オトンもグイッと近づき、おれにガンを飛ばしてきた。

雨の中、睨み合う二人。

……親子で何をしてるねん、おれたちは。

ふと冷静になると、恥ずかしくなってきた。おれの悪いクセだ。いつも一歩退いて自分を客観的に見てしまい、〝熱く〟なれない。青春映画なら、親子で殴り合ってもいいぐらいのシーンだ。

特に家族問題となると、猛烈に照れてしまう。オトンと向き合って話したのは、小学校五年生のときが最後だ（三年間続けた《進研ゼミ》をやめるか否かの話し合いだった）。

「竜」

久しぶりに、オトンがおれの名前を呼んだ。「俺は今からお前を殴る」

どこかで聞いたことのある台詞だ。そもそも、なぜ、宣言されてから殴られなければならないのか。どうせなら、いきなり殴って欲しい。

「何で殴られなアカンねん」

「俺にもよくわからん」オトンは震える声でそう言って拳《こぶし》を振り上げた。

おれは反射的に歯を食いしばった。次の瞬間、オトンの右拳が顔面に飛んできた。パンチはまったくヒットしなかった。変な角度でおれの側頭部に当たり、パキッと小気味のいい音がした。

オトンが小さく呻《うめ》きながら、自分の右手を押さえる。

もしかして、骨、折れちゃった？

さまにならない男だ。さすが、おれの父親だとも言える。まともに息子を殴ることもできない。

いつの間にか、店長がおれの背後に立っていた。

「お父さん、店の中に入ってください。風邪引きますよ」

「すいません。息子がご迷惑をかけて……」オトンが申し訳なさそうな顔で、何度も頭を下げる。

迷惑をかけてるのはどっちやねん……。

そうツッコミたかったが、グッとこらえた。また殴られて、もう片方の手も骨折されては困る。

「遠慮せずに入ってください。店の事務所は、桃田君の家でもあるんですから」

オトンが目を剝き、店長を見た。

「じゃあ……ホンマに竜は、ビデオ屋に住んでいるんですか？」

「ホンマやって言うてるやんけ」おれは思わず呟いた。

「この店が潰れるまでです。早ければ、今月中にも閉めるかもしれません」

潰れるという言葉に、オトンが反応する。気のせいかもしれないが、少しホッとしたようにも見える。負け犬は自分だけじゃないとわかって、安心でもしたのか。

オトンは、三十年近く会社員として生きてきた証《あかし》かのように、深々と礼儀正しく頭を下げた。

「それでは、お言葉に甘えさせていただきます」

オトンはタオルで濡れた髪を拭きながら、おれの寝床であるソファに腰掛けた。

「……なかなか、居心地が良さそうじゃないか」

明らかに、皮肉を込めた言い方だ。

事務所には、おれとオトンしかいない。店長とヤブちゃんは、店番をしている。

「……なんでリストラされたん？」

「色々、理由はあるだろうが……やはり、売り上げの落ちこみが原因だ」オトンがタオルでメガネを拭きながら答える。

あまりにも悲しい男の姿だ。この男の精子から自分が形成されたと考えただけで、ゲンナリする。吉瀬との戦いを諦めたのも、この男の血を引いているせいにしたくなる。

「仕事はどうすんの？」

オトンが口をつぐむ。ますます、全身からどんよりとしたオーラが滲《にじ》み出てきた。

「正直、どうすればいいかわからず、途方に暮れている」

無理もない。仕事一筋のオトンからすれば、会社に裏切られて荒野に放り出された感じだろう。

ほんの少しだけ「ザマアミロ」的な感情がおれの心に芽生えたのも事実だ。

あれだけオトンがおれにゴリ押ししてきた「キチンと就職してこそ一人前だ」の末路がこれなのだ。

「新しい働き場所を見つけるしかないんちゃう？」おれは他人事かのように冷たく言った。

「今さら、何ができる？　俺は歯磨き粉しか売ったことないんだぞ？」

「もっかい、違う会社で歯磨き粉を売れば？」

「それは、どこの会社だ？」

「知らんよ！　そんなもん！」

イライラしてきた。オトンは背中を丸めたまま、右手の親指をさすっている。

「早く病院行ったほうがええで」

「大丈夫だ」そう言って、オトンが痛そうに顔をしかめる。

全然、大丈夫ちゃうやんけ……。

何だか空《むな》しくなってきた。おれら凡人はどれだけ努力してもムダなんだとますます痛感した。そもそも世の中は、才能もルックスも人脈も金もない人間には、絶対に勝てない仕組みになっているのだ。

世界は新世紀に突入しようとしているのに、おれの未来は真っ暗で光が見えない。目の前にいるオトンは、三十年後の自分だ。

親子揃って負け犬かよ。情けなさすぎて涙も出ない。

「オカンには、リストラされたこと言ったんか？」

オトンは力なく首を横に振った。どうしていいのかわからず、とりあえず息子のバイト先に来たってことか。

「働き場所はあるよ！」

事務所のドアが勢い良く開いた。

「《ビデオショップ・カリフォルニア》は随時、アルバイトを募集しています」ヤブちゃんがニッコリと笑って言った。

「ああ……そうなんですか……」オトンが酸欠にでもなったかのように、口をパクパクとさせる。目の前に立っているのが、息子の高校時代の彼女とは気づいていない。

無理もない話だ。本日のヤブちゃんのコスプレは、セクシー秘書風だ。白いシャツ（当然、ボタンは胸元まで開けられ胸の谷間が見えている）に、黒いタイトスカート（当然、ギリギリのミニで、黒いガーターベルトが見えている）。赤い縁のメガネがワンポイントだ。

「お父様もぜひ、ここで働いてください」ヤブちゃんが指先でメガネのフレームをクイッと上げた。

「やめろって、ヤブちゃん！」おれは思わず声を張り上げた。

近いうちに潰れるかもしれないのにバイトを募集するわけがないし、実の父親とおそろいのエプロンをつけて働くなんて、死んでもやりたくない。

「ヤ、ヤブちゃん？」オトンが仰天《ぎょうてん》した。ようやく、彼女が息子の元カノだと気づいたようだ。

「僕からもお願いします」

ヤブちゃんの後ろから、店長が入ってきた。

な、なんやねん、このノリは……。

「て、店長、そんな金がどこにあるんですか？」

おれは先月分の給料も、まだもらっていない。これ以上、人を雇う余裕なんてないはずだ。

それから三十分、客が来ないことをいいことに、店長は今回の《レンタル白虎隊》との経緯をオトンに説明した。

話を聞き終えたオトンは、もう一度銀縁メガネを外し、スーツの胸ポケットから出したハンカチで拭いた。背筋がシャンと伸び、目にも生気が戻っている。

「こんな私でよければ、ぜひ使ってください。営業の世界で学んだ技術と経験をすべて注ぎ込みます」

ちょっと、待てや！

おれが止めようとする間も与えずに、店長とオトンがガッチリと握手をした。それをヤブちゃんがニコニコと見ている。

「さっそく、店内を案内しましょう」

店長がオトンを連れて事務所を出た。

おれは、嬉しそうなヤブちゃんを見て言った。

「店長、どういうつもりやねん……」

「あの人は、責任を感じてるのよ」

「しゃあないやん。近くに《レンタル白虎隊》みたいなデカい店ができたら、どんな店だって潰れるよ」

「いい、そっちの責任じゃない」ヤブちゃんが両手を腰に置き、パイプ椅子に座っているおれを見下ろす。

「だったら……何の責任？」

「まだ二十歳になったばかりの若者から勇気を奪ってしまったことよ。ここ数日の桃田は、ゾンビよりも覇気がないよ」

ヤブちゃんが、ハイヒールをカツカツと鳴らして近づいてきた。

おれの耳元に顔を近づけ、甘い声で囁《ささや》く。

「まだ喧嘩は始まったばかりでしょ？　桃田も男を見せなさいよ。本当に金玉ついてるの？」

声のトーンとは裏腹に、ヤブちゃんはおれの金玉を摑んで、くるみを割るかのように握りしめた。

悲鳴にならない悲鳴がおれの口から洩れる。

「どうするの？　戦うの？　戦わないの？」

ギリギリとたとえようのない痛みが下腹部を襲う。

「戦います」おれは涙目で答えた。

「もう、絶対に逃げないと誓う？」

「ち……誓います」

「よっしゃ」ヤブちゃんはおれの金玉から手を離し、久しぶりの関西弁で言った。「それでこそ、私の彼氏や」

えっ……いつから、おれたち付き合ってるんですか？

デグの就職

デグが就職した。

寝耳に水どころか、アツアツのおでんの汁を耳に注ぎこまれたぐらい驚いた。

「いつの間に大学辞めて、いつの間に就職活動しとってん？」おれは熱燗《あつかん》を飲みながら、デグに訊いた。

「大学は先月の頭に辞めた。好きな店が正社員を募集しとったから、今しかないと思ってん」デグが梅クラゲをクニャクニャと嚙みながら答える。

おれたちは阪急茨木市駅の近くにある《天ぷら　みっちゃん》という店で飲んでいた。この店は小汚い居酒屋で、朝五時まで開いてるし、いつ行ってもガラガラに空《す》いていてノンビリできるので重宝していた（なぜ客が少ないのかといえば、看板メニューであるはずの天ぷらがひどくマズいからだ）。

すでに、朝の四時半だ。飲みはじめてから二時間以上が経《た》ち、もうラストオーダーも済ませている。

「もうちょい、早く言えや」おれはムッとしながら言った。

そんな大事なことをおれに相談せずに決めたのかよ。少し、傷ついた気持ちになる。

「ごめん、ごめん。タイミングがつかめんかってん」デグが〝馬力〟をバリボリ嚙みながら答えた。

馬力とはニンニクをしそと梅のエキスに浸けこんだ一品で、デグの大好物だ（デグはやたらと梅味の料理を注文する）。

「いくらでもタイミングはあったやろ。ほとんど、おれのオトンの話しかしてへんかってんから」

「そりゃ、お前のオトンの話は大事件やからな。オレの就職の話よりオモロいし」

その言葉が嫌味に聞こえて、おれは熱燗をあおった。

「で、何の店で働くことになったんや？」

「アパレルや。《ビームス》で販売するねん」

後頭部を金属バットのフルスイングで殴られたみたいなショックを受けた。ビ、ビームス？　お洒落ボーイ&ガールの憧れの店ではないか。店頭に出ている兄ちゃんたちはどいつもこいつもイケている。急に目の前のデグが、店のオーラでパワーアップして見えた。

おれは羨ましさを顔に出さないように必死でこらえた。

「へーえ、よかったやん。どこの《ビームス》やねん」

「梅田のヘップや」デグが、鰯《いわし》の梅肉はさみ揚げを割り箸《ばし》でほぐす。

「あの赤い観覧車のあるとこか？」

二年前にできたばかりのファッションビル《ＨＥＰ　ＦＩＶＥ》だ。いつ行っても人が多いのであまり好きじゃないが、たしかに《ビームス》は一階に入っていた。

「たまたま正社員で募集かけとったからな。ラッキーやったわ」デグが山芋の短冊梅肉和えをかじりながら、肩をすくめる。

あれだけの人気店だから、凄まじい倍率だったはずだ。だが、親友の勝利を素直に喜べない自分がいた。

「ヘップか……忙しくて大変そうやな。て、いうか、店入ってすぐにある、あの巨大なクジラは何やねん？」

「あれ、米米ＣＬＵＢの石井《いしい》竜也《たつや》がデザインしたらしいで」

「あの人、なんでいきなりアーティストになるって言い出したん？」

「知るか。オレに訊くなや」デグが焼酎お湯割り梅干し入りを飲む。

偶然、店内ＢＧＭが、大沢《おおさわ》誉志幸《よしゆき》の『そして僕は途方に暮れる』から米米ＣＬＵＢの『君がいるだけで』に変わった。

米米ＣＬＵＢは好きだったが、解散してからの彼の活動に興味は持てなかった。藤井フミヤにしてもそうだけど、アーティストを名乗るようになると、おれはその人への興味が失せる。

おれは皮肉を込めて、デグを見た。「お前みたいなチャランポランな奴が、よう受かったな」

「マグレやって。面接で『好きな映画は？』って訊かれたから、たまたま大学の連れから教えてもらった『ビフォア・ザ・レイン』って映画の話をしたんやけど、あれがよかったんかな。手ごたえあったもんな。おかげで受かってもうた」

「何やねん、その映画」

聞いたことのないタイトルだ。《カリフォルニア》の棚でも見たことがない。

「ミルチョ・マンチェフスキーっていう監督のヨーロッパ映画。マケドニアとイギリスが舞台やねんけど、時間軸がズレててオモロいねん」

何がオモロいのか、さっぱりわからない。

「……小難しそうやな」

「でも、お洒落やで。三つの物語で構成されとって、それぞれに『言葉』『顔』『写真』ってタイトルが付けられてんねん。すげえやろ？」

「観てへんから、わからへんわ」

怒りでも嫉妬でもない複雑な感情に、胸の奥がムカムカとしてきた。

デグはおれに気を遣っている。以前なら、大学や就職のことも、訳のわからない映画を観たことも、こと細かくおれに話してくれたはずだ。最近のおれの状況がのっぴきならないせいで、今は言い出せないんだろう。だけど、その気遣いがよそよそしくてイラつく。

「そろそろ帰ろか」デグが箸を置いた。

「なんでやねん。まだ酒が残ってるやんけ」

テーブルの上の梅だらけのメニューも、まだ余りまくっている。

「なにキレてんねん」デグが面倒臭そうな顔になる。

「キレてへんわ」

「キレてるやんけ」

デグが五千円札をテーブルに置いて立ち上がろうとしたので、咄嗟《とっさ》に言葉が出た。

「わかった。おれが悪かったわ」

「何、謝ってんねん。キモいの」

「まさか、お前が就職を考えてたとは思いもせんかったわ」

イヤミを言う口が止まらない。でも実際、高校時代からアホほど一緒に時間を過ごしてきたけれども、女の話と音楽の話とボケとツッコミしかしていない。よく考えたら、おれはデグの悩みも人生プランも、何も知らないのだ。

デグはテーブルに頬杖をついた。「最近、ふと気づいてん。この世で一番大切なことって何やろって」

「……何やねん」

「孫の笑顔を見ることやと思うねん」

おれはてっきりギャグだと思って笑ったが、デグは真顔のままだった。

「お前、マジで言ってんのか？」

「マジに決まってるやんけ。こんなオモロないことギャグにできるか」

「何の心境の変化やねん。どっから孫が出てくるんじゃ」

目の前にいる男が、最近まで夜の京都でナンパをしてはしゃいでいた男と同一人物とはとても思えない。

「冷静になって自分の将来を見据えた結果や。オレたち一般人は、普通に地に足をつけて普通の幸せを追求せなアカンねん。普通の結婚をして子供ができて、ジジイになったときに孫の顔を見てじんわり幸せを噛みしめられたら勝ちちゃうかな」

「それ、ホンマにお前の意見か」

二十歳の若者の発想じゃないだろう。うっとりと目を細めるデグをビンタしたくなった。

「それ以外に幸せになる方法があるか？」悟った風にデグは言った。

「……わからん」

いつもアホな言動しかしないデグが、おれと同じく将来の不安を感じていたとは。それは、おれにとって何よりもショックだった。この男だけは決してぶれずに自由に生きて欲しかった。

「お前はお前の道を頑張ればええと思う。レンタルビデオ屋に居候してる奴なんか、日本中どこを探してもおらんぞ」デグが寂しそうに笑った。

もうオレは社会人になるからお前とはアホなことできへんからな、と宣言されたような気がした。

「住みたくてあんな場所に住んでるわけとちゃうけどな」

「でも、オモロいからええやんけ。自分のオトンと同じバイト先でレジに立ってるんやろ。なかなか、経験できることやないぞ」

「どんな慰めの言葉やねん」

デグが笑った。「今度、ビデオ借りに行くわ。親子で接客してくれよな」

おれも笑った。「絶対来んな」

二人で笑った。決して腹の底からではなく、だからといって愛想笑いでもなく、ビールを飲んだあとのゲップのように、ごく自然の笑い声だった。

「ほんじゃあ、帰るわ」

デグが立ち上がり、《天ぷら　みっちゃん》の引き戸を開けた。おれは座敷で胡坐《あぐら》をかいたままだ。

「まだ飲むんか？」

「酒がもったいないからな」おれはなるべく陽気に徳利《とっくり》をかざし振ってみせた。

「また電話するわ」

「おう。またな」

デグが店を出て行った。おれは徳利の底にわずかに残っていた熱燗《あつかん》をおちょこに注いで飲んだ。

こんなにも苦くて不味《まず》い酒を飲んだのは初めてだった。

オトンの暴走とテンガロンハット

「結局、ビジネスというものはニーズに応えてナンボなのです」

オトンが唾《つば》をまき散らす勢いで力説を始めた。

朝の八時半――。おれと店長はオトンに呼び出されてJR摂津富田駅の喫茶店に来ていた。オトンは店の一番奥の席で、おれたちの分のモーニングセットを注文して待っていた。ヤブちゃんにも声をかけたらしいが、彼女がこんな時間に起きるわけがない（おかげでおれはゆで玉子を二個食べるハメになった）。

「オトン、いきなり何やねん？」

オトンは無視して店長に向き直った。「この三日間、《カリフォルニア》の営業状態をじっくりと観察させていただきました。ビデオの品揃えも素晴しく、マニア心をくすぐるお店だと思います」

「どうもありがとうございます」オトンの迫力に、さすがの店長も腰が引けている。

「ただ、《カリフォルニア》の弱点もハッキリとわかりました。ズバリ、宣伝力です」

「まあ、そうですよね」店長が気のない返事をした。

「あのさあ、オトン。そんなことは店長もおれも重々わかっとんねん。宣伝したくても金がないからしょうがないやんけ」

駅前でビラをまいたところで、《レンタル白虎隊》には何のダメージも与えられない。焼け石に目薬を落とすようなものだ。

銀縁メガネの奥のオトンの細い目がギラリと光った。

「お金がかからない宣伝方法もある」

「たとえば、どういうものですか？」店長がコーヒーカップを受け皿に置いた。

「今言ったように、ビジネスはニーズがすべてです。北極でかき氷を販売してもしゃあないでしょ？」

「《北極のアイスキャンデー》っていう商品はあるけどな」

オトンはおれの横槍《よこやり》をまったく気にせず続けた。「かき氷を売りたければ夏の暑いところで売ればええんですよ。海水浴場なんかは飛ぶように売れるでしょうな」

おれはムキになって突っかかった。「だからといって《カリフォルニア》を移転するわけにはいかへんやろ。そもそも、そんな場所がどこにあんねん」

「映画好きが集まる場所を探せばいい。ないなら、作ればいい」

オトンは自分のコーヒーを飲み、店長の反応を待った。

店長はしばらく腕を組んだまま黙っていたが、やがてゆっくりと腕をほどいた。

「つまり、映画マニアたちを《カリフォルニア》に引っ張ってくるわけですね」

「そのとおりです」オトンが得意気に笑みを浮かべる。

「具体的にどうすればええねん」

おれは身を乗り出して訊いた。ヤブちゃんと約束したのだ。《レンタル白虎隊》に勝つためなら何でもする。

「リュウ、お前はラーメンが好きやったな。家でもよくカップラーメン食べてるもんな」

「まあ、嫌いな奴のほうが珍しいやろ」

《カリフォルニア》に住んでからは、さらに食べる回数が増えた。二日にいっぺんは食べている。ちなみに、昨日は日清カップヌードルのシーフードを食べた。

「近所にあるマズいラーメン屋と、離れた駅にあるめっちゃウマいラーメン屋やったら、どっちに行く？」

「そら……めっちゃウマいラーメン屋に決まってるやん。どれだけ離れてるかにもよるけどな」

「じゃあ、大阪一ウマいラーメン屋が堺にあったら？」

おれの地元茨木市から堺市まではかなりの距離がある。ＪＲ、地下鉄、南海と電車を三本乗り継いで一時間くらいかかる。

「しょっちゅうは行かへんやろうけど、数カ月に一回ぐらいやったら行くと思う」

「日本一ウマいラーメン屋が東京にあったらどうや？」

「一生のうちに一回、行くか行かへんかやろな」小馬鹿にされているようで何だかイラっいてきた。

　オトンが不敵に笑った。「もし、お前が誰にも負けないラーメンマニアなら？　人生の中で一番愛しているのがラーメンやったら？」

「それなら話は別や。東京に月一回は行くやろうし、もしかしたら引越しも考えるかもしれへん」

「なるほどね」店長が指を鳴らした。「摂津富田に住んでいるお客さんだけに頼らず、大阪中の映画マニアが集まる店にすればいいんですね」

「大阪と言わず、全国の映画マニアが狂喜乱舞する店を目指しましょうよ」

　おいおい。何だかスケールのデカい話になってきたぞ。そのアイデアに自分が加わっていないのが歯がゆい。

「少し希望が湧いてきました。ありがとうございます。桃田君のお父さんは『バック・トゥ・ザ・フューチャー』のドクみたいですね」

「何者ですか、その人は」オトンが眉をひそめる。

「店長、オトンはほとんど映画観ないんです」

「いやいや、いくらなんでも『バック・トゥ・ザ・フューチャー』を観たことがない人はいないでしょ。そんな人が存在するわけ？」

「オトンがそうですよ」

「初めて出会った……」店長は宇宙人でも見るような顔つきでオトンを見た。

「ちなみに今まで観たことのある映画はなんですか」

オトンが天井を向いて、顔をしかめるが中々思い出せない。

「あの、『E.T.』はどうでしょうか」

「……宇宙人が地球を侵略する話でしたっけ？」

「違いますね。宇宙人と少年の友情の物語です」

「それは観てませんね」

「信じられない。ここにスピルバーグがいたらブン殴られてますよ」

「いやあ、面目《めんぼく》ない」オトンが変な謝り方をする。「映画には詳しくありませんが、長年培ってきた営業力で必ずや《カリフォルニア》を復活させてみせます」

オトンの目が不気味なほどキラキラと輝いている。映画もろくすっぽ知らないのに、どこからそんな自信が出てくるのだろう。

「こちらこそよろしくお願いします」店長が戸惑いながらも頭を下げた。

「つきましては、今日の午後から私とリュウで外回りに行きたいのですがよろしいでしょうか」

「えっ？　おれもかよ」おれは口の中のゆで玉子を吐き出しそうになった。

「営業のイロハを叩きこむから覚悟しとけよ」オトンがニンマリと笑う。

おいおい、どこに行くつもりやねん……。

こんなにも嬉しそうなオトンの顔は久しぶりに見る。おれが小学生のころ、家族で淡路《あわじ》島《しま》に旅行に行って釣りをしたときに、家族のみんなはバンバン魚がかかったのにオトンだけがまったくヒットせず、日が沈んで暗くなって、もう帰ろうとしたラストの一投で、一メートル以上もある大物のハモがかかったとき以来の笑顔だ。ハモは旅館に持って帰り、淡路島名産の玉ネギを使った〝ハモスキ〟を板さんに作ってもらった。

あの日の桃田家は、紛《まぎ》れもなく幸せだったと思う。

「すべて、桃田親子にお任せします」

店長は、ホッとした表情になり、テンガロンハットを脱いでトーストをかじった。


その日の午後二時。おれとオトンは西梅田のオフィス街にいた。

雨は降っていないが湿度が異様に高い。オトンはさっきからしきりにハンカチで首筋の汗を拭っている。今年の夏もかなり暑そうだ。

「ここやな」オトンが立ち止まり、目の前のビルと左手に持っている地図を見比べる。

「オトン、ここにホンマに入るんか？」

「当たり前やがな。何のためにわざわざ梅田までやって来たんや」

オトンはスーツの内ポケットにハンカチをしまった。

「バレたらどうすんねん。絶対、警備員がおるって」

「おったところでどうってことないがな。安心せい。お前はどっからどう見てもここの学生に見えるわ」

おれたちがやって来たのは、梅田のヒルトンホテルの近くにある、映像の専門学校だ。オトンの下調べで、この学校に映画科があるのもわかっている。

「おれ、学生のフリなんかできへんって。ましてや、初めて会う奴と仲良くなんかなれへんぞ」

オトンの作戦は、この専門学校に通っているマニアックな学生たちを見つけ、《カリフォルニア》の宣伝をかけることだ。

「適当に映画の話でもしたらええやろ」

それが一番不安なんだってば。《カリフォルニア》で店長に鍛えられたとはいえ、真剣に映画の道を志している奴らと話を合わせる自信はない。

オトンはおもむろにビルの玄関に向かって歩き出した。

「ちょっと待てや。まさかとは思うけど、オトンも入る気ちゃうやろな」

おれはオトンの腕を摑んで引きとめた。

「当然、潜入するに決まってるやろが。そのためにスーツを着てきたのに」

「もしかして、先生のフリすんのか？」

オトンが胸を張って頷く。なぜ、この人はこんなにも自信満々なのだろうか。というかサラリーマン時代よりもエネルギッシュになっているような気がする。

おれの心配をよそに、オトンは大股で専門学校に入っていった。たしかに、堂々と歩いていれば学校の関係者に見えなくもない。おれも覚悟を決めて、オトンのあとについて行った。「不法侵入」という言葉がチラリと胸をよぎったが、もう遅い。おれたちは一階のフロアを抜け、エレベーターホールへと向かっている。

アカン……めっさ心臓がバクバクしてる。

授業中なのか、建物内は静まりかえっていて、学生らしき若者の姿は見当たらない。

ＯＬのような恰好をした女がファイルを小脇に抱えて歩いてきた。思わず目を逸らしたくなる。

「こんにちは」

唐突に、オトンが挨拶をする。

おいおい、何、自分から目立とうとしてんねん。

リストラされてからのオトンは、明らかに暴走しまくっている。どこまで行ってしまうのか、息子ながらにとても心配だ。

「こんにちは」

予想に反して、ＯＬ風の女もペコリと頭を下げた。

「……知り合い？」

女とすれ違ってから、おれは小声でオトンに訊いた。

「そんなわけないだろ」オトンも小声で返す。

「あの女の人はおそらくここの職員だ。ビクビクせず、逆に偉そうな態度を取っとけば、勝手にこっちを講師と勘違いする」

おれのオトンとは思えない度胸と行動力だ。暴走には違いないが、頼もしさを感じてしまった。

よっしゃ。やったろうやんけ。

大きく深呼吸をすると、ようやく学校の中が冷静に見られるようになってきた。

ここが専門学校か。消毒液の臭いのない病院みたいな建物だ。比較的新しいのか、壁は白く、廊下もピカピカと光っている。さすが映画の専門学校らしく、ところどころに映画のポスターやチラシが貼ってあるが、すべて邦画で知らない映画ばかりだ。もしかしたら学生たちの作品なのかもしれない。

おれたちはエレベーターに乗り、二階へと上がった。

「おっ、食堂があるじゃないか」

食堂はエレベーターを降りてすぐ目の前にあった。このフロアのほとんどが食堂で占められているようだ。おれの高校にあった、うどんのダシ臭い食堂とは違って、ちょっとしたカフェのような雰囲気で、学生たちが何組かグループに分かれてお茶を楽しんだり、軽食を食べている。

「さっそく友だちになってこい」オトンがおれの背中を押した。

「急になれるわけないやろ。どんだけ図々しい奴やねん」

もともと人見知りな上に、映画マニアの演技をしなくてはいけないなんて。

つくづく、役者とはとんでもない仕事だと思う。《カリフォルニア》で働くまでは、映画館に行ってもポップコーンを食べながらのほほんとスクリーンを眺めているだけだったが、店長のハリウッドクイズで、ロバート・デ・ニーロが『タクシードライバー』のためにホンマにタクシーの運転手をした話や、ケビン・ベーコンが『告発』の囚人役のために二十キロ以上痩せたとか聞いてから、軽い気持ちでは映画鑑賞ができなくなった。

オトンは一人で食堂の端のテーブルに着いた。特等席で息子の演技を見守る気だ。

やったろうやんけ。おれは無理やり吉瀬のニヤけた顔を思い浮かべて気合を入れる。食堂の中でも一番盛り上がっている三人組のテーブルの近くに座り、彼らの会話に聞き耳を立てた。

「なあなあ、ルコントの作品で何が一番好き？」リーダー格の、ロン毛でジージャンの男が言った。

「僕はやっぱり『髪結いの亭主』です。何よりも映像が美しいし、結末が衝撃でした」ベースボールキャップを被った、後輩キャラの男が答える。

「私は『仕立て屋の恋』が好きかな。感情移入が一番しやすいんだもん」微妙になまっている金髪の女が言った。地方から出てきた子なのだろう。

「甘いな。ルコントは元々コメディを撮っててん。『タンゴ』のほうが彼らしさを出してると思うねんなあ。だから、俺的には『橋の上の娘』もアウト」ロン毛が鼻息荒く反論する。

何がアウトじゃ、バカチンが。映画でマウント取りたがるやつは、みんなルコントってやつの名前を出せばいいと思ってやがる。ロン毛は間違いなく、仲間にナメられたくなくて自分の知識をひけらかしているだけだ。

だが、こういう奴こそが使えるのかもしれない。奴に他の学生への影響力があれば《カリフォルニア》の広告塔になってくれる。

「自分、めっちゃ映画に詳しいよな」

おれは勇気を振り絞って自分の座っている椅子ごと彼らのテーブルに移動した。三人組がギョッとした顔でおれを見る。

とにかく笑顔だ。引き攣《つ》ってもいいから笑え。

おれは、ロン毛に狙いを定めて営業を開始した。

「JRの摂津富田駅にある《カリフォルニア》っていうレンタルビデオ屋知ってる？　全国の映画ファンが喜ぶ店らしいねん」

「……どう喜ぶわけ？」ロン毛が警戒しながらも訊いた。

「店長がハリウッドスターと友だちやねん」

「マジ？」ベースボールキャップの顔が輝く。

「えっ？　スターって誰？」金髪の女も食いついてきた。

「噂ではショーン・ペンと酒場で殴り合ったらしい」

一応、本人から聞いた話だ。責任はおれにない。

「マニアの間では、もの凄く有名なレンタル屋らしいねんけど」おれは、チラリとロン毛を見た。

ベースボールキャップと金髪の女の視線も、ロン毛に注がれる。

ロン毛は、わざとらしく眉間《みけん》に皺《しわ》を寄せた。「なんか……聞いたことあるな。摂津富田やんな」

こういうタイプの人間は「知らない」という言葉を口にしたくない。ましてや、仲間に知識を披露したあとだ。

「やっぱ知ってるんや。さすがやなあ」

おれのヨイショにロン毛が鼻を膨らませる。「まだ行ったことはないけどな。前から行ってみたいと思っとってん」

「へーえ、私も連れてって欲しい」金髪の女が目を潤ませた。

どうやら、ロン毛に好意を持っているようだ。もしかしたら、すでに付き合っているかもしれない。

「ところで君、初めて見るけど演劇科の人？」ベースボールキャップが訊いてきた。

演劇科もあるのか。ここは無難に攻めたほうがよさそうだ。

「うん。そうやで」

おれがそう答えた瞬間、三人組の表情が一変した。

「なんや、演劇の人か」ロン毛が明らかに見下した態度で言った。

何だ、この反応は？　演劇と映画は似たもの同士じゃないのか。

「まさか、演劇の人がパトリス・ルコントを知ってるとは思わんかったわ。ちなみに君はルコントやったら何が一番好き？」

ロン毛の物言いに、金髪の女がクスクスと笑う。ベースボールキャップもニヤつきながらおれの顔を覗きこむ。

「あれっ、もしかしてルコント知らんのちゃう？」

顔が熱くなってきた。こいつらは、どうして初対面の人間をここまで馬鹿にできるのだろう。

「演劇の何が悪いねん」おれは怒りに任せて言った。映画以上に演劇のことは何も知らないが、ムカついてしょうがない。

「だって演劇って笑けるやん」ロン毛が挑発的に鼻を鳴らした。「演技はめちゃ大げさやし、ストーリーも意味不明やし、自己満足のオナニー学芸会にしか見えへんねんなあ」

「どの監督の映画が好きなのか、訊いてみようよ」金髪の女も調子に乗ってきた。

「なあ、早く教えてや」ベースボールキャップがおれの肘を拳で突いた。

全員シバいたろか……。いや、こらえろ。敵はこいつらじゃなく《レンタル白虎隊》だ。

ここはヤケクソで切り抜けてやる。

「ルマンドや……おれはルマンド監督が一番好きじゃ」

「それってお菓子の名前じゃないの」金髪女が眉をひそめる。

「違う。フランスでは有名な監督や」

おれはアホか。咄嗟にヨーロッパ人ぽい名前が思いつかなかったとはいえ、何を言い出すんだ。

「嘘つけ。顔が真っ赤になってるやんけ」ベースボールキャップが座ったまま、おれのイスを蹴った。

「ほっとけ。何か、かわいそうになってきたわ」ロン毛が汚いものでも見る目でおれを睨みつけた。「学校を辞めてくれへんかな。君みたいな奴がおると、ここのレベルが下がるねん」

ロン毛を摑んで床を引きずり回してやろうかと立ち上がりかけたとき、おれの肩にポンと手が置かれた。

「そろそろ行きましょうか、桃田先生。授業が始まりますよ」

いつの間にか、オトンが背後に立っていた。予期せぬスーツ姿のおっさんの登場と「桃田先生」という台詞に、三人組が目をパチクリとさせる。

「君たちは、どこの学生だ」オトンが腰に手をあてて、三人組の顔を順に見た。

「映画科です」ロン毛が口を尖《とが》らせて答える。

「こちらは演劇科の臨時講師、桃田先生だ」オトンがおれの紹介を始めた。「若く見えるが、オックスフォード大学で博士号を取得された方だ。シェイクスピアの研究でね。この度、わざわざ我が校のために来日なさってくれたんだよ。おもに演出家として活動してイギリス演劇界の若手の中でも注目されている一人だ。当然、脚本も書く。代表作は『ハミガキ粉を失った男』で、中年男の苦悩を描き、数々の賞に輝いている」

よく言うよ……。おれはオトンの嘘八百に呆れながらも、三人組に向かって笑顔を作った。


「あの三人の顔を見たか。揃って口をポカンと開けとったな」

エレベーターの中で、オトンはさも愉快そうに言った。

「絶対嘘ってバレてるわ。オックスフォードがどこにあるかもわからんのに。ほんで、『ハミガキ粉を失った男』って何やねん。完全にオトンの話やんけ」

「ああいう頭でっかちは、えてして権威に弱いねん」

「そうかな？」

「自分がそうだったからよくわかる」オトンが自嘲的な笑みを浮かべた。

エレベーターが一階に着き、ドアが開いた。

降りようとした瞬間、燃えるような赤い髪が目に飛びこんできた。

エレベーターの前で、驚いた顔の若林さんが立っていた。黒の長袖のシャツを着ている。

「……桃田君。こんなところで何してんの？」

「いや……そういう若林さんは……なんで……」

まさかの展開に、おれはしどろもどろになった。相変わらずの巨乳で、Vネックの谷間につい目がいってしまう。

「私、ここの学生やねん。映画監督になるために勉強してるの」

映画監督の話は前にちらっと聞いたが、若林さんについて、ほとんど何も知らない。知っていることと言えば、映画が好きなことと、ひどい仕打ちを受けたはずなのに、まだ吉瀬のことが好きだということだけだ。

「き、奇遇やな。おれも《カリフォルニア》でバイトしてから映画に興味を持って、監督にでもなろうかなとか思って、今日はオトンと見学に来てん」父親譲りの嘘がベラベラと口から出てくる。「ミルチョ・マンチェフスキー監督の『ビフォア・ザ・レイン』って映画知ってる？　マケドニアとイギリスが舞台やねん。時間軸がズレてて、お洒落で、三つの物語で構成されとって、それぞれに、忘れたけどタイトルが付けられてて……」

「小難しそうやな」オトンがボソリと呟いた。

「授業があるからどいてくれる？」若林さんが乗りこんできた。

香水かシャンプーのいい匂いが、おれの鼻腔をくすぐる。

「あっ、ごめん」おれは慌ててエレベーターを降りた。

若林さんは、おれと目を合わせようともせず、エレベーターのドアを閉じた。


電車に乗って、摂津富田まで戻ってきた。

若林さんのことを一言も訊かれなかったのはありがたかった。といってもオトンがおれの恋愛に口を出したことは一度もない。

そもそも、小学校五年生ぐらいから、まともな会話をしてこなかった。正直、オトンの存在が鬱陶しくて仕方なかった。たまに実家で顔を合わせても、おれは一方的に無視をしていた。

それが、帰りの電車では《カリフォルニア》の復活に向けて意見交換するまでの仲になってしまった。

オトンは水を得た魚のように、次々とアイデアを出してきた。そうすることによって、リストラされた心の傷を忘れようとしているのかもしれない。

映像の専門学校への侵入は、効率は悪そうだが、人気のある先生や学生が《カリフォルニア》を知れば、一気に学校中に広まりそうだという実感はあった。

おれとオトンは、軽い達成感を覚えながら《カリフォルニア》の自動ドアをくぐった。

レジには、しかめっ面をしたヤブちゃん一人しかいなかった。

「あれっ？　店長は？」店の中にも見当たらない。

「逃げたわよ」ヤブちゃんがため息を飲みこみ言った。「この店はすべて、桃田親子に任せるってさ」

レジの上に、テンガロンハットが置かれていた。

夏をあきらめて

どれだけ最悪な状況に陥ろうとも、夏はやってくる。

七月になっても《カリフォルニア》はヤブちゃん効果もあってか、なんとか潰れずに営業を続けていた。

まだ夏は始まったばかりだけど、太陽は容赦なく街をジリジリと照らし、アスファルトの上に立っていると、フライパンでカリカリに焼かれるベーコンの気持ちになってくる。世の二十歳はこれから、海水浴やキャンプや祭りや花火やナンパで大忙しのシーズンなのに、おれは、ほぼ一日をビデオに囲まれて過ごしている。しかも、実の父親とだ。

正直、泣きたい。

テンガロンハットのおっさんがトンズラしてからというもの、慣れない仕事がどっと増えて、まともに休憩をとる暇もない。伝票整理、仕入れ、紹介文づくり、延滞の連絡……唯一の癒しが、店を閉めてから、二十四時間やっている銭湯に行き、大浴場でほっこりしたあとマッサージ椅子に座りながらヱビスの缶ビールを飲むことだ（店の営業を放るわけにはいかないので、専門学校への営業はやむなく中止した）。

「で、店長はどっちがなるわけ？」

テンガロンハットのおっさんが逃げてから一週間後、ヤブちゃんが訊いてきた。

レジの中で、おれとオトンは顔を見合わせた。

「副店長やってたんやから、お前がなるべきやろ。それが社会のルールっちゅうもんや」

「いやいや、おれには無理。オトンが年上やねんから、やってくれや」

「アホか。父親が年上なのは当たり前やろが。藪中さんはどっちが相応《ふさわ》しいと思う？」

ヤブちゃんはニンマリと笑って、予想通り、おれの鼻っ面を指した。

とうとう、おれのエプロンの左胸には《店長　桃田竜》とプレッシャーのかかる名札が付くことになった。

店長になってからの一番の悩みは、従業員たちにろくな給料が払えないことだ。もちろん、おれの分はない。まあ、自宅の家賃がタダな分、救われてるのかもしれないが。ヤブちゃんとオトンだからがまんしてくれてはいるものの、このままではシャレにならない。

「桃田店長の出世払いでいいよ」

ヤブちゃんは笑顔でそう言ってくれるが、何とも心苦しい。そもそも出世の見込みが限りなくゼロなのだ。

「……お金、大丈夫なん？」おれはヤブちゃんにおずおずと訊いた。

オトンは退職金があるから何とかなるにしても、ヤブちゃんは《カリフォルニア》以外で働いてないはずだ。それなのに、毎日、コスプレショーのように様々なセクシー＆エロ衣装で出勤するものだから、心配になってしまう。

「今は実家だもん、平気よ。東京で荒稼ぎしたときの貯金もちょっとだけ残ってるし」

荒稼ぎって、例の……。

おれは顔が強張《こわば》りそうになるのを必死でこらえ、ぬるくなった生ビールを飲んだ。

あれ以来、ヤブちゃんの作品は見ないことにしている。おれのために体を張って（ときには露出狂のような恰好までして）頑張ってくれているのに、あまりにも失礼だ。いつも一緒に働いている女性が、ゴキブリのような体の色をしたAV男優にあんなことやこんなことをされているシーンなんて、直視できるわけないだろ。

……そう強く心に誓っていたはずなのだが、つい最近、誘惑に負けてしまった。めちゃくちゃエキサイトして、思いっきり直視してしまった。

今まで観てきた数々の名作がかすんだ。

「ヤブちゃん、観ちゃってごめん」という背徳感が興奮度を倍増させたのかもしれないが、おれのアソコは、釘《くぎ》が打てるぐらいカチコチになった。

そんなある日、おれとヤブちゃんは、《カリフォルニア》を閉めてから近くのファミレスに来ていた。おれは生ビールとすき焼き御膳、ヤブちゃんはクリームソーダとキーマカレーを頼んだ。金欠なので、本来ならカップラーメンを食って寝るところだが、「ちゃんと栄養を摂《と》らなきゃダメだよ。奢《おご》ってやるから」とヤブちゃんに半ば強引に連れてこられた。

午前三時だというのにファミレスは若者たちで賑わっていた。ヤンキー同士の武勇伝や、キャバ嬢たちの客のグチ、合コンに惨敗した大学生の反省会が、四方八方から聞こえてくる。

「へいへい、どうした桃田店長。元気ないじゃん。すき焼き食べてもテンション上がんないの？」ヤブちゃんがストローでおれの顔に息を吹きかけてからかう。

「その呼び方はやめてや。自分でもキモいわ」

「だって、ハタチで店長の座につくなんてスゲえじゃん」

なりたくてなったわけじゃない。昔から、責任の重い立場は苦手だ。小学二年生のとき、飼育係に立候補したのにもかかわらず、ミドリガメの太郎を逃がしてしまった出来事がトラウマになっている。

「このままの売り上げやったら、来月の店の家賃も払えるかどうか微妙やわ」

テンガロンハットの元店長は、ご丁寧にも、ビデオショップの家賃の振り込み先から、店の権利書、取り引き先のビデオ業者の連絡先、そしてあのテンガロンハットまで残していった。

「何とかなるでしょ。悩んだところでどうにもならないのが人生だもん」ヤブちゃんはクリームソーダの中に入っていたサクランボを取り出し、パクリと口にした。

たったそれだけの動作でも艶《なま》めかしく感じてしまう。すき焼き効果もあってか、さっきからおれの下半身だけはギンギンに元気だ。

「あきらめろってことか」

おれにはヤブちゃんの言葉が投げやりに聞こえた。

「この道より我を生かす道なし。この道を歩く」ヤブちゃんがおれの目の奥をじっと見つめて言った。

「……誰の言葉？」

「武者小路実篤《むしやのこうじさねあつ》の詩よ。中学のとき習ったでしょ」

「ごめん。どっかに記念館があったことぐらいしか覚えてへん。ほんで、その言葉の意味は？」

「それは桃田自身が感じ取らなきゃダメよ」

ヤブちゃんが東大中退だということをコロリと忘れていた。AV女優という強烈すぎる経歴のせいで、中学高校時代にガリ勉だったころの面影が吹き飛んでしまってた。

「ヤブちゃん、武者小路さんが好きやったん？」

「ううん、どちらかと言うと中学、高校と夢中になったのは安部公房《あべこうぼう》。『砂の女』とか『箱男』とかシュールなのが好き。でも一番好きなのは短編の『無関係な死』かな。桃田は読んだ？」

おれは静かに首を振った。最近読んだものといえば、『週刊少年チャンピオン』で連載中の板垣恵介《いたがきけいすけ》先生の『バキ』と、『週刊ヤングマガジン』の福本伸行《ふくもとのぶゆき》先生の『カイジ』だけだ。

ヤブちゃんは目を輝かせながら安部公房の話を続けた。

「いきなり自分の部屋に、見たこともない他人の死体が転がってて、主人公が困っちゃうの」

「誰でも困るやろ」

「テンパっちゃった主人公は試行錯誤して、死体を何とかしようとするんだけど、頑張れば頑張るほど裏目に出ちゃうのよね。笑えるでしょ？」

「たしかに傍《はた》から見る分にはおもろいな」

「悲劇こそが、最上の喜劇よ」

おれの現状がまさにそうだ。他人からすれば笑い話にしかすぎないだろう。

おれは大きく息を吐き、気持ちを切りかえた。

「生ビール、おかわり！」

ちょうどテーブルの横を通りかかった店員に注文する。

「いいねえ。やっぱり桃田はおバカじゃなくちゃね」ヤブちゃんがニンマリ笑う。「生ビールを四つにして。私も付き合うから」

「四つも？」

「一杯目はイッキで飲み干すのよ」

ヤバい。ヤブちゃんの夜遊びモードにスイッチが入った。

二時間後、おれたちはジョッキ十杯ずつの生ビールを飲み、ベロベロに酔っぱらっていた。

「さあ、行くわよ」ヤブちゃんがおれの手を引いて、ファミレスを出た。

「ど、どこに行くねん」

おれは酔いながらも動揺した。また、ラブホテルに連れ込まれたらどうしよう。ただでさえ、生身のヤブちゃんを前にしたら緊張でインポになってしまうのに、これだけアルコールを摂取したら確実に使いものにならない。

「いいから黙ってついて来い！」

おれたちは手を繋《つな》ぎながら、神戸方面に向かう始発に乗り込んだ。

どうすればラブホテルに行かずにすむか、ガラガラの電車の座席で考えていたら、いつの間にか寝てしまっていた。

「桃田、起きて」

ヤブちゃんに肩を揺すられて目が覚めた。

「……ここ、どこなん？」

ずいぶんと眠った気がする。全身に残っているビールのせいで意識が朦朧《もうろう》として気分が悪い。

車内アナウンスが「須磨」と告げた。

「す……すまぁ？　なんでここに連れてきてん？」

「海を見るために決まってるやんか！」

ヤブちゃんはおれの両手をつかみ、無理やり電車から降りた。

潮の匂いがした。早朝の海風も気持ちいい。

駅の目の前が海水浴場だ。小学生のときに家族で来たのを覚えている。あの頃は、未来への不安など考えたことがなかった。

「海だぁぁぁ！」

ヤブちゃんが叫びながら砂浜へと走っていった。おれもヨロヨロとしながらついていく。

何年かぶりの海だ。眩しくて、まともに目が開けられない。朝陽が海面にキラキラと反射して、世界全体が輝いている。どこか別の惑星に迷い込んだみたいだ。

ヤブちゃんはピンク色のミュールを脱ぎ捨て、さざ波に足を浸した。

砂浜に人影は少なく、声を上げて波とたわむれるヤブちゃんを見ていると、自分がベタな青春映画の主人公にでもなったかのような錯覚に陥る。

「桃田店長もおいでよ！　夏なんだからさ！」

ヤブちゃんは、おれを励ますために、ここに連れてきてくれたのだ。胸の奥が掻きむしられたように痛痒くなる。

久しぶりの海で、久しぶりに恋をした。

出来すぎたシチュエーションと、頭に浮かんだ恥ずかしすぎるフレーズに、顔面が熱くなる。

「うおぉぉぉ！」

おれは雄叫びを上げながら海に突っ込み、頭から飛び込んだ。

すべて、夏のせいにしてしまえ。おれはヤブちゃんのことが本気で好きになっていた。

この日、砂浜でしたキスは、フルーツガムの味がした。

やってきたビキニ祭

八月に入り、《カリフォルニア》に本格的な危機がやってきた。盛り返していたはずの客数が、十分の一に激減した。

早速、オトンは《レンタル白虎隊》が何かを仕掛けてきたに違いないと偵察に行った。

「何というハレンチな店や……」

帰ってきたオトンは青白い顔で呟いた。

とうとうデグの言っていた〝ビキニ祭〟が始まったのだ。オトンの話によれば、ここは海水浴場ですかとツッコミを入れたくなるほど、女の店員たちがビキニ姿で業務をしているらしい。テレビの撮影で吉本の芸人もリポーターとしてやってきて、まさにお祭り状態になっているという。

「店に客が入りきらんで整理券まで配られとったわ。敵ながらアッパレやな」

落ち着きを取り戻したオトンは、レジの中で深いため息をついた。

「そんなん勝てるわけがないやんけ……」

おれもオトンに合わせてため息をつく。

ということは、若林さんもビキニで店内を練り歩いているのか。想像しただけで頭の中がえらいこっちゃになってしまう。

「こっちも強行策に出なアカンで」オトンが銀縁メガネの奥の細い目を光らせる。「だから と言って、藪中さんに水着になってもらうわけにもいかんしな」

ヤブちゃんなら、それぐらいは余裕綽々《よゆうしゃくしゃく》だろうが（もちろん、オトンはヤブちゃんの前の仕事を知らない）、おれの彼女にそんな真似をさせたくない。最近は、ヤブちゃんにコスプレも控えめにしてくれとお願いした。男性客のスケベな視線にさらされるのが我慢できなくなってきたからだ。だが、それが客足が遠のいた原因のひとつなのは間違いない。

「そんなに〝ビキニ祭〟すごかった？」

実の父親には非常に訊きづらい質問だ。

オトンは唇を噛みしめ（ただし、鼻の下は伸ばしながら）、頷いた。

「中でも赤毛の女の子が凄《すさ》まじかったなぁ。カメラマンたちのフラッシュを一身に集めとったぞ」

若林さんだ……。やはり、どえらいことになっている。

「この間、梅田の専門学校でその子と会ったやん。エレベーターの前で」

「何？　ホンマか？　全然印象が違うやないか」

「ビキニやったら、誰でもそう思うよ」

「つくづく、女という生き物は恐ろしいもんやの」オトンがしみじみと呟いた。

どうしても見たい。やましい気持ちがないと言えば嘘になるが、これだけ集客に差をつけられているイベントを無視するわけにはいかない。

もう一度、あそこに足を運んでやる。ただ、若林さんや吉瀬と顔を合わせるのは嫌だ。

クソッ。変装するしかねえのか。

俺は店番をオトンにバトンタッチして《レンタル白虎隊》へと向かった。


何やねん、これ……。

まさにお祭り状態だ。て言うか、駐車場に神輿《みこし》まで出ているではないか。ビキニの女の子たちがかわいい掛け声を上げながら担《かつ》いでいるのを、無数の野次馬たちが取り囲んで写真を撮っている。

ここ、国道の真横だぞ。ビキニに気を取られたドライバーが事故を起こしたらどうするつもりなんだ。

おれは激安ショップで買ってきたサングラスをかけ直し、整理券の列に並んだ。一時間近く待たされて（しかし、ビキニ神輿が横で『わっしょい、わっしょい』やってるので、退屈はしない）、ようやく店内に入ることができた。

す、すげえ。冗談じゃなく腰が抜けた。

店内の床に砂が敷いてある。波の音の効果音とハワイアンミュージックが流れていた。

砂浜にレンタルビデオの棚があるという風景は、あまりにもパンチが効いている。ここまでやるとは正直思っていなかった。客たちは靴が砂まみれになるのも気にせず、ビキニ姿の女店員たちを眺めてデレデレしっぱなしだ。

ひときわ野次馬たちが賑わっているコーナーがあった。「なんちゅう、爆乳や」という呟きまで聞こえる。

……まさか。おれはベースボールキャップを深くかぶり、マスクを鼻まで上げた。

やっぱり、若林さんだ。髪の色に合わせた赤いビキニを着用している。そこら辺のグラビアアイドルも顔負けの姿で、犯罪スレスレのフェロモンを撒き散らしまくりだ。

若林さんのボディはメガトン級の爆弾みたいに超危険な代物だった。ビキニは意図的にサイズがミニで、小玉スイカほどのおっぱいがこぼれ落ちそうな勢いである。Bだけではなく W も H も芸術品かのごとく美しい。思わず涙が出そうになってきた。

若林さんは相変わらずクールな表情でテキパキとビデオを並べている。その男を寄せつけないムードが、またいい。M心のある男にとってはたまらないサービスだ。

めちゃくちゃやんけ。もはやこれはレンタルビデオ屋なんかじゃなく、風俗店じゃねえか。

おれはサングラス越しに吉瀬を探した。さぞかし得意気な顔でふんぞり返っているのかと思いきや、姿が見えない。

「ドリンクいかがですか？」

突然、背後から声をかけられてビクリとした。水色のビキニギャルがメニューを持って立っていた。よく見ると、開店当初はアメリカンなカフェだったスペースも、海の家風に改造されている。ギャルから手渡されたメニューには、ビールやカクテルの他に、カキ氷や焼きそばまであった。

「イチゴや宇治金時のカキ氷には練乳たっぷりかけますよ」

ギャルがブリッコ丸出しの声で言って、わざとらしく胸を寄せた。若林さんほどではないけど、弾力のある二つの膨らみが眩しい。

こうなりゃ焼きそばでも食べながらビールでも飲んでやろうかと注文したそのとき、自動ドアが開いて、ニヤけ顔の吉瀬が登場した。

「どうですか？　この風景。壮観でしょ？」

吉瀬のうしろには、テレビ局のクルーがぞろぞろと連なっていた。しかも、どうやら生放送中らしい。リポーターのお笑い芸人が、吉瀬の横で興奮した様子で実況している。

ムカムカしてきた。吉瀬は照明を当てられ、カメラの前で有頂天だ。この放送でさらに《レンタル白虎隊》は大繁盛するだろう。もしかすると、全国から客が押し寄せるようになるかもしれない。おれとオトンがやろうとしていた作戦を、〝エロ〟というツールを使ってあっさりとやられた。

悔しいを通り越して、虚しい。おれは指名手配犯のような恰好でコソコソと偵察するだけで精一杯だった。

リポーターのお笑い芸人のテンションがさらに上がった。若林さんを発見したのだ。カメラも若林さん（というか若林さんの胸の谷間）にグイッと近づいた。マイクを向け、インタビューを始めた。

「お嬢さん、ナイスボディですねー！」

お笑い芸人は露骨に、若林さんの全身を舐めまわすようにジロジロと観察した。若林さんは表情を一切変えず、カメラを睨みつけている。

「お仕事は楽しいですか？」

野次馬と吉瀬がニコニコしながら若林さんの答えを待つ。

「楽しいわけないやろ」

若林さんがドスのきいた低い声で言った。

お笑い芸人は凍りついた顔で吉瀬を見た。吉瀬の笑顔も強張って、「段取りと違うやんか」とでも言いたげな目をしている。

次の瞬間、予想もしていない展開になった。何と、若林さんがよろけ、と同時にビキニのブラが外れてしまったのだ。

「きゃあ」という悲鳴とともに両手で隠したが、確実に一瞬、若林さんの生のおっぱいが全国のお茶の間に晒《さら》された。一見、アクシデントのようだったが、おれは若林さんの右手がしっかり背中でブラを外すのを見ていた。

野次馬たちがどよめき、それに負けない大声で若林さんが叫んだ。

「このお店はセクハラを強要しています！　こんなにすぐ外れちゃう水着を着させられてるんです！　着たくないって言っても、着ないと給料下げるぞって脅されました！」

「お、おい！　何を言い出すねん！」

吉瀬が慌てて若林さんをカメラの前から押しのけようとした。ところが逆に吉瀬自身をリポーターに差し出す結果となってしまった。関西ローカルのお笑い芸人が、こんなハプニングを逃すはずがない。

「吉瀬店長！　一体、これはどういうことですか！」マイクで殴りかからんばかりに吉瀬に詰め寄る。カメラもガブリ寄りで、困惑する吉瀬の表情をアップでとらえようと必死だ。

「いやあ、これには、あの……深いワケがありまして……すべて、演出であります」吉瀬が顔中に脂汗をかきながら、シドロモドロで答える。

「先ほどの女性はたしかに、セクハラと発言しましたよね！　これはあかんのちゃいますか！」

　いつの間にか、若林さんが消えている。混乱に紛れ、逃げたのだ。

「そんなことは言ってません。《レンタル白虎隊》は健全なお店であります」

　周囲が不穏な感じにザワついてきたことに気づいたお笑い芸人が、吉瀬の頭をシバいて、一気に空気を変えた。ツッコミというやつだ。

「どこがやねん！　そこらじゅうきわどい水着ばかりやがな！」

　野次馬たちが大爆笑した。吉瀬は顔を真っ赤にしながら、笑顔で屈辱に耐えている。よく見ると、拳をギュッと握りしめプルプルと震えているではないか。

　胸の奥がスカッとした。

　もしかして、若林さんは、これを狙っていたのか。復讐の機会を待つために、あえて《レンタル白虎隊》で働いていたってことか。完璧に騙された。天狗になっていた吉瀬なら、なおさらだろう。

　闘ってたのはおれだけと違うかったんや……。むしろ、おれなんかよりも、若林さんのほうが、百倍男らしい。敵陣に乗り込み、体を張って吉瀬に仕返ししたんだから。

　次はおれの番だ。吉瀬の息の根を止めてやる。

　おれはベースボールキャップとサングラスとマスクを高々と投げ捨てた。一瞬、躊躇《ちゅうちょ》して母親の顔を思い浮かべたが、男としてやらなければいけない。

若林さんの勇気に報いるためにも。

おれは棚の陰で着ているものをすべて脱ぎ、フルチンになった。デグと遊んでいるときによく脱いでいたとはいえ、こんなギャラリーが多いとこで生まれたままの姿になるのは初めてだ。緊張のあまり、アソコが縮こまっているのがわかる。ノーマルな状態よりもミニサイズなのが若干気になるが、この際かまうもんか。

「海だぁぁ！」

須磨海岸でのヤブちゃんを思い出しながら、床の砂の上に駆け出した。店内中から悲鳴が上がる。もちろん「放送禁止物」を出していたら映してもらえないので、しっかり両手で股間は押さえている。

吉瀬が仰天した顔でおれを見た。

「お、お前は何をやっとんじゃ！　こらっ！」

「おやおや、お知り合いですか？」さっそく、お笑い芸人が質問する。

「最近まで、一緒に働いてましたぁぁ！」

おれは雄叫びを上げながら、〝砂浜〟につっぷした。床の上で砂だらけになりながらクロールをする。

「泳いでます！　すごいお店ですよ、これは！」

お笑い芸人も爆笑しながらリポートをしている。カメラがおれのむき出しの尻をアップで映しているのをヒシヒシと感じたが、おれは無我夢中でバタ足を続けた。

野次馬たちが大歓声を上げた。

「よっしゃあ！　胴上げしたれ！」

缶ビール片手に明らかにご機嫌になっているおっさんが叫んだ。一斉に、野次馬たちがフルチンのおれを取り囲んで持ち上げ、放り上げた。おれは「放送禁止物」がテレビに映らないようにするのに必死だった。このヒドいザマがテレビに映ってこそ意味があるのだ。

一回、二回、三回とおれは宙に舞った。

「祭りです！　まさにお祭り騒ぎです！」

お笑い芸人の絶叫が心地いい。聞こえるはずのない吉瀬の歯ぎしりが聞こえてくる。

人生最高の気分だ。この勇姿を、ぜひともオトンに見せたい（息子のムスコの活躍も見せることになるが）。

「ふざけんな！　撤収！　撤収！」

見るからに業界人ぽい男が、鬼の形相で怒鳴り散らしている。番組のプロデューサーとかディレクターとかだろう。吉瀬の顔の数センチまで近づき、怒りを爆発させる。

「ナメてんのか！　打合せとまったく違うだろうが！　クソガキが！」

そのとき、国道一七一号線からパトカーの音が近づいてきて、バカ騒ぎしていた野次馬たちがクモの子を散らすように逃げ出した。おれもどさくさに紛れて脱出しようとしたが、ものすごい力で腕を掴まれた。

案の定、吉瀬だった。額全体に太い青筋を何本も立てて、おれを睨みつけた。

「お前、あの女とグルやったんか？」

「そうや。すべて作戦どおりじゃ」本当はグルなんてことも、作戦なんてものもなく、若林さんひとりの頑張りの結果だが、吉瀬の傷口に塩を塗り込んでやりたい衝動には勝てず、堂々と嘘をついた。「おれたちの勝ちや」

「こんなマネして、タダで済むと思ってんのか、コラッ」声が怒りのあまり震えている。吉瀬の顔は真っ赤を通り越して紫色になっている。これほどまでにブチギレている人間を見るのは初めてだ。


おれは駆けつけた警官に突き出され、高槻署でこってりとしぼられた。ただ、警察官たちも大阪人のノリで「兄ちゃん、なかなかおもろいやんけ。吉本に入ったらどうや」と、最後には許してくれた。親を呼ばれなかったのはラッキーだった。

おれの復讐は、思ったより小ぢんまり、しかも若林さんの力を借りて終わってしまったが、久々にすがすがしい気分だった。

一人で高槻署から帰ろうとしたとき、出たところでおれを待ってくれている人がいた。黒い長袖のシャツとピッタリとしたジーンズをはいた赤毛の巨乳……若林さんだった。

「どうしたん？」おれは動揺を悟られないように、クールを装って訊いた。

もしかして、おれが余計なことをしたから怒ってるのか？

若林さんは、少し涙目になって言った。

「クロールで泳いでる映像が、生放送後のワイドショーでも流れてたよ。おかげで、私の映像がほとんど使われなかった。ありがとう。私のために、あんなことやってくれたんやろ」

おれはコクリと頷いた。別にそこまで考えてやったわけじゃない。なんなら無計画極まりない行動だったんだけど、そういうことにしておこう。

「飲みに行かへん？　二人で乾杯しようや」若林さんが、フルフェイスのヘルメットをおれに投げてきた。高槻署の駐車場に大型バイクが停めてある。

「でも……飲酒運転はしたらダメやん」

アホかおれは。せっかくのチャンスなのに、マジメな返ししかできない。

だが、次に若林さんの口から出た言葉は、耳を疑うものだった。

「じゃあ、ウチの部屋で飲もうや」

夏の夕焼け空の下、時間が止まった。

気がつけば、おれは大型バイク（興味がないので車種はまったくわからない）の後部座席にまたがり、若林さんの腰にしがみついていた。ヤブちゃんと原付で二人乗りをしたときとは違う感触がした。

若林さんの肉は、ヤブちゃんよりもやわらかい。昼間に見てしまった若林さんのビキニ姿が脳裏に焼きついているせいで、股間が大変だ。少し腰を浮かせないと座ってられない。

傍から見たらさぞかし奇妙な光景だろう。

一七一号線から芥川《あくたがわ》の堤防沿いを走った。夕陽が水面に反射して辺りをオレンジ色に染めている。

マズい……ヤバいだろう、桃田竜。お前にはヤブちゃんというエロくて可愛くて賢い彼女がいるじゃないか。何の不満があるんだ。いや、不満なんかない。あるのは、なぜかヤブちゃんの前では反応しないムスコの問題だけだ。でも、もし、若林さんとなら……。

ありえないって！　何を考えているんだおれは。ただ、部屋に上がらしてもらって飲むだけだ。そういうことが起きるとは限らないだろうが。何一人で勝手に想像してるんだよ。

脳内ミーティングをしていたら、あっという間に若林さん家へと着いてしまった。芥川高校の近くにあるこぎれいなマンションだ。

さっきから心臓が破裂しそうだ。おれの心臓は必要以上に全身に（主に下半身に）血を送り続けている。

若林さんの部屋は三階だった。二人とも無言で部屋へと入る。

予想よりもシンプルだし、女の子っぽい部屋で驚いた。白を基調としたインテリアで統一されていて、無印良品のショールームで見たことがあるような雰囲気だ。ＵＦＯキャッチャーのぬいぐるみまである。普段のファッションのイメージと全然違う。

若林さんは冷蔵庫を開けて、缶ビールを渡してきた。「グラス、いらんやね」

「もちろん、このままでええよ」

手の平にべっとりと汗をかいているので、缶ビールを落とさないように丁寧に両手で受け取った。なんだかお恵みを頂いているようなポーズだ。

二人ともフローリングの床に座り、乾杯した。

若林さんはゴクゴクと豪快に飲み、オヤジみたいに「プハーッ」とやった。

「今日は気持ちよかったね」満面の笑みでおれを見つめる。

ドギマギせずにいられない。つい最近まで好きだった女の子と、部屋で二人きりなのだ。

「吉瀬の奴、めっちゃ悔しそうな顔をしとったよな」

とりあえず、吉瀬の話でもして心を落ち着かせなければ。

「どんな顔しとったん？　ウチ、すぐにあの場から離れたから、見れんかった」

仕方なしに、おれは顔真似をしてみせた（実際よりも五十倍醜く真似たことは言うまでもない）。

「うそ？　めっちゃブサイクやんか」

若林さんが嬉しそうに笑うものだから、おれは調子に乗って色んなブサイク面を披露した。最後のいくつかは、吉瀬というよりは『スター・ウォーズ』に出てきそうな宇宙人を頭に浮かべた。

若林さんは、腹を抱えてゲラゲラと笑い「とっておきのお酒出しちゃお」と冷蔵庫から怪しげなビンを出してきた。

「何、それ？」

「ドンペリ」

噂で聞いたことのある、リッチマンしか飲むのを許されない例のシャンパンだ。

おれたちは、さらに乾杯をした。酒の力も手伝ってか、おれはめちゃくちゃ楽しくなってきた。

「何で、こんな高級な酒があるん？」

「《レンタル白虎隊》のオフィスにあったから、かっぱらってきてん」頬を赤らめた若林さんが、いたずらっ子のように笑った。

ドンペリなんて用意してるのは、吉瀬に決まってる。奴の酒で復讐のお祝いができるなんて、これほど痛快なことはない。

三十分もせずにドンペリを空け、おれたちは近所のコンビニに酒を買いに行った。その帰り道、若林さんのほうから手をつないできた。

このときすでに、おれはヤブちゃんの存在を心の隅に追いやっていた。罪悪感よりも吉瀬に勝利した優越感が上回ってしまったのだ。

若林さんの部屋に戻り、たらふく飲んで笑って、いつの間にかおれたちは同じベッドで寝てしまっていた。

夜中の三時ごろ、おれは猛烈に喉が渇いて目が覚めた。水はないかと冷蔵庫の中を探していると、若林さんが目を覚ました。

「何してんの？」

「いや……喉が渇いたから」

「汗臭いから、一緒にシャワーを浴びようや」暗闇の中、若林さんが立ち上がり、近づいてきた。

「一緒に？」朦朧《もうろう》とした頭のせいで、何を言われているのか理解するのに時間がかかった。

「二人でビデオ屋で裸になったやん。今さら恥ずかしがらんといてや」

振り返ると、若林さんが目の前にいた。

「めっちゃ近いよ」

二人の距離は、もう数センチも離れていない。

「だって近づいたもん。て、言うか桃田君、いつからタメ口になったんよ。ずっと敬語やったくせに」

「敬語に戻したほうがいい？」

「嫌や」

どちらともなく、唇を重ねた。若林さんが舌を絡めてくる。酒の匂いがしたけれど、こっちもしこたま酔っているから気にならない。

おれは若林さんを強く抱きしめ、さらに深く彼女の舌を味わった。互いの舌が別の生き物のように求め合い、おれのアソコが痛いほど硬くなった。頭の中が痺れて何も考えられない。おれは彼女の唇から耳にうつり、そこから首筋を舐めた。汗の味がして、余計に興奮する。

若林さんがおれのTシャツを脱がしにかかるが、汗ではりついて脱げない。じれったくなったおれは自分で脱ぎ、若林さんも長袖のシャツとジーンズを自ら脱いだ。もちろん下着もだ。

開けっ放しの冷蔵庫の明かりの中、おれたちは野蛮人みたいなセックスをした。体のあちこちをキッチンの色んな場所にぶつけるたび、さらに激しさを増した。コンドームもつけなかった。

イキそうになった瞬間、おれは彼女の腹にぶちまけた。二人は体液まみれのまま抱き合い、フローリングの上で眠ってしまった。

次の日の朝、おれたちは風邪をひいていた。一晩中、冷蔵庫の冷気にあたってたからだ。あったまったほうがいい、と狭いユニットバスにお湯を張り、二人で体を折りたたんで入った。

若林さんは、いつものクールな女に戻って、あまりおれと喋りたがらなかった。おれの顔もほとんど見なかった。たぶん、後悔していたのだと思う。

おれはおれで、「やっちまった」と自分を責めた。今になってヤブちゃんの顔が浮かんでくる。

「出ようか」

そんなに体が温まってもないのに、おれたちはバスルームを出た。二日酔いの頭痛をこらえておれは着替え、若林さんがバイクで駅まで送るというのを断り、午前九時の芥川の堤防を一人でトボトボと歩いた。

早くも太陽がギラついて、おれを照らす。

クソッ。夏なんか早く終わればいいのに。

嬉しくも何ともない朝がえりだ。

高槻グーニーズ

気がつくと洞窟にいた。

ん？　なぜ、おれはこんな場所にいるんだ？

かなり本格的な洞窟だ。天井にコウモリがビッシリいるし、不気味なBGMが鳴っている。

ん？　BGMだと？　そもそも、この洞窟には明かりがないのに、どうして隅々まで見えるんだ？

そう思った瞬間、おれの右手に松明《たいまつ》が現れた。顔に近づけても、全然熱くない。

こりゃ、夢だな。間違いない、夢の途中で夢だと気づくパターンだ。なぜ、こんな夢を見ているかさえもわかる。寝る前にインディ・ジョーンズシリーズの『レイダース失われたアーク《聖櫃》』を観たからだ。どんだけ単純やねん、おれ。

呆れながらも、せっかく冒険活劇の世界にお邪魔しているんだから、楽しませてもらうことにした。

さてさて、あの大きな岩はいつ転がってくるのだろう。インディ・ジョーンズといえば、あれだ。

一人でワクワクしていると、ゴロンゴロンと大きな音が聞こえた。

よっしゃ、逃げるで！

と、振り返ると真後ろに若林さんが立っていた。しかも、真っ赤なビキニを着ている。おれは驚いて走り出そうとしたが、足が地面から生えているようでビクともしない。ヤバい。ヤブちゃんが来たらどうするんだよ？

若林さんが鉄仮面のような無表情で距離を詰めてきた。おっぱいが現物よりも三倍は巨大化している。ホラー映画みたいで、ちょっと怖い。両手を広げ、おれの肩をガシッと摑む。

キ、キスですか？　したいけどマズいっすよ！

「ねえ、ねえ、桃田。起きてよ」

《カリフォルニア》の事務所のソファでウトウトしていたところをゆり起こされた。

おいおい、いいとこだったのに……ちょっと、待て。この声は……。

「どうやって入ってきたん？」おれは蛍光灯の明かりに目を細め、慌てて体を起こした。

黄色いミニのワンピースに黒いブーツ姿のヤブちゃんが、チュッパチャプスを舐めながら隣に座ってきた。

何も悪いことをしていないのに心臓がバクバクしてしまう。あの夢の途中で、まさか本物のヤブちゃんが登場するとは。

「合い鍵に決まってんじゃん。シャッター開けたとき、けっこう大きな音がしたのに気づかなかったの？」

「CDウォークマン聴きながら寝とったから」

ダイアナ・ロスとライオネル・リッチーの珠玉のバラード『エンドレス・ラブ』が、睡眠導入にピッタリで愛聴しているのだ（リピート設定をして、それこそ〝エンドレス〟に聴き続けている）。

ここ最近は、映画の勉強のためにビデオを一本観てから、CDを聴くのを日課としている。色々と悩みが多くて不眠気味なのだ。

「今や白虎隊をやりこめたヒーローだもんね。そんなことより、これ見てよ」ヤブちゃんが一枚の紙を広げておれに渡してきた。

スーパーの安売りのチラシだ。卵がワンパック九十八円になっている。

「……こんな時間にスーパーは開いてへんで」

事務所の時計は、午前三時を指している。

「違うよ。寝ぼけてんの？　裏だってば」

チラシをひっくり返すと、たしかに油性ペンで描かれた手書きの地図があった。

「なんか、子供の落書きみたいやけど……」

汚い線で山が描かれ、汚い字で『阿武山《あぶやま》古ふん』と書かれている。〝古墳〟ぐらい漢字で書いて欲しい。

「宝の地図よ！」耳元で、ヤブちゃんが叫んだ。

宝？　地図？　阿武山は、茨木市と高槻市の境にある山だ。そんなチープな場所に宝って言われても……。

これも夢の続きじゃないだろうな。偶然にしてはできすぎだ。

ヤブちゃんは興奮した様子で地図を指した。「この、ミミズが痙攣《けいれん》起こしたみたいな字って、元店長の字だよね？」

「米村さんの字で間違いないやろ。これ以上汚く書ける大人は存在せえへん」

米村元店長の字は見慣れている。「カリフォルニア暮らしが長かったから、スラスラと日本語が出てこないんだ」と訳のわからない言い訳をスラスラと口にしながら営業日誌をつけていたからだ。

「地図をよく見てよ」ヤブちゃんがピッタリと体を寄せてくる。

うわっ……。めっちゃ、気まずい。

もちろん、若林さんとの一夜だけの過ちはヤブちゃんには絶対秘密だ。恋人のヤブちゃんの前ではインポのくせに、若林さんとはきっちり浮気ができましたなんて口が裂けても言えない。

おれは動揺を悟られないように、ヤブちゃんから目を逸らして地図に集中した。

山の中腹部にドクロのマークがあり、その横に丸い印と〝T〟と書いてある。

「これ、もしかして、トンネルのことじゃない？」ヤブちゃんが目をキラキラと輝かせて言った。「ほら、阿武山に日本軍が掘ったトンネルがあるって噂になったじゃん」

「そういえば、そんなこともあったな……」

小学校四年生のとき、春の遠足で阿武山に登らされた。阿武山で発見された古墳は藤原《ふじわらの》鎌足《かまたり》の墓だ、という説がおれたちの間で根強かったが、事実は明らかになっていない。そういういきさつもあってか、阿武山は茨木市と高槻市に住んでいる子供たちの間では、随一のミステリースポットになっていた。どこから出てきた話かわからないが、日本軍が掘ったとされる長いトンネルがあり、その奥に財宝が眠っているという噂が広まった時期がある。当時流行っていたグーニーズ（映画ではなく、ファミコンのソフト。うちのクラスでは、誰かが兄貴のお下がりだとかで持ってきて、数年遅れて流行った）の影響で、おれのクラスにも探検隊が結成された。そのころから、物事を斜めに見てしまうクセがあったおれは、探検隊に入りたいのに「川口浩《かわぐちひろし》みたいでカッコ悪いわ」と遠巻きに見ていた。

余談だが、『水曜スペシャル』の『川口浩探検隊』は、放送が終了してからも語り継がれる人気番組だった。でも、おれにとったら、子供の目にも大掛かりなコントにしか見えなかった。川口浩隊長が底なし沼にハマるシーンなんかは、腹を抱えて笑ったものだ。

さらにもう一つ余談だが、そんな川口浩のおとぼけぶりを嘉門達夫《かもんたつお》がパロった『ゆけ！ゆけ！川口浩!!』が、だいぶ昔の歌にもかかわらず、小学校で空前の大ブームを巻き起こした。よく学校の帰りに友だちと大声で歌ったものだ。嘉門達夫はおれの地元の茨木市出身で、生まれて初めて生で見た（高校の学園祭で歌いに来た）芸能人だ。

「元店長が、隠されていた秘宝を見つけたのかもよ」ヤブちゃんが指先で地図の上をチョンチョンと触る。

「たったこれだけの地図で？　幼稚園児でも、もうちょいマシな絵を描くで。そもそもこの地図、どこにあったん？」

「今日の営業中、トイレを掃除してたら見つけたんだよね」

ヤブちゃんは、毎日破廉恥なコスプレで熱心に掃除をしてくれる。元々の性格は真面目で、キレイ好きなのだ（ちなみに、今日は婦人警官だった。さすがのヤブちゃんもそろそろネタ切れなのかもしれない）。

「マジで？　トイレのどの場所？」

ヤブちゃんが得意気に眉を上げた。「タンクの中に入ってたの。濡れないようにビニール袋に包まれて、プカプカ浮いていたの」

「なんやねん、それ……」

まるで、映画に出てくる銃や麻薬の隠し方だ。

「ねえ、どう思う？　ねえねえ！」ヤブちゃんは異様なほどのハイテンションである。

「わざわざ、そんな所に隠しているのが怪しくない？」

「怪しいにもほどがあるやろ」

米村元店長は、たしかに言動が突拍子もなかったが、いくらなんでもこれはひどい。《カリフォルニア》が潰れそうなストレスのせいで、暴走してしまったのか。

「じゃあ、決定ね」

ヤブちゃんの瞳が例のごとく、キラキラと輝いている。とてつもなく嫌な予感がするが、ここは訊き返すしかない。

「……何が決定なん？」

「さっそく、明日宝探しに行くから。七時には起きててね。白虎隊をギャフンと言わせたんだから景気づけよ」

「あと三時間半しか眠れへんやん。それに、店番もあるし……」

「絶対に行くからね」

ヤブちゃんがおれを黙らすため、強引に唇を押しつけてきた。一週間ぶりのキスだ。絡めてくるヤブちゃんの舌は、チュッパチャプスのチェリー味がした。

若林さんとの夜がチラチラと脳裏を過《よぎ》る。冷蔵庫の明かりの中に浮かぶ若林さんのシルエットは、映画のワンシーンみたいに美しかった。

ヤブちゃん、ほんまにゴメン。思いっきり欲望に負けてしまったよ。もう、絶対に若林さんとは会わないからと、心の中で必死に謝ってみた。

でも、顔は無理やり笑ってしまう。頬が引き攣《つ》って痛い。

甘い唇攻撃から解放されたおれは、上にのしかかっているヤブちゃんを見た。

「無理やり冒険に行かんでもええんちゃう？」

「無理やりじゃない限り、冒険はできないんだよ」

ヤブちゃんは、指先でおれの鼻の頭をツンと触った。


三時間半後、シャッターを開けると《カリフォルニア》の前にクリーム色の《スバル・レックス》が停まっていた。

「お、白虎隊に一発かましたフルチンヒーローやん。しかしヒーローやのにすげえ寝癖やな」

運転席のデグが焼きそばパンを食べながら手を振った。助手席にはヤブちゃんが座っている。

「なんでデグがおんの？」おれは、後頭部の寝癖を押さえながら車に近づいた。

「おったらアカンのかい」デグが笑いながら、焼きそばパンの中の紅しょうがを投げてくる。

「だって、運転手が必要でしょ？　阿武山まで行くんだから」

よく見ると、ヤブちゃんも焼きそばパンをモグモグ食べている。

デグは無類の焼きそばパン愛好家でコンビニに寄るたびにパンコーナーをチェックしては、「あれっ？　青のりが少ししか入ってへん」とか「マヨネーズが多すぎるわ」とか真剣に品評するのだ。そして、頼んでもいないのに、こっちの分も買ってくれるので迷惑この上ない。

「よく朝から、そんなもん食えるな……」おれは後部座席に乗りこみ、言った。

「桃田の分もあるよ」ヤブちゃんが、コンビニのレジ袋を渡してくる。

予想どおりおれの分も買っていた。ご丁寧にもレンジでチンをしてくれていてホカホカだ。

「焼きそばパンは、もうちょい後でええわ」おれは飲み物だけもらおうとして、袋の中を探った。

……ポカリスエットしかない。

「なんでポカリやねん？」

デグが、ニンマリと笑ってVサインをする。「最近、発見した組み合わせやねん。この二つが最強かもよ」

「普通にお茶でええやんけ。今までのイチゴミルクよりはマシやけど」

そう、デグは紙パックのイチゴミルク愛好家でもあった。溶けてしまいそうな夏の暑い日も、凍《い》てつくような冬の寒い日も、この男は春夏秋冬関係なしにイチゴミルクをゴクゴクと美味そうに飲む。ここまで来ると一種の変態だ。噂では、デグの小便はピンク色をしてるらしい。いつもは、そのイチゴミルクと焼きそばパンを合わせてくるのだから、横にいるこっちはたまったもんじゃない。寿司を食べるときに、わさびの代わりに餡子《あんこ》を塗るようなものだ。

「さあ、出発するよ！」ヤブちゃんが元気良く右手を挙げた。ほとんど寝てないはずなのに、すごいパワーだ。一体、この子の原動力は何なのかと考えてしまう。

高校時代のヤブちゃんは、「真面目サイボーグ女」とあだ名をつけられた（つけたのはおれだが）ぐらいだから、どちらかというと根暗だった。バレー部の美人ランキング第二位であり、成績もトップを独走していたにもかかわらず、存在感が背後霊レベルで、修学旅行の記念撮影のときは、ヤブちゃんがトイレに行ってることに誰も気づかなかったぐらいだ。

「よっしゃあ！　ほんじゃあ、今日の一曲目いってみようか」

デグがエンジンをかけて、カーステレオの再生ボタンを押した。シンディ・ローパーが歌う『グーニーズ』のテーマ曲がかかる。

わざわざ、今日のために用意したのかよ……。この車に百回以上は乗ったが、今までシンディ・ローパーが流れたことは一度たりともない。

「いいじゃん、この曲！　盛り上がるよね！　その気になるよね！」ヤブちゃんが指を鳴らして喜んだ。「あの映画は面白かったなあ。私、いろんなものを発明するアジア系の少年が好きだったんだよね」

「言ったら、オレたち、高槻グーニーズやな」デグが意気揚々と車を発進させる。

そのセンスゼロのネーミングはさておき、二人は、なぜ、ドーピングでもしたかのように元気なのだろう。まさかとは思うが、米村元店長が残した、あの胡散《うさん》臭い地図を本気で信じているんじゃなかろうな。

「ちょっと待て。デグ、お前仕事は？」

「風邪とギックリ腰のダブルパンチってことにして休んだ。こんなおもろそうなイベントがあるのに働いてられへんやろ」

「どんだけ不真面目な社会人やねん。給料泥棒もええとこやんけ」そう罵《のの》りながらも、つい声が弾んでしまった。

デグと遊ぶのは久しぶりだ。アパレルのショップなんてシャレたところに就職して、どこか遠くへと行ってしまったような気がしていたデグが、おれの元に戻ってきてくれた。

本人には死んでも言わないが、ちょっぴり嬉しい。

結局、恋愛は面倒臭い。やっぱり、男友達と一緒にいるほうが楽しい。ヤブちゃんには悪いけど、どうせならデグと二人きりで阿武山に行きたい。若林さんとの関係もデグになら相談できる。

あれだけ憧れていた若林さんだったのに、一度セックスをしてしまったら急に冷めてしまった。そりゃ、もしまた会ってお酒でも飲めば、同じ過ちを犯す可能性は高いけれども。自分で言ってて「最低やな、お前」とツッコミを入れてしまうが、事実なのだからしょうがない。

男はチンコに支配されている。爽やかな九月の早朝に取り上げる議題ではないかもしれないが、心の中で声を大にして言わせてもらう。

男がチンコをコントロールしているのではない。チンコが男を支配しているのだ！

動き出した車に揺られ、ふと思った。おれはホンマにヤブちゃんのことを好きなのだろうか？

「私のこと好き？」と訊かれれば、「もちろん好きやで」と条件反射で答えることはできる。だけども「私のこと愛してる？」と訊かれたら、きっとうろたえてしまう。何とか返答できたとしても、変な間を空けたり、舌がうまく回らなかったりしそうで恐ろしい。

愛って一体何やねん？

こんなド直球のド恥ずかしい質問を、受け止めてくれる人はいるんやろうか。

なぜ、おれはヤブちゃんに恋をしているのか。それを説明できない。

もし、付き合っていた高校時代にヤブちゃんとセックスしていたとしたら、〝AV女優まで経験した〟なんていうパンチのある元彼女と果たしてヨリを戻しただろうか？

今、おれがヤブちゃんと付き合っている理由は『まだセックスをしていないから』ではなかろうか？　おい、桃田竜よ。お前は〝逃した魚〟を食べたいだけとちゃうんか？

「今日の天気、気持ちいいね。涼しいし。最高の探検日和《びより》だよね」焼きそばパンを食べ終えたヤブちゃんが、助手席の窓を開けた。

夏の終わりの風に乗って、ヤブちゃんの香り（シャンプーと香水とチェリーの、お互いの良さを殺し合いながらブレンドされた匂い。まともに吸いこんだらむせそうになる）が漂ってきた。おれの視線を感じ取ったヤブちゃんが振り返ってニッコリと微笑む。歯にくっついた青のりさえも眩しい。

この子とはずっとセックスできないかもしれない。

急にそんな気がした。

元AV女優の元カノの体。そんな美味しい餌をぶら下げられ、その体こそが目的だったはずなのに、チンコが反応しないのだ。おれの本心はどこにあるんだろう？　ああ、神様、二十歳の男子には難しすぎる謎かけです。

と、アホなことを悶々と考えている間に、阿武山のふもとまで来ていた。

「とりあえず、古墳の近くまで車で行くか」デグがシンディ・ローパーのCDを止めて言った。

『グーニーズ』のテーマ曲をリピートしたせいで頭が痛い。シンディ・ローパーの甲高い声は、聴きすぎると体に毒だ。

オトンに電話して、《カリフォルニア》の出勤は午後からにしてもらって店番を任せた。九月に入るとさらに客が減っていた。本来であれば、スーパーの安売りチラシの裏なんかに描かれた地図を鵜《う》呑《の》みにして、宝探しなどしてる場合じゃない。その宝探しさえも、アホなことを考えすぎて集中できない状態だ。

二〇〇〇年に突入し、世の中はこれからどんどん変わっていくだろうに、おれは自分の下半身のコンディションのことで頭がいっぱいになっている。

いっこも、成長してへんやんけ……。

《カリフォルニア》の棚に陳列されて静かに息をひそめているビデオたちのように、おれもこのまま時代に取り残されていく気がして、泣きたくなってきた。

「いやあ、どんな秘宝があるんやろうなあ。ワクワクするわあ」デグが、人の気持ちも知らずに呑気な発言をする。「トラップとかあったらどうする？『グーニーズ』みたいに大きな岩が落ちてきたら」

「絶対、死ぬよね」ヤブちゃんが、元も子もない言い方で返す。

「どんな物が出てきても三等分にしような。裏切りはなしやで」

デグの才能は、どんなしょうもない出来事でも楽しめる適応力だ。金のない高校生のとき、マンションの八階からおれが落とすバレーボールをデグが下でキャッチするという、何の意味もない遊びで半日を過ごしたことを思い出した。

「もし、米村さんの死体が出てきてもか？」おれはなるべく、この〝遊び〟に乗っかるために、二人の会話に加わった。

「もちろん、きっちり三分の一や。死体のどの部分が欲しいかは、ジャンケンで決めようぜ」

「焼きそばパン食べたばっかりなのにグロいこと言わないでよね」

「頭はヤブちゃんにあげるわ。お部屋のインテリアにしてや」デグが笑いながらからかった。

「いらないわよ。桃田にゆずる。ボウリングするときのボールにして。鼻の穴に指を引っかければ投げやすいでしょ」ヤブちゃんも悪ノリを始める。

あれっ？　なんかおかしいぞ。全然、おもんない。いつもなら、もっと盛り上がるはずの馬鹿話が、加速せず失速していく。

原因はすぐにわかった。デグとヤブちゃんが、どこかぎこちないのだ。明らかにおれに気を遣っている。

ん？　むむむ？　この微妙な空気はどこかで味わったことがあるぞ。……もしかすると、これは何らかのサプライズとちゃうか？

て、言うか、今、思い出したけど、今日、おれの誕生日やわ。

なるほど。これで、すべてがつながった。

まず、あの宝の地図は、ヤブちゃんが米村元店長の字を真似て作ったものだ。営業日誌は残っているから、元店長の筆跡くらい、いくらでも真似できる。デグも仕事をサボったわけではなく、元から休みを取っていたに違いない。ヤブちゃんと、この日に合わせて計画を練ったのだろう。

こりゃ、トンネルの中に、ケーキとプレゼントでも用意してやがるな。クソッ。なんでこんな変なタイミングで勘づいてしまったんだよ。

何が、高槻グーニーズやねん……。おれは半ば呆れて、運転中のデグの後頭部を見た。

「徳川家の埋蔵金やったらどうする？」

おれを騙すのがよほど嬉しいのか、デグはソワソワしている。

「日本軍がつくったトンネルだからアメリカの不発弾かもよ」ヤブちゃんも同様にウキウキしているではないか。

間違いない。トンネルでハッピーバースデーを歌われる。

ここまで来たら、騙されているフリをしてあげるというのが人の道だろう。でも、今のおれには、それがこの上なく面倒臭い。おれが忙しいのを知っているんだから、近所の居酒屋かどこかでサクッと祝ってくれたらいいのに。何やねん、マジで。ええ加減にしてくれや。

考えれば考えるほど二人の危機感のなさにムカついてきた。《カリフォルニア》が潰れる寸前だというのに、こんな茶番に付き合ってられない。

「デグ、車停めてくれや」

勝手に言葉が口から飛び出してしまった。頭の中がグラグラと沸騰している。

ダメだ。もう抑えが利かない。

「どうしたの？」心配そうな顔で、ヤブちゃんがおれの顔を見る。

「ええから停めてや」おれは、わざと強い口調で言った。

「腹でも痛いんか？　ここらへんやったら野グソになるぞ」デグは、まだとぼけた調子を続けようとする。

「停めろって！」自分でもびっくりするぐらい大きな声が出た。

さすがのデグも真顔になり、車を路肩に寄せた。おれの突然の怒りに、二人が戸惑っているのがわかる。

おいおい、何をそんなにキレてんだよ？　もう一人のおれが、クールに、なぜか東京弁でなだめてくる。なあ、落ち着けって。デグもヤブちゃんもお前を元気づけようとしてくれてんだろ？　誰も悪意はないじゃん。大人の対応をすればいいじゃん。そんなに難しいことじゃないじゃん。人生がうまくいかないからって人に八つ当たりするのは男らしくねえぞ。若林さんともヤレたしラッキーじゃん。吉瀬にも復讐できたしさ。ノープロブレム。何も問題ナッシング！　ヘイヘイ、すべてを軽く受け流せよ。この術《すべ》をおぼえねえと、これからの人生苦労するぜ。

誰や、こいつ。こんな奴、おれの中におったっけ？　去年まではたしかにいなかった。もしやこれは、今年になって激しく環境が変化したせいで生まれた〝大人なおれ〟なのか……。

だが、行き場のない怒りを制御できるほど、おれは成長していなかった。将来どころか、明日や一分先の自分の気持ちも予測できない。

おれはどうしたい？　どう生きていきたい？

それがわからないからイラつくんだ。

「まあ、これでも聴けや」デグが、おれの気持ちを察知して、カーステレオのシンディ・ローパーをかける。『グーニーズ』のテーマ曲ではなく、『タイム・アフター・タイム』が流れた。

おれは、何も言わず、後部座席のドアを開けた。

大股でズンズン阿武山の山道を下りていく。遠足以来の懐かしい風景を見ても、何も感じない。小学生のときはウキウキして登った。古墳やら日本軍が掘ったトンネルやらがある山に自分が立っているというだけで、めちゃくちゃ興奮した。今日、二十一歳になったおれの目に映るのは、何の変哲もないただの田舎道だ。

もう、ここに冒険はない。

「おい！　待てや！」

「意味わかんないわよ！」

デグとヤブちゃんが小走りで追ってくる。おれもそれに合わせ、歩くスピードを上げた。

「リュウ！」デグが、おれの肩を摑んだ。

「離せや!」腕を振り回して逃げる。

回りこんできたヤブちゃんが、おれの前に立ちはだかった。

「何をそんなに怒ってるの?」

おれは言葉を口にするのもしんどくて、首を横に振った。

「オレらのやろうとしたことが気に入らんのか? せっかく仕事休んだのに」デグも回りこんできて、ヤブちゃんの隣に立った。

説教されるモードになりそうで、おれは顔を背けた。「誰も頼んでへんやろ。お前が勝手に休んだんちゃうんか」

「そんな言い方やめなよ。私たちは桃田の誕生日をお祝いしたかっただけなんだから。ゴメン。もっと普通に祝えばよかったね」ヤブちゃんが哀しそうな顔で俯く。

「謝らんでもええよ。悪いのはリュウや。コイツが拗《す》ねてるだけやねん。昔からそうやけど、一人で考えこんでばっかりで、周りが傷ついていることに気づかれへんねん」デグが大げさにため息をつく。「リュウ、いつまでもそんなんじゃ、社会に出ても通用せえへんぞ」

その一言にブチンときた。たった、数カ月勤めただけのデグから、何で上から目線で言われなアカンねん。

「やかましいわ！」

思わず手が出た。デグの鼻にパンチを叩きこんでしまった。不意を突かれたデグは尻餅をつき、唖然とした表情で鼻を押さえた。指の間からドボドボと血が溢れている。

ヤバい。鼻の骨を折ったかもしれない。頭の中が真っ白になって狼狽《ろうばい》したおれは、その場から立ち去ろうとした。

「ダメよ！」ヤブちゃんが、ラグビーのタックルみたいに突っこんで、おれの腰に細い腕を回した。「逃げちゃ絶対にダメだってば。デグに謝って」

「お願いやから、おれのことはほっといてや」ヤブちゃんの腕を摑み、力任せに引きはがした。

「ほっとけるわけないじゃん。私は桃田の彼女なんだからさ」

ああ。面倒臭くなってきた。

「おれは、ヤブちゃんと釣り合わへんよ。おれみたいな男のどこがいいねん。どうせ、すぐに嫌いになるって。今は同情してるだけやろ？」

ヤブちゃんが、怯《おび》えたような目でおれを見た。

「私のこと、そんな風に思ってたの？」

おれは突っ立ったまま、何も言えなかった。一刻も早く、この最悪な状況から脱出したい。

「別れたいってこと？」ヤブちゃんの声が震えている。「ちゃんと納得できる理由を言ってくれなきゃ嫌だからね」

「……若林さんと、ヤッたからや」

ヤブちゃんの涙が止まった。それと一緒に感情まで消えてしまったのか、マネキンみたいな表情になる。

「若林さんって、私が入る前に《カリフォルニア》で働いてた人？」

おれは唇を噛みしめ、頷いた。

「その人とセックスしたの？」

再び、頷く。自分で種をまいたくせに、胸の奥が締めつけられるように痛い。

ヤブちゃんは、一度だけゆっくりと瞬《まばた》きをして小首を傾《かし》げた。

「へえ。ちゃんと勃《た》ったんだ」

三回目も、頷くことしかできなかった。そのまま顔を上げずに山道を駆け足で下った。

おれは日本一のアホだ。

親友と恋人を同時に失ってしまった。

頭を冷やすために、三時間以上歩いてＪＲ摂津富田駅まで戻った。

店の近くまで来て、すぐ異変に気づいた。営業時間はとっくに過ぎているのに《カリフォルニア》がオープンしていない。シャッターが中途半端に開いている。

ザワつく気持ちを必死で抑え、おれは走った。シャッターをくぐり抜けて店内に入り、仰天した。

店がボコボコに荒らされている。ビデオの棚は倒され、壁に穴が開き、レジはひっくり返ってそこら中に小銭が散らばっていた。床に転がっているビデオのほとんどが踏みつけられた上に、テープを引っ張り出されてちぎられ、完全に修復不可能だ。

店の奥から、か細い呻《うめ》き声が聞こえた。

駆け寄ってみると、うつ伏せになったオトンがホラーコーナーの棚の下敷きになっていた。

「オトン！　どないしてん！」

棚から引きずり出したオトンの顔には、何発か殴られた跡があった。

「すまん……リュウ……やられてもうた……」

口の中が切れていて、オトンが喋るたびに血が飛び散った。右腕が折れているのか、不自然な形でプラプラしている。

「何があったん？　誰にやられてん！」

「わからん……店、開けようと思ったら……スキー帽の連中が……なだれこんできてん」

吉瀬だ。《カリフォルニア》を相手にこんな真似をする奴は他にいない。ビキニ祭でおれと若林さんに恥をかかされた仕返しにやって来たのだ。

「くそったれが。ここまでやるか……」

おれは、泣きながらオトンの体を起こしたが、オトンは足首も痛めているのか、まともに立つこともできない。

「アカン、救急車呼ぶわ」おれはオトンを座らせ、携帯電話を出そうとした。

オトンがおれの手から携帯電話を奪おうとする。「たのむから……大げさなことは……やめてくれや」

「何、言うてんねん！　フラフラやんけ！」

仕方なしにオトンを背負い、店の外に出た。生まれて初めてオトンをおぶったけど、びっくりするぐらい軽かった。

店の前にいた通行人が、何事かとおれたちを見る。

「リュウ……しょうもないこと……考えたらアカンぞ」駅前のタクシー乗り場まで運ぶ途中、耳元でオトンが呟いた。

「アイツらは絶対に許さへん」

怒りを通り過ぎて、頭の芯が冷たくなってきた。

オトンを病院まで連れて行ったら、《レンタル白虎隊》に金属バットを持って殴りこみをかけてやる。吉瀬の頭をカチ割ることしか思いつかない。

オトンが折れてないほうの手で、おれの後頭部を叩いた。

「おぼえとけ……世の中には負けとかなあかんケンカもあるんや……勝つことばっかり考えとったら、ドツボにはまるんや」

「それが、大人になるってことなんか？」

「アホ……わしもまだガキじゃ。お前をまっとうに育てるために……大人のフリをしとっただけや」


結局、オトンは全治一カ月の重傷で入院することになった。警察にも行ったが、吉瀬の名前は出さなかった。証拠がないのに騒いでもしょうがない。

この落とし前は、おれのやり方でつけさせてもらう。

《カリフォルニア》は、とてもじゃないが営業できる状態ではなく、シャッターに《都合により、当分の間休業いたします》と張り紙をした。

摂津富田のウディ・アレン

孤独がこんなに辛いものだと、生まれて初めて知った。

《カリフォルニア》の事務所で目が覚めても、何もすることがない。レジまでぶっ壊されたし、商品であるビデオの大半がただのゴミになってしまった。それに、営業したくても従業員がおれしかいない。

外に出る気も起こらなかった。昼間からビールを飲んで、腹が減ったら冷蔵庫に残っていたキムチを食べ、暇になれば破損していないビデオを探した。

今、観ているのはトム・ハンクス主演の『ビッグ』だ。トム・ハンクスが若くて痩せていてびっくりした。あまりにも貫禄がないので、観ているこっちがソワソワする。昔、テレビの放送か何かで観たのか、ほとんどストーリーを覚えていた。簡単に言えば、十二歳の少年が、突然、三十代のおっさんになる話だ。カーニバルでジェット・コースターに乗れなかった主人公ジョッシュが、怪しいインドの魔術師みたいな人形に「僕を大きくして」と願いを言ったら本当に叶《かな》ってしまうというコメディだ。

愉快な映画だが、今の心境じゃ楽しめなかった。望まない形で急に大人になってしまったジョッシュを、どうしても自分と重ねてしまう。

　去年までのおれは、深夜のコンビニのアルバイトで、缶コーヒーを飲みながら雑誌を読んでいれば給料がもらえた。まだ大学生だったデグが、しょっちゅう遊びにきては、廃棄処理される弁当を勝手に食って馬鹿話をしたり、客がほとんど来ない深夜には、ピンポン玉と店内清掃用のモップで野球もした。そこには誰にも邪魔されない自由があり、それが永遠に続くような気がしていた。

　でも、実際は違う。『ビッグ』の少年と同じで、おれも強制的に大人にならなきゃいけなかった。トム・ハンクスみたいにピュアな心を持ち続けるのは不可能だし、そもそも、ここはニューヨークじゃなくて、大阪の摂津富田だ。ロマンティックでファンタジックな夢物語なんか起きるはずがない。転がっているのは非情なまでに冷酷な現実だけだ。そりゃ、もちろん、ニューヨークにも厳しい現実はあるやろうけど、摂津富田よりマシなはずや。ニューヨークってだけで、問答無用にカッコええし、なんかキラキラしてる。

　ふと、思いついた。すべてを捨てて、ニューヨークにでも行ったろかな。同じ逃げるにしても、ニューヨークやったら、誰にも文句は言われんはずや。願わくは、吉瀬の耳にも入って欲しい。

　吉瀬が一番悔しがることは何やろ。リモコンで『ビッグ』を一時停止にして真剣に考えた。缶ビールを二本空け、パックのキムチが底をついたとき、答えが出た。

おれがニューヨークに留学して、映画監督になることだ。いつの日か、《レンタル白虎隊》のビデオ棚におれの作品が並べば、吉瀬は絶対に歯ぎしりをして悔しがる。映画マニアの吉瀬に対して、これほど効果的な復讐はない。

決めた。そんなに映画が好きってわけじゃないけれども映画監督になってやる。英語はまったく喋れないけれどもニューヨークの映画学校に通ってやる。

善は急げや。おれは事務所を飛び出し、店内の電気を点《つ》けた。

たしか、米村元店長が作った、《ニューヨークの映画監督》のコーナーがあったはずや。倒れている棚を確認していくと、あった。しかも、ラッキーなことに、そのコーナーのビデオの損害は三分の一程度で済んでいる。

おれは一本のビデオを手に取った。タイトルは『ハンナとその姉妹』。ケースに貼られている店長の手書きのコメントには、「生粋《きっすい》のニューヨーカー、ウディ・アレン監督の最高傑作」と書かれている。

生粋のニューヨーカー。何て響きのいい言葉だ。さすがの吉瀬もギャフンと言うだろう。しかも、《アカデミー脚本賞と助演男優賞と助演女優賞の三部門を受賞》とある。ますます、素晴しい。

どんなストーリーなんやろ。おれはビデオの裏のあらすじを見た。

ふむふむ。《ニューヨーク・マンハッタン、アッパーサイドのアパートメントに投資顧問の夫エリオットと幸せに暮らすハンナ》とある。

ここまで読んで、おれがギャフンと言いそうになった。マンハッタンは辛《かろ》うじてわかるが、アッパーサイドとか投資顧問とかって何やねん。アッパーサイドってのは地名か？ボクシングのアッパーやったらわかるけど。勝手なイメージで、金持ち連中がわんさか住んでるような気はする。

これは、明らかに小難しい映画やぞ……。

おれは腹を括《くく》って、そのビデオを手に事務所に戻った。吉瀬に復讐するためには、何としても理解しなくてはならない。ビデオデッキから『ビッグ』を取り出し、『ハンナとその姉妹』を差しこむ。

気合を入れるために、ビールからウイスキーに切り換えることにした。デグからもらった《ジャック ダニエル》がまだ残っていたが、やっぱりそれを飲む気にはなれず、未開封の《山崎》のボトルを手にした。高槻の隣の島本町にサントリーの蒸溜所があり、《山崎》は、いわば地元の酒だ。去年の二十歳の誕生日に、オトンが「お前もようやく飲めるな」と言ってくれたものだ（オトンに内緒で高校生のころからビールは飲みまくっていたけど)。

そのまま紙コップに注ぎ、昂《たかぶ》る気持ちを抑えるために、一口飲む。焼けるような喉越しに、思わずむせ返る。舌を刺す辛味のあとに、ほんのわずかな甘みがやって来た。《ジャック ダニエル》はどんな味だったたっけ? と思い出そうとしたが、無理だった。いろんな意味で刺激ばかり強くて、美味いとは感じないが、これが大人の味なんだと納得する。

そう、おれは変わらなあかん。この味も楽しめる大人にならなあかん。そのためには、まず、アッパーサイドの投資顧問の嫁さんの物語をクリアせな。

いざ、ニューヨークへ。おれはリモコンの再生ボタンを押した。

気がついたら、ソファの上で爆睡していた。

《山崎》と、映画の全編にやたらと流れていたムーディなジャズのダブルパンチに、ノックアウトされてしまったようだ。慌てて巻き戻し、最初から見直したが、肝心のストーリーもさっぱり理解できなかった。チビで髪の毛が薄いメガネのおっさんが、しどろもどろに喋ってるだけだ。

このおっさんが、ウディ・アレン? ずいぶん、イメージと違うではないか。生粋のニューヨーカーというぐらいだから、もっとハンサムでイケてる人が出てくるかと思った。最初から最後まで、おっさんがウジウジと悩んでいるだけ。爆発シーンもカーチェイスも機関銃乱射もパンチもキックもなし。筋肉ムキムキのヒーローも、セクシーで活発なヒロインも、残忍な悪役も登場しない。

この映画の何がおもろいねん……。ハラハラもドキドキもワクワクもないのに、どこを楽しめばええんやろか。

余計なことを考えるな。これが、真のニューヨーカーなんだと無理やり自分を納得させる。元々がお洒落であるがゆえ、過剰なアクションシーンなんぞ無用なのだ。それに、これなら予算がかからないから、勉強さえすればすぐにでも撮れそうだ。明るい未来が見えてきたぞ。

あとはニューヨークに行くだけだ。どうやって？　そもそも、金がない。また深夜のコンビニのバイトにでも戻って、金をコツコツ貯めるか。

おいおい、何年かかるねん。それまでに、情熱が冷めるに決まってるやんけ。自分で言うのも何やけど、おれほど熱しやすく冷めやすい男も中々おらへんと思う。小学校時代、図画工作の時間によく先生に怒られた。絵を描くときも、下描きの段階ではやる気マンマンで丁寧に描くのに、色を塗るころには面倒臭くなって適当に塗ってしまう。彫刻刀でトーテムポールを彫るのも、一番上の顔はしっかり彫るのに二番目からしんどくなってきて、三番目で完全に集中力が切れてしまう。一番下の顔なんて、ほぼのっぺらぼうだ。

でも、今すぐに、ニューヨークに行かなければ、おれは一生負け犬のままで終わってしまう。

何としてでも、金を用意せな。もちろん、オトンが入院している今、親に頼ることはできへん。ニューヨークに行く旅費に加えて、学費も要る。最低でも三百万円以上は必要だよな……。

誰がそんな大金貸してくれんねん。

おれは紙コップに残っていた《山崎》を飲み干した。どんどん、口当たりがまろやかになってきた。熱い液体が食道を抜けて、胃袋をほんのりと温める。頭の芯がぼうっとしてきた。一人酒は、楽しくないのに、酔うのが早い。

もう、こうなりゃ、ヤケクソだ。サラ金から借りるしかない。禁断の果実をかじりまくってやる。

時刻は夕方の五時半。急げば、まだ開いているだろう。

おれは大急ぎでジャージからシャツとジーンズに着替え、JR摂津富田駅へと走った。向かう先は高槻駅だ。あそこなら、消費者金融もいくつかある。

これで、おれも借金生活か……。電車に揺られながら、しみじみと考えた。夕陽が差しこむ車両には、学生のカップルと優先席に座る老夫婦しかいない。二組ともとても幸せそうに見えた。

もう、おれに普通の幸せがやって来ることはないのだ。あと三十分後には、アウトサイダーの人生に突入だ。ニューヨークに渡っても、映画を撮るために、さらに借金を重ねる確率が高い。米村元店長の武勇伝ではないが、借金を返せなければ、本場のギャングに命を狙われる。そうなれば、摂津富田には二度と戻れないかもしれない。

おれは窓の外を見た。この街並を目に焼きつけよう。全然都会じゃないけど、そんなに田舎でもなく、日本中どこにでもあるような場所だけど、ここが、おれの青春の街だ。


三十分後、おれはＪＲ高槻駅前にあるパチンコ店のスロット台に座っていた。

消費者金融を計五カ所も回ったが、どこも保証人なしでは貸してくれなかった。どれだけ頼みこんでも無駄だった。「お前には一円の価値もない」と言われた気がした。おれは怒りに身を任せ、財布の中の八万九千円（自分の金は数千円。あとは《カリフォルニア》の経費だ）を握りしめてパチンコ店へと向かった。せめて旅費だけでも稼いでやろうと思ったのだ。

ギャンブルの神様はサディストだ。絶対に勝ちたいと願っているときほど、勝てない。弱っている者の傷口にたっぷりと塩を塗りこむ。

なけなしの金を失うのに、さほど時間はかからなかった。

電車賃さえもスロットに注ぎこんだおれは、敗北感にまみれてパチンコ店をあとにした。冷静に考えてみると、八万円もあれば格安の航空券を買えたのではないか。今さらグジグジ考えても仕方がないが、スロットで勝負をする前に、駅前の旅行代理店に寄って話を聞けばよかったのだ。オトンが大怪我をして病院のベッドに寝てるっていうのに、おれは何をやってるんだ……。ギャンブルで摩《す》るぐらいやったら、入院費の足しにでもすればよかった。レジの金まで使いこんでしまったので、これで営業もできなくなった。ああ、ダメだ。アホやアホやアホや、おれは世界一のアホや。

悔しさを通り越して、涙が出てきた。奥歯を強く嚙みしめ、叫びだしたいのを必死でこらえる。

おれは、何をやってるねん。

後悔という名の重石《おもし》が両肩にズシンとのしかかり、潰されそうになる。誰か、今すぐおれを車で轢《ひ》いてくれ。

呆然としたまま、高槻の商店街をトボトボと歩いた。コンパ帰りなのか、大学生ぐらいの男女のグループがキャッキャッと戯れ合いながら騒いでいる。彼らに何の罪もないが、鬱陶《うっとう》しいのでぶん殴ってやりたくなる。

こういうとき二流のドラマなら、街を練り歩くチンピラの肩にぶつかり、「痛《い》てえな、この野郎！　どこに目をつけてんだよ！」と絡まれ、ヤケになっている主人公は「うるせえよ」とか言って、チンピラの集団にボコボコにされて、ゴミ捨て場でぶっ倒れながらタバコを吸う（なぜか、ここでタイミング良く雨が降ってくる率も高い）。

テレビを観るたびに、「何じゃ、このシーンは」と小馬鹿にしていたが、今のおれには、その気持ちが痛いほどわかる。自分で自分が許せず、戒《いまし》めたいのだ。

どこかに、手ごろなチンピラはいないものか。おれはたいして大きくない商店街を何度も往復した。この辺りには飲み屋が集中してるので、下手にあちこち探し回るより遭遇率が上がる。

七往復目で、スナックから二人の男が出てきた。石原軍団にでもいそうな面構えのおっさんが二人。チンピラというよりは本職に近い。

どうする？　ここはやり過ごして、もう少し戦闘力が低そうな連中を待つか。

おれは石原軍団をジッと観察した。

二人とも意外に小さい。たぶん、百七十一センチのおれよりも低いのではないか。顔のいかつさで迫力が増しているだけのような気もする。沖縄の魔除けのシーサーにそっくりな顔と、髭《ひげ》が生えたダルマにそっくりな顔が並んでいる。ただ、身長は低いが、肩幅は広く首は太い。よく見ると、拳も石のようにゴツゴツしている。服装もVシネマの任侠ものに出てきそうなやんちゃなファッションだ。

間違いなく、この二人は喧嘩の達人でいらっしゃる。漫画の『ドラゴンボール』に出てきた《スカウター》を着けなくてもわかるくらい、明らかだ。

『どこまで弱気やねん！　自分を戒めるんとちゃうんかい！　男やったら潔《いさぎよ》くシバかれてこんかい！』

もう一人のおれが、激しく叱咤してきた。

『何で意味もなく殴られなあかんねん。オトンと親子で入院したいんか。これ以上オカンを悲しませてどうすんの』

さらに、もう一人のおれが、クールダウンさせようとしてくる。

『おい、お前はアホか。商店街のど真ん中で、何をしょうもない葛藤しとるんじゃ。今年で二十世紀も終わりやねんぞ。他にもっといろいろ考えることがあるやろうが。同じ頭を悩ませるんやったら、世界の平和でも祈れや、ボケ。人々はなぜ憎しみ合い、争いが絶えへんのか。人間は誰もが必ず死ぬとわかってるのに、なぜ殺し合う必要があるんか。言葉は無力なんか。そもそも、生きるってどういうことやねん』

なんか、哲学的なおれまで出てきた。

『若林さんに会いたい。あのオッパイに顔を埋《うず》めながら慰められたい』

同時にスケベなおれも登場する。

ダメだ。《山崎》のせいで完全に酔っぱらっている。頭の中がグチャグチャで、思考がままならない。今日は、もう歩いて帰って寝て、自分を責めるのは翌朝に持ち越そう。

おれは石原軍団から目を逸らし、すれ違おうとした。

「おい、コラ。ちょっと待たんかい」

ふいに、シーサーに二の腕を摑まれた。とんでもない力でグイグイと引き寄せられる。

「え、あの、えっ、な、何ですか？」

一気に酔いが醒《さ》めた。妄想が現実になろうとしている。

「兄ちゃん、わしらにずっとガンたれとったやろ」

「た、たれてませんよ」

しまった。じっくりと観察しすぎたか。

「わしらの顔に何かついとんのか」

「……ついてません」

シーサーの手を振り払って逃げ出したいが、握力が半端じゃない。まるで万力に挟まれているようだ。

「ほんじゃあ、何でこっち見てニヤニヤしとったんじゃ」

まさか、シーサーとダルマに似ているからです、とは言えない。

「こ、これには深いわけがあるんです」

「ほう。そうか、そうか」黙っていたダルマが口を開いた。ドスの利きすぎた低音ボイスだ。「ほんじゃあ、そのわけとやらをじっくりと聞かせてもらおうか」

シーサーがさらにおれを引っ張り、出てきたばっかりのスナックに連れこもうとした。

これは、マズい。人目のない場所は絶対に危険だ。おれは、助けを求めようとして、商店街を見回した。

あれ、誰もおらへんやん。さっきまで、飲み屋帰りの人たちで賑わってたのに、みんなあっという間に避難しやがった。

「すいませんでした」何もしていないのに、咄嗟《とっさ》に謝ってしまった。

「ほう。謝るっちゅうことは、わしらをそういう目で見てたんやな。ますます、たっぷりと聞かせてもらおうやないか。朝までコースや」ダルマがスナックのドアを開ける。

嗚呼。これが現実というものだ。高槻の商店街に、ブルース・ウィリスやシルベスター・スタローンやアーノルド・シュワルツェネッガーやジャッキー・チェンは現れない。

「あら、どうしたん。戻ってきちゃって」

ママらしき厚化粧の女がカウンターの中にいた。他にホステスはいない。客もおっさんが一人だけだった。ベースボールキャップを被り、カラオケでＫＡＮの『愛は勝つ』を熱唱している。

「まあ、座れ。わしらのおごりや」

シーサーがおれの両肩を押し、無理やりカウンターの椅子に座らせる。二人にガッチリと挟まれた。

「何があったか知らんけど、あんまりいじめたらあかんよ」ママがキープボトルのセットをシーサーの前に置いた。

奇遇にも、ウイスキーのボトルは《山崎》だった。

シーサーは慣れた手つきで、トングを使ってアイスペールからロックアイスを取り出し、三つに並べたグラスに順番に放りこんでいく。

「兄ちゃん、酒臭いな。どっかで飲んできたんか」ダルマが鼻をヒクつかせる。

「あ、はい。少しだけです」

「彼女と飲んどったんか」

「いいえ。彼女はいません」

「なんや、寂しいやんけ。ずっと独りかいな」

「つい最近、別れたばっかりで……」

「なるほど。ヤケ酒ってやつやな」シーサーが、《山崎》の入ったグラスをおれとダルマに渡してきた。

「ほな、乾杯しようか」ダルマがグラスを上げる。

「何に乾杯するの?」ママがタバコの煙を鼻から吐き出し、訊いた。

「青春に決まってるやんけ」

「ええなあ。青春に乾杯や」シーサーが、自分のグラスをおれのグラスにぶつけてきた。

乾杯なんかする気分ちゃうっちゅうに。一円の価値もないおれの青春なんか、どうでもええわ。

二人がグイグイと《山崎》を飲むので、おれも仕方なしにグラスに口をつけた。起きてからキムチしか食べていないので胃が痛くなってきた。

シーサーがニヤつきながら、おれの顔を見た。「さっそく、話を聞かせてもらおうか。兄ちゃんの身に何があったんや」

おれは、KANのカラオケをBGMに、これまでの出来事を手短に説明した。《カリフォルニア》で働くことになり、若林さんに恋をし、ヤブちゃんに恋をされ、吉瀬に裏切られ、家を追い出されて《カリフォルニア》の事務所に住み、リストラされたオトンと働くことになり、米村店長に逃げられて店を任され、若林さんとHできたけど、デグとヤブちゃんを失い、オトンが吉瀬たちにボコボコにされて入院し、おれは見返してやるためにニューヨークに映画留学しようとしたが、サラ金ではお金を貸してくれなくてヤケクソになり、スロットで全財産を摩ってしまったと。

我ながらメチャクチャな人生だ。シーサーとダルマは身を乗り出して聞き、ゲラゲラと笑っている。

「あー。笑った。最高の青春やな」シーサーがおしぼりで涙を拭きながら言った。

「笑いごとじゃないですよ。一文なしになったんですから。これでニューヨークにも行けなくなったんです」

「行けばええがな」ダルマがとんでもなく分厚い財布をセカンドバッグから取り出し、カウンターに置いた。「ちょうど百万ぐらい入ってるぞ」

「えっ……もらえるんですか」

そんな甘い話があるわけがない。確実に裏があるに決まっている。

「お前の夢が本気やったらな。わしと一丁、勝負しようやないけ」

「ど、どんな勝負ですか」

思いっきり嫌な予感がする。ダルマの目が据《す》わり、ろれつも怪しい。おれが、話をしているときも、《山崎》を立て続けに飲みまくっていた。

「ママ、トランプあったやろ。ちょっと貸してくれや」

「はいはい」ママが面倒臭そうに、ボトル棚の下の引き出しをゴソゴソと漁《あさ》り、コンビニでも売ってそうな安物のトランプを出してきた。

「一体、何をするんですか」

「ゲームやがな」ダルマが、おぼつかない手つきでトランプをシャッフルする。「わしに勝ったら財布ごとやる」

「あの……帰ってもいいですか」

立ち上がろうとするおれをシーサーが押さえる。「まあまあ、夜は長いねん。楽しんでいけや」

こんな雰囲気で楽しめるわけがない。ママはタバコを吸いながら見て見ぬふりをしているし、ベースボールキャップの客は、相変わらずＫＡＮを熱唱中だ（曲は『まゆみ』に変わっている）。

「兄ちゃん、好きな数字は何や」ダルマが、トランプをおれの前に置いた。

「えっと、別にないんですが、強《し》いて言うなら七ですかね」

「よっしゃ。このトランプから一枚引け。七やったら、この財布を持って帰ったらええがな」

「もし、引けなかった場合は……」

ダルマが立ち上がり、勝手にカウンターの中に入っていった。

「ママ、これも借りるで」トランプの横に、包丁が置かれた。「兄ちゃんの小指に百万円の値段をつけたろやないけ」

「じょ、冗談でしょ」頭がクラクラして、椅子からずり落ちそうになる。

シーサーが愉快そうに笑い出す。「こりゃ、見ものやな」

「さんざん、自分には一円の価値もないとボヤいてたやんけ。一発、勝負して男になれや」

「無理ですよ。もし負けたら」

ダルマがおれの言葉を遮《さえぎ》る。「七はハートとスペードとクローバーとダイヤの四枚入ってるがな。ジョーカーは入ってへん」

確率は十三分の一。そう簡単に引ける数字ではない。

「こんなチャンス、二度とないぞ」シーサーがおれの背中を叩いた。

「できません」

ダルマが首を傾けた。「何でや？」

「だって、こんなことで小指を失うなんてアホらしいじゃないですか」

「金が欲しいんやったら、リスクを負わなあかん。夢を叶えたいんやったら、色んなもんを犠牲にせなあかんねん。お前の話を聞いとったら、全部、人のせいにしとるやんけ。ただ単に、人生が自分の思いどおりに行かへんから拗《す》ねてるだけやがな。己の力で切り開く根性がなくてビビッてるんや。これからも、お前には数々のチャンスが訪れるやろ。でもな、そのとき必ず一緒にリスクもついてくる。そのリスクから逃げとったら、お前は一生負け犬のままや」

「酔ってるわりには、ええこと言うねえ」ママが横やりを入れる。

「もし、お前が根性見せてトランプを引いたら、どんな数字が出ようとも、この財布をあげるつもりやったのに。惜しいことしたな」ダルマが自分の財布をセカンドバッグに戻した。

ぐうの音も出なかった。《カリフォルニア》で、おれに降りかかってきた災難は、チャンスの裏返しだったのだ。何の努力もしていない若造のおれが、たとえ小さな潰れかけのレンタルビデオ店とはいえ店長になれたのは、大きなリスクがセットだったからだ。それに、映画監督になるためにニューヨークに行くんだって息まいてたけど、本気で思ってたらパチンコになんか行ってない。ウディ・アレンの映画くらいならおれでも作れるなんて、何言ってんだおれは。自分では何もせず文句と叶わぬ夢ばかり言ってるダメ男の典型だ。気づいたところで、もう遅い。セカンドバッグに消えた大金と一緒で、おれは《カリフォルニア》を失ってしまった。

悔しくて情けなくて涙が溢れてきた。こんな場末のスナックで説教を食らう自分が、とてつもなく恰好悪かった。

人生にはハッピーエンドなんてない。都合のいいところでエンドロールが出てきてくれるなんてことはない。いいときと悪いときを繰り返しながら、淡々と続いていくだけだ。

「好きなだけ泣いて、好きなだけ飲めや。今夜はわしらの奢りや」シーサーが優しくおれの背中をさすってくれた。

「よっしゃ。雀荘《ジャンそう》にでも行くか」

ダルマとシーサーがスナックを出て行った。残されたおれは、どうすればいいのかわからず、ただ、肩を震わせて泣いていた。

「完璧な人間なんていやしないさ」ＫＡＮを歌い終えたベースボールキャップの客が、隣に座ってきた。「まあ、これは僕の言葉じゃなくて、マリリン・モンローが主演の映画、『お熱いのがお好き』の名セリフだけどな」

どこかで聞き覚えのある声だ。て、いうか、こんな発言をする人間はおれの知り合いには一人しかいない。

「米村店長？」おれは顔を上げた。

逃亡者・米村店長

ここから先は、ラーメン屋で米村店長（もう「元」はお返しだ！）から聞いた話だ。《山崎》の酔いも残っていたし（米村店長もかなり顔が赤かった）、どうしても話がハリウッド的に大きくなるので、どこまで信用していいのかわからないが。

なんと、米村店長は命を狙われていたらしい（この話を聞いた時点で帰りたくなった）。離婚したブレンダから国際電話がかかってきて、昔、金を借りたロサンゼルスのマフィアが、米村店長の居所を摑んだと知らせてきたのだ。マフィアが摂津富田に来たら目立ってしょうがないとは思うが、そこはツッコまないでおいた。

さらに、話はデカくなる。

ロサンゼルスのモーテルで三人のマフィアに監禁された話は、《カリフォルニア》でバイトを始めたばかりのころに聞いた。仲間割れがあって、一人のマフィアが残りの二人を殺し、米村店長を逃がしてくれた……というB級映画のような展開のストーリーだ。

ロサンゼルスでは、その二人のマフィアを殺したのは米村店長だということになっているらしい。ブレンダが言うには、マフィアのボスが報復を誓って、米村店長を血眼《ちまなこ》になって探していると。

トンコツ臭が漂うラーメン屋でそんな話を聞いても、何の臨場感もない。一連のロサンゼルス逃亡話が終わると、米村店長は、《レンタル白虎隊》に負けて《カリフォルニア》を捨てたわけではないことを強調した。

《カリフォルニア》のアルバイトたちを、マフィアの銃弾の巻きぞえにするわけにはいかない。とりあえずは、ほとぼりが冷めるまでは身を隠しておこうと、高槻に潜伏したというのだ。

「潜伏といったって隣の駅じゃないですか」さすがに、ここはツッコませていただいた。

「下手に逃げ回ればいいってもんじゃない。灯台もと暗しってやつさ。『逃亡者』のハリソン・フォードみたいに髭も剃ったしね」

たしかに口髭がなくなっている。トレードマークだったテンガロンハットも被っていないから、スナックでもまったく気がつかなかった。

「俺が生き延びることができたのは、キャシーのおかげだよ」

また、新たなヒロインの登場である。

隣の高槻駅に辿り着いた米村店長は、まず、隠れ家を探すことにした。しかし、慌てて《カリフォルニア》を飛び出してきたせいで、現金や銀行のカードが入った財布を忘れてきてしまった。通帳も、事務所の金庫に入ったままだ。取りに戻ろうとも考えたが、マフィアが待ち伏せしている可能性が高い。ロサンゼルスでも空港で張りこまれていたくらいだ。

ポケットの中にあった小銭入れを握りしめ、米村店長はパチンコ店に向かった。

「おれと一緒の行動を取ってるじゃないですか」

「人間が考えることなんて、たかが知れてるさ」米村店長はサイドメニューの餃子を食べながら答えた。

そのパチンコ店で、キャシーと出会った。キャシーは、日本文化が大好きなオーストラリア人で、駅前の英会話教室で講師をやっている。米村店長曰く、キャメロン・ディアスと山田《やまだ》邦子《くにこ》を足して二で割ったようなルックスだそうだ（そう聞いても、まったくイメージできないが）。

キャシーは、思い詰めた顔でスロットと格闘していた。暇潰しにパチンコ店に入ったのだが、やりかたがよくわからず困っていた様子だった。

「キャシーは孤独な女なのさ」米村店長は、メンマをつまみにビールを飲みながら言った。

わざわざ日本に来てまでスロットをするぐらいやから、孤独というよりは、よっぽど暇なのだろう。

キャシーの台はすでに大当たりを引いていたから、あとは目押しをしてあげればよかった。運良く連チャンモードに突入し、キャシーは十万円近く、大勝ちをした。

感激したキャシーは米村店長を飯に誘い、映画の話で意気投合し（キャシーは黒澤明《くろさわあきら》と小津安二郎《おづやすじろう》を敬愛する映画マニアだった）、二軒目のバーでロマンティックなムードになり、恋に落ちたというわけだ。

キャシーの部屋に転がりこむ形で、米村店長の逃亡生活は始まった。もちろん、キャシーにはマフィアのことなんて話せない。前の家は泥棒に入られて全財産を失い、家賃が払えず大家に追い出された……、と白々しい嘘をついたそうだ。

「なんで、スナックでKANを熱唱しとったんですか」

「キャシーがオーストラリアに帰ってしまったから、どうしようかと途方に暮れていたのさ」

先週までは、キャシーと平穏無事に暮らしていた。外出はなるべく避け（泥棒に入られたショックで対人恐怖症になったと嘘をついた）、家でレンタルビデオの映画を観ながら過ごした。金はキャシーが英会話の講師で稼いで、米村店長は家事を担当した。キャシーは気立てのいい女だし、このままいけば再婚してもいいかなとさえ思った。家に閉じこもっている限りは、マフィアに見つからない。ただ、キャシーは駅前のＴＳＵＴＡＹＡに行くときだけは、米村店長と行きたがった。家で観る映画を選ぶことが、束の間のデートだったのだろう。米村店長は警戒を怠らず、ベースボールキャップとマスクで変装した。

これが裏目に出た。マフィアからしてみれば、映画好きの米村店長ならレンタルビデオ店に現れるだろうと張っていた。そこに、そんな怪しい恰好の奴が入店してきたらバレバレではないか。

そして、尾行され、ついにキャシーの家を突き止められたのだ。

「今回ばかりは死ぬかと思ったぜ」店長は、高菜をトッピングしたチャーシュー麺を注文したあと言った。

——その日、マフィアたちにキャシーのマンションを囲まれていることに気づかず、米村店長は晩ご飯を作っていた。キャシーの大好物のすき焼きだ。

インターホンが鳴った。最近まで孤独だったキャシーの家に、人が来ることなんてあるわけがない。

米村店長はピンときた。まさか、この場所まで突き止められたのか。

モニターを見ると、オートロックの前にダンボールを持った配達員が立っていた。帽子を被っているから顔はよく見えない。

「何でしょうか」

米村店長は受話器を取り、相手の反応を窺《うかが》った。

返事がない。聞こえていないのだろうか。

そのとき、他の住人が帰ってくる姿がモニターに映った。鍵でオートロックを開ける。

なんだ、ありゃ？　配達員の後ろから、明らかに外国人とわかる連中が姿を現した。よく見ると、配達員の体もデカい。

マフィアだ。五人もいる。どうして、ここがバレたんだろう。

『キャシー！』米村店長は叫んだ。

シャワーを浴びようとしていたキャシーは下着姿だった。

『いいから逃げろ！』

服を着ようとするキャシーの腕を引っ張り、ベランダまで走った。キャシーは驚いて説明を求めたが、そんな時間はない。

マフィアたちは血も涙もない連中だ。米村店長だけでなく、キャシーも殺されてしまう。

ただ、この部屋は五階だ。どうやって逃げる？

緊急避難用のハシゴがあったはずだが、どうやって使うんだ？　完全に油断していた。

なぜ、こんな大事なことを調べておかなかったんだ。

気が動転しているキャシーをなんとかなだめ、ベランダに出た。

あった。床に《避難用》と書いてある。フタを開けると気が抜けるほどふつうにハシゴがあり、下の階に降りられるようになっていた。

「キャシーをどうやって説得したんですか」

「殺人鬼がやってきたと言った」米村店長が、運ばれてきた高菜入りのチャーシュー麺のスープをレンゲで啜《すす》る。

「キャシーはそれで信じたんですか」

「たまたま前の日に観たビデオが、『羊たちの沈黙』だったんだよ」

下の階に降りた米村店長は、強引に赤の他人の部屋に乱入し、そのまま玄関から逃走した。大学生らしき男の子がリビングでテレビを観ていたのだが、突然、ベランダから、下着姿で金髪の外国人女性とエプロンをした男が入ってきて、仰天して固まってたそうだ。

マフィアからはなんとか逃げきることができたが、キャシーに本当の事情を説明すると、憤慨してオーストラリアに帰国してしまった。

「キャシーは、僕がマフィアに追われてることよりも、ブレンダと結婚してた事実を隠していたことに怒っていたよ」

「それはそうと、店長は、何でまだ高槻にいるんですか」

「マフィアの奴らも、まさか、まだ僕がここにいるとは思わないだろ」米村店長はチャーシューを食いちぎり、得意気にウインクした。

このおっさんだけは……。おれがこんなにも悩んでいるのに、ほぼフィクションの世界で自由に生きてやがる。たぶん、話の九十パーセントは創作だ。

間違っても、こんな大人にだけはなりたくない。

おれは米村店長と一緒に《カリフォルニア》へと戻った。シャッターを開け、店内の照明を点ける。

ボロボロに破壊された店の真ん中で、米村店長は大きく深呼吸をした。

「やっぱり我が家が一番だね」

「……もしかして、それも映画のセリフですか」

「よくわかったな。『オズの魔法使』のドロシーのセリフだ。そしてもう一つ、映画史上最高のセリフを教えてやろう。一九二七年公開の世界初のトーキー映画『ジャズ・シンガー』からの引用だ」

「どんな言葉なんですか」

米村店長は、ベースボールキャップを脱ぎ捨て、レジの隅に置いてあったテンガロンハットを被った。

「お楽しみはこれからだ」

お好み焼き　かりふぉるにあ

久しぶりに、実家に帰った。

いつものように《カリフォルニア》の事務所に泊まろうとしたが、米村店長に『一旦、帰ったほうがいい』と優しく言われたのだ。目がうつろだったので、自分自身が事務所で寝たかっただけなのかもしれないが。

まあ、でも、家を出て以来、帰るタイミングをずっと模索していたから、有り難くもあった。ああいう形で追い出されたからには、気安く帰れるものではない。他人に背中を押してもらわなければ、意地でも帰らなかっただろう。

マンションに着き、鍵を持っていないことに気がついた。迷った末に、インターホンを押した。

深夜の三時を過ぎていたが、オカンは怒りもせずにドアを開けてくれた。てっきり、ヒステリックに説教されると踏んでいたおれは、肩透かしを喰らった気分だった。

「おかえり」

オカンは、寝起きの腫《は》れぼったい目で、おれを迎え入れた。

「ただいま」

おれは、照れ臭さを隠して、くたびれたスニーカーを脱いだ。

懐かしい匂いがした。自分の家に染みついている〝ニオイ〟だ。ここで暮らしているときは感じなかっただけに、不思議な感じだ。

……もう、おれの家とちゃうねんな。

去年までは、自分の家だと当たり前のように思っていたが、勘違いをしていた。ここは、両親が汗水流し、社会的信用を得て、ローンを組んで購入した家だ。一度、家を出たおれは、たまに帰ってくることはできても、住むことは許されない。

次の仕事で金が貯まったら、一人暮らしの部屋を借りよう。

「あったかいお茶でも飲むか」

水色のパジャマを着たオカンが、ぶっきらぼうに言った。おれの体からは、相当に酒の臭いがするはずなのに、何も言わない。

「うん。ありがとう」おれは、すぐに自分の部屋には戻らず、リビングの食卓についた。

オカンとは、オトンの病室で会って以来だ。そのときは、死ぬほど説教された。

ほうじ茶を淹《い》れたオカンが、おれの向かいに座る。

「ちゃんと、ご飯は食べてんの？」

「うん。大丈夫。それよりも、オトンは？」

「だいぶ良くなったよ。病院のベッドでイビキかいて寝てたし。出されるご飯も文句言わず食べてるし」

オトンの姿を思い出したのか、オカンが笑みを浮かべた。

「オトン、会社辞めたやんか」

「辞めたじゃなくて、辞めさせられた、やで。リストラやねんから」

「大丈夫なん？」

「何がよ」オカンがアクビ混じりで答える。

「だって……収入がなくなったわけやし」

「多少貯金があるから、今のところは大丈夫や。いざとなったら、私も働けばええんやし。近所の子供ら相手に水泳教室でも開くわ」

えらく、あっけらかんとしている。リストラされた日に、《カリフォルニア》の前で雨に打たれながら息子を殴ったオトンとは大違いだ。

「挫折は成功への第一歩やもんな」おれは、オカンの座右の銘を出した。

「こんなもん、挫折のうちにも入らへんよ」オカンが、もう一度アクビを噛み殺す。「それよりも、ビデオ屋さん潰れたんやろ。アンタこそ、大丈夫なん？」

泣きそうになるのを、ほうじ茶を啜《すす》って誤魔化した。温かいお茶が、酒とトンコツラーメンで荒れた胃に優しく染みわたる。ここのところ、辛い出来事が続いていたから、優しくされると涙腺が緩んでしまう。

「一応、前の店長が戻ってきた」

「営業は再開すんの？」

「わからへん」

米村店長は、「お楽しみはこれからだ」と意気込んでいたが、具体的には何も話してくれなかった。「準備が整ったら電話する」と言われただけだ。一体、何をする気なのか見当もつかない。勝手におれまで「お楽しみ」の仲間に入れられているのが、ちょっと怖い。

「お父さんにあんなことした相手は誰なん。アンタ、本当は知ってるんでしょ」オカンが、静かな声で言った。ヒステリックに訊かれるよりも、逆に迫力がある。

「証拠が何もないから断定はできへん」

オトンの話によれば、暴漢たちは、スキー帽だけではなく、手袋も装着していたらしい。背恰好を訊いたが、吉瀬のスタイルと一致する奴はいなかった。吉瀬に金で雇われたチンピラだとは思うが、おれひとりの力で吉瀬との関係を暴くのは難しいだろう。

「お父さんは何て言ってたん」

「しょうもないこと考えたらアカンって言われた。負けとかなあかんケンカもあるって」

オカンが、ため息を飲み込む。妻として、おれ以上に悔しいはずだ。

「リュウ、お母さんと一つだけ約束して」

おれは、深く頷いた。

「暴力は使わないで」オカンが、真剣な目でおれを見る。

初めて見る表情だ。母親の顔ではなく、勝負に挑むアスリートのような顔になっている。

オリンピックを目指してシンクロナイズドスイミングをやっていた頃は、こんな表情で泳いでいたのかもしれない。

「わかった」心の底から真剣に約束した。

「暴力なしで、徹底的に仕返ししなさい。勝つまで続けなさい。私の辞書には、『負けとかなあかんケンカ』なんか載ってへん」

「了解」おれは、残りのほうじ茶を一気に飲み干した。

「ほんじゃあ、もう遅いから早く寝なさい。お兄ちゃんの部屋のベッドが使えるからそこで寝たらいいけど、明日、昼まで寝とったら掃除機でぶん殴るからね」

オカンが、母親の顔に戻って言った。


五日後。ようやく米村店長から電話がかかってきた。

「待たせたな。すぐに《カリフォルニア》に来てくれ」

最初に出会った頃の米村店長と、キャラが変わってきたのが気になる。声も不自然なほど男らしい。低くて太い声は腹式呼吸で出しているのか、まるで映画の吹き替えの声優みたいだ。とりあえず、声だけでもマッチョにして、己を鼓舞しているのだろうか。

チャリンコに乗って、久しぶりの摂津富田に向かった。店長の声から、自信たっぷりな感じが伝わってきた。すでに店が改装されていて、今日から営業するのかもしれない。少しわくわくしながら、立ち漕ぎで急いだ。

おれの予想どおり、店は改装されていた。ただ、予想と大きくかけ離れていたのは、《ビデオショップ　カリフォルニア》が《お好み焼き　かりふぉるにあ》に変わってしまっていたことだ。

平仮名になっとるやんけ……。

アメリカンな外観はどこかに消え、古き良き昭和のニオイがする渋い和風テイストになっている。《名物モダン焼き》と書かれている幟《のぼり》まであった。

呆然と立ちつくしたまま、しばらく動けなかった。気を取り直して、引き戸（元は自動ドアだった）を開けると、米村店長が厨房《ちゅうぼう》で一心不乱にキャベツを刻んでいた。

「店長、これ……何なんですか」

「見てのとおり、お好み焼き屋さ」店長が包丁を片手にポーズを決める。

「それは、わかってますよ。何でいきなり、こんな展開になったんですかって訊いてるんです」

かなり立派な内装だった。鉄板が敷かれたカウンターに、業務用の冷蔵庫。生ビールのサーバーや座敷スペースまである。何より、ハッピに捻りハチマキをした米村店長の姿に驚いた。

「レンタルビデオでは稼げないからさ」米村店長が、あっけらかんと言った。

「それを言っちゃいますか……」全身の力がフニャフニャと抜けた。

テンガロンハットはどこに行ってん。五日前の夜、恰好つけて被ってたやんけ。

「腹減ってるか。今から試作のモダン焼きを作るけど、若いから一枚ぐらいならペロリと食べられるだろ」

「はあ……まあ……」

そりゃ、美味ければペロリだが、阪急茨木にあるお好み焼きの名店《金的》の常連のおれの舌が、そう簡単に満足するわけがない。

それに、店の壁に設置されているテレビでは『ジョーズ』の巨大ザメがビーチで大暴れして海水浴の連中を食い荒らしているので、食欲がゼロだ。

「ちょっと、待っててくれよ。もう少しでキャベツの仕込みが終わるから」

よく見ると、米村店長のキャベツを刻むスピードは尋常じゃない。最初は、勢いに任せて適当に切っているかと思ったら、とんでもなくうまいではないか。明らかに、素人のレベルを凌駕《りょうが》している。

「めっちゃ慣れてますね。お好み焼き屋で働いた経験があるんですか」

「実家がお好み焼き屋なんだよ」

「マジっすか。それを先に言ってくださいよ。て言うか、どうして、レンタルビデオ屋なんかやってたんですか。跡を継げばいいじゃないですか」

米村店長が包丁を止め、顔をしかめる。「お好み焼きが嫌いなんだ」

「そんな人間に初めて会いましたよ」

「ガキの頃から、こうやってひたすらキャベツを刻んできたんだ。誰だって嫌いになるだろ。親父には、ずいぶんとシゴかれたものさ」

毎度の嘘くさい武勇伝とは違い、リアリティのある話し方だ。

「よし。フィニッシュだ」

カウンターに置いてあるザルに、キャベツが山盛りになった。見事な千切りだ。どれも均等な長さと厚さになっている。

「ちょっとした神業《かみわざ》じゃないですか」

「キャベツの大きさが違うと、焼きにムラが出るからな。親父から『お好み焼きはキャベツに始まり、キャベツに終わる』って、口を酸っぱくして言われたもんだよ」

米村店長の顔がずいぶんと辛そうだ。本当に、お好み焼きが嫌いらしい。

「そんなに、嫌いなんですか」

「嫌いを超えて、憎んでいる。お好み焼きは、トラウマなんだ。映画にのめり込んだのもお好み焼きの呪縛《じゅばく》から逃れるためだったんだよ」

「そんな大げさな……」

しかし、米村店長は険しい表情のままだ。血走った目で、鉄板に豚のバラ肉を載せている。

「今、焼くから座って待っていてくれ」

滑らかな動きで鉄板に生地を引き、その上に、これでもかと言わんばかりにキャベツを積んでいく。

小高い山のようなキャベツ。この光景、どこかで見たことがある。

「子供の頃、お好み焼きのせいでいじめられた。登校拒否になり、高校にも進学しなかった」米村店長が、うつろな目で鉄板を見つめながら、とつとつと語りはじめた。「十六のとき、半ば家出のような形で上京してサーファーになった。お好み焼きは捨てたはずなのに、まさか、再び焼く日が来るなんて夢にも思わなかったよ」

「お好み焼き屋の息子っていうだけで、いじめられたんですか」

「店の名前のせいだよ。口にするのもおぞましい、ありえないほど最悪な店名なんだ。先に言っておくけど、どれだけ訊かれても、この名前だけは教えないからな」

まさか……。

「……もしかして、『金的』ですか」

米村店長は、口をあんぐりと開けてストップモーションになった。

「どうして、知ってるんだ。読心術でもマスターしたんじゃなかろうな」

「おれ、『金的』の常連なんですよ」

「嘘をつくな」

「マジですってば。最近は行ってないですけど、去年まではデグと週に一回は顔を出してました。無口なお爺《じい》さんがやってる店ですよね」

「あんな地味な店に通ってたのか……」米村店長が、呻《うめ》くように言った。

「おれらの周りでは有名ですよ」

「名前が変だからだろ」

「違いますよ！　メチャクチャ美味いからですよ！」

「えっ？　うちの店って美味いの？」米村店長が、驚愕の表情で、わなわなと唇を震わせた。「お世辞じゃなくて？」

「おれの食べた中では、ぶっちぎりでナンバー1ですよ。何、寝ぼけたこと言ってるんですか。食べてみたらわかるでしょ」

「ごめん。他の店のお好み焼きは食べないから。毎日、焼く練習がてら食べさせられてたから、外で食べたいと思ったことがないんだよ」米村店長が、申し訳なさそうに肩を落とす。

たしかに、家でお好み焼きが食べ放題なのに、わざわざ外で食べる必要はない。傍から見れば、羨ましい限りだが、本人にとっては苦痛でしかなかったのだろう。

「店長も出身は大阪だったんですね。標準語を喋ってるから、てっきり、関東やと思ってましたよ」

「地元は捨てたつもりでいたからね」

　じゃあ、なんで大阪に戻ってくるねんとツッコミたいが、我慢する。店を持ったのが、阪急茨木から二駅の場所というのも微妙過ぎる距離だ。

「そもそも、どうして店長の親父さんは、『金的』って名前を付けたんです？　下ネタじゃないですか」

「小学生のとき、泣きながら訊《たず》ねたよ。そしたら、親父は何て答えたと思う。『この店はわしにとって一番大切な場所なんだ。だから、男にとって一番大切な部分の名前をつけた』って堂々と言われたよ。信じられないだろ。いくら周りが名前を変えるように説得しても、頑として聞き入れなかったよ」

　名前が『金的』じゃなければ、もっと繁盛していたのは間違いない。おれとデグにすれば、いつ行っても空いているってのは気に入ってたけど。

「きっと、味に絶対的な自信があるんですよ。名前やら店構えなんかに左右されないって」

　おれたちは、馬鹿話をしながら何も気づいていなかった。目の前で、あの爺さん――人生の大先輩は、生きざまを見せてくれていたんだ。

「桃田にも、お好み焼き屋を手伝って欲しい。これが僕の考えた復讐なんだ」

「復讐ですか」

おれは、もう一度、店内を見渡した。少し、前よりも狭く感じる。

「事務所は倉庫として使ってるよ。ダンボール箱のキャベツや酒のストックが積んである」

「えらく、本格的ですね」

米村店長が、少し照れ臭そうに頷く。「ここを立ち退《の》けば、完全な負けになる。石にかじりついてでも商売を続けるのが、地味だけれども効果的な復讐だと思うんだ」

名前を《かりふぉるにあ》のままにした理由はそれか。

「いつか、この店が行列のできるほどの繁盛店になれば、おれらの勝ちっていうわけですか」

「真の復讐は、相手よりも幸せになることさ。それが最高の復讐」

「それは、何の映画のセリフですか」

店長が、得意気に胸を張る。「僕の言葉だよ」

「店の改装費はどうしたんですか」

「借りたよ」

「誰にですか？　親父さんですか？」

「違うよ。親父は自分の店を維持するので、精一杯さ。ある方面に借りたよ」

ある方面？　ピンと来た。高槻の商店街のスナックで米村店長はカラオケを熱唱していた。どうして、あんな店で飲んでいたのか謎だったが、シーサーとダルマにそっくりなあの強面《こわもて》のヤクザたちに金を借りていたってことか。

「店長、もしかして、あんなヤバそうな連中に借りを作っちゃったんですか」

「だって、他に貸してくれる人がいないんだからしょうがないじゃん」

「いくら借りたんですか」

「改装代と一カ月分の運転資金だから、合わせて一本ぐらいかな」

この大改造ぶりで百万で済むわけがない。その上の一千万ってことか。

メチャクチャやんけ……。

「あんな人たちに借金して怖くないんですか」

「怖いに決まってるじゃん。やっぱり本物の迫力は、ひと味違うよね。『ゴッドファーザー』に出てくるイタリアン・マフィアより恐ろしかったよ」米村店長が真顔で答える。

じゃあ、なんでそんなやつに借りるねん。頭のネジが二、三本ぶっ飛んでんのちゃうか。

金をヤクザたちに返して来いと言いたいが、もう手遅れだ。金は、お好み焼き屋になってしまった。《豚玉》や《エビ玉》と書かれたメニューが壁中に貼ってある。一枚でも多く焼いて返済していくしかない。

「それにしても、担保も無しによく借りれましたね」

「担保はあるよ」

「えっ、だって《カリフォルニア》は賃貸のはずでしょ」

毎月、家賃を大家に振り込んでいる。

「親父の店を担保にさせてもらった」

「マ、マジっすか……」

どん引きしてしまった。もし、《お好み焼き　かりふぉるにあ》が失敗すれば、《金的》が、この世から無くなってしまう。

《金的》は、裏路地にあるとはいえ、阪急茨木の駅前だ。そこそこの価値があるから、ヤクザたちも金を貸したに違いない。

「言っておくが、親父の了承は得ている」米村店長が、なぜか偉そうな口調で言った。

「借りる相手が何者かもちゃんと説明したんですか」

「もちろんだ。《お好み焼き　かりふぉるにあ》が潰れたときが自分の引退のときだと腹を括《くく》ってもらった」

「いや、腹を括るのは店長であって、親父さんではないと思うんですけど」

「成功にはリスクがつきものだ。それを恐れたら何も摑めない。ハリウッドのアクション映画でも、主人公が大ピンチに陥るからこそ観客はワクワクするんだ。人生も同じさ。リスクの向こうにハッピーエンドがある」

「はあ……」返す言葉が何も見つからない。

久しぶりに凄まじい屁理屈を聞いた。よくぞ、あの頑固そうな《金的》の爺さんが納得したものだ。

「だから、どうしても、桃田に手伝って欲しい。この店が繁盛しなければ、親父が今まで築いてきた歴史が幕を閉じてしまう。僕の人生初で、最大の、親孝行でもあるんだ」

おいおい、それって、親不孝になる確率のほうが高いんちゃうか。

「プレッシャー、かけんとってくださいよ。おれ、お好み焼きなんて焼けませんよ」

「僕がイチから仕込むから大丈夫だ」

どんだけ、勝手やねん。こんな大人、見たことないわ。

「無理ですって。料理にまったく興味がないんですよ。おれ一人が加わったところで、何の戦力にもなりませんって」

「助っ人は、もう一人いる」米村店長がウインクした。「入っておいで」

まさか……。おいおい、今度の予想は外れてくれよ。

大当たりだった。カウンターの奥（事務所があったスペースだ）の暖簾から、ヤブちゃんが出てきた。米村店長とお揃いのハッピを着ている。

しかも、髪の毛を若林さんよりも激しい赤色に染めているではないか。何の対抗心だ。

「店長、話、長くない？　ずっとスタンバってたんだけど」

おれは石のように固まってしまった。あんなにひどい別れ方をしたからには、もう二度と会えないと思っていた。もしも偶然、街で出会えたとしても、無視されるのがオチだろう。どういう顔で接すればいいかわからない。今すぐ逃げ出したい。

ヤブちゃんは腕を組み、冷たい目でおれを睨みつけている。

「まずは仲直りの握手だ」米村店長が、勝手に仕切りだした。

「握手とかありえないし」ヤブちゃんがおれに向かって中指を立てた。「仲直りの金蹴りならしてあげてもいいよ」

「よし。じゃあ、それで仲直りをしよう」

米村店長が、強引におれの腕を掴み、カウンターから出てきたヤブちゃんの前に引っ張っていった。

「ちょ、ちょっと待って、金蹴りって何？」

「金的を蹴り上げることだよ」米村店長が、即答する。

「……それで許してもらえるんですか」

米村店長が、ヤブちゃんを見た。「どう？　許してやるの？」

「条件付きでね。その一、私に気安く話しかけないで。用事があればこっちから言うから。その二、私の前でヘラヘラ笑わない。だからと言って、叱られている犬みたいな顔もやめてよね。どっちもムカつくし。その三、今後、絶対に私を好きにならないでくれる？　吐き気がするから。この三つを守れるなら、一緒に働いてあげてもいいよ」

「どう？　守れるか？」米村店長が、おれの肩に手を置いた。

ここは、潔く罰を受けるべきだろう。ヤブちゃんを深く傷つけたのはおれだ。男らしく、真正面から金蹴りを受け止めてやる。金玉の一個ぐらいどうなっても構いやしない。

おれは、ヤブちゃんの正面に立ち、両足を半開きにした。

「思いっきり、蹴ってください」

まさか、トウキックでくるとは思わなかった。しかも、ヤブちゃんは、魔法使いの靴のような異様に爪先の尖ったパンプスを履いていた。

ヤブちゃんの容赦ない蹴りが金的にめり込み、おれは前のめりにぶっ倒れた。あまりの激痛に息が止まり、視界が真っ暗になる。

「ああ。すっきりした」

頭のはるか上から、ヤブちゃんの声が聞こえた。

ファイト・ザ・パワー

摂津富田の街に、冬がやってきた。

十二月も半ばを過ぎ、《お好み焼き　かりふぉるにあ》は、徐々に忙しくなってきた。行列まではいかなくても、週末は必ず満員になる人気店になっていた。米村店長が作る《金的》譲りのお好み焼きが美味い（おれとしては八十点ぐらいだ。やはり本家にはかなわない）のと、近所にこれと言ったお好み焼き屋がなかったことが功を奏したのだ。

米村店長が鉄板の前に陣取り、ヤブちゃんは接客とドリンクの担当。おれは、ひたすらキャベツ刻みと皿洗いをしている。

特にキャベツ刻みが半端じゃなくしんどかった。過酷な肉体労働だ。《お好み焼き　かりふぉるにあ》では、通常の店と比べて五倍近い量のキャベツを使っているので、お客さんが来れば来るほど、おれの負担は大きくなる。それに加え、米村店長のこだわりも尋常じゃなく、ミリ単位の刻みを要求してくる。最初の一カ月は刻み直しの連続で、おれの右手首は悲鳴を上げ、腱鞘炎《けんしょうえん》になってしまった。

ヤブちゃんの接客も人気の要因だ。コスプレではなく、Ｔシャツとジーンズという地味な恰好（ハッピと捻《ねじ》り鉢巻きは『お祭りじゃないんだから』とやめた）だが、笑顔と気配りをお客さんに提供している。米村店長が無愛想なだけに（お好み焼きに集中すると周りが見えなくなる）、ヤブちゃんの存在は際立っていた。お客さんのドリンクが残り少なくなれば絶妙なタイミングで注文を聞き、お好み焼きが焼けるまで時間を持て余している一人客に話しかけ、常連客の顔と名前と好みを記憶し、グズる子供はあやしてあげる、まさに痒いところに手が届くサービスで大活躍だ。

エロくないヤブちゃんは、何だか眩しかった。《ビデオショップ　カリフォルニア》時代よりもキラキラと輝いている。もしかすると、接客業は彼女の天職なのかもしれない。

おれは、ヤブちゃんから提示された条件を守って、この三カ月は、必要事項以外、口をきいていない。店が終わったあとも、まかないを食べたら、ビールを飲みながら談笑している米村店長とヤブちゃんを残してさっさと家に帰るようにしている。

家では、退院したオトンが、唯一の趣味である姫路城のプラモデルを作っている。姫路城だけで、十二個目だ。しばらくは自宅療養をするつもりらしい。オカンは、退屈そうなオトンを見て、「人生の休憩ができてええんちゃう」と喜んでいた。

それにしても、飲食業がこんなにも疲れる仕事だとは思いもしなかった。コンビニのアルバイトやレンタルビデオ屋の仕事は天国だったと思えるくらいのハードワークだ。長時間、前屈みになって皿を洗ってるせいで腰も痛い。あまりにも疲れが溜まって、風呂に浸《つ》かりながら寝落ちしてしまうこともしばしばだった。

これで良かったんか。これが果たして、吉瀬に対する復讐になってるんやろか。

信じて突き進むしかないのはわかっていても、不安になってくる。あれ以来、《レンタル白虎隊》には行ってないので、向こうの店がどんな状況なのかもわからない。クリスマスが近いから、どうせ、女の店員たちにセクシーなサンタのコスプレでもさせているんだろう。

もちろん、吉瀬に対する怒りは忘れていない。オカンとの約束がなければ、《レンタル白虎隊》に乗り込んでいって、ボコボコにしたいぐらいだ。ただ、忙しさがそれを上回り、怒りが薄まっていくような気がしてきた。

働くって、こういう意味もあるんかもしれへん。

食うために稼ぐだけじゃなく、どうにもならない現実から目を逸《そ》らす役割もしているのかも。

今まで、満員電車にギュウギュウ詰めになってまで毎日通勤するサラリーマンたちを「夢を諦めた奴ら」と軽蔑してたところがあった。でも、誰だってそれぞれしんどい事情があり、でも、それに向き合わないわけにはいかず、日々を必死に生きているんだ。

誰かに相談したい。答えを出してもらえなくてもいいから、話だけでも聞いて欲しい。おれは、毎晩、ベッドの中でケータイのデグの電話番号を見ては、電話をかけられずにいた。

相変わらず、おれはヘタレや。

自分を責めながら眠りに落ちるのが、最近のお決まりのパターンだ。

気がついたらクリスマス・イヴになっていた。

といっても、おれにとっては、何の関係もない日だ。いつものように、十一時半のランチ営業に間に合わせるために、九時半には店に入る。

オカンの作ってくれた朝食（味噌汁に焼き魚、おれの好物のほうれん草の胡麻和《ごまあ》えもついていた）を急いで食べて、おれは出かけようとした。

「いってらっしゃい」

玄関までオカンが送ってくれた。おれがちゃんと朝から働くようになってから、ずっと上機嫌だ。

チャリンコに乗って外を走ると、街中に浮かれた空気が漂っていた。否《いや》が応《おう》でも、クリスマスなんだと実感させられる。商店街を抜けるとき、八百屋のラジオからワム！の『ラスト・クリスマス』が聞こえ、魚屋のラジオから山下達郎の『クリスマス・イブ』が聞こえてきた。恋人がいるときは、二曲とも極上のナンバーだが、独り身にとっては肩身が狭くなる、ちょとした拷問《ごうもん》の曲だ。

朝だと言うのに、手をつないで歩いているカップルをやたらと目撃する。ほとんどが、おれより年下の高校生たちだ。人前で恥ずかしげもなく、チュッチュッとキスしている奴らもいたので、チャリンコで轢《ひ》いてやろうかと思った。

君たち、世の中は、そんなに甘くないぜ。

つい、おっさんみたいな小言を呟きたくなるが、口に出したら、本当に老けてしまいそうで、歯を食いしばった。

君たちも、あと数年後……「学生」の肩書が取れたとき、自分の存在価値について苦しむことになるぜ。今のおれの肩書かい？　サウザンカッター（千切り）兼ディッシュウォッシャー（皿洗い）さ。

アカン。真冬のチャリンコは、寒すぎて余計なことばかり考えてしまう。せめて、マフラーでも巻いてくればよかった。ダウンジャケットのフードで寒さを凌《しの》ごうとしたが、向かい風のせいで、何度被ってもすぽんすぽんと脱げた。

阪急茨木市駅から総持寺方面への線路沿いを走る。いつもの道だ。安威川《あいがわ》に架かる橋を渡ろうとしたとき、ひと際強《きわ》い向かい風が吹いた。おれは目を開けてられなくなり、チャリンコを止めた。

——暴力なしで、徹底的に仕返ししなさい。勝つまで続けなさい。私の辞書には、『負けてもいいケンカ』なんか載ってへん。

目を閉じながら、オカンの言葉を思い出す。

——真の復讐は、相手よりも幸せになることさ。

米村店長の言葉も思い出した。

そうだ。吉瀬に復讐するためには、何としてもおれが幸せにならなきゃいけない。そのためには、自分自身でしかクリアできない問題に立ち向かうべきだ。

《ビデオショップ・カリフォルニア》でバイトしていたとき、米村店長に素朴な質問をしたことがある。

「何で、大抵のハリウッドのアクション映画は、ラストシーンで、主人公と悪役が素手で殴りあうんですか。それまで散々、銃でドンパチとかカーチェイスをやった意味がなくなるじゃないですか」と。

米村店長は、わかりやすく、教えてくれた。

「最後に主人公が自分だけの力で局面を打破しないと観客が納得しないからだよ。ハリウッド映画の明確なルール。ラストシーンだけは、助っ人や強力すぎる武器に頼っちゃいけない。主人公が、苦しんで苦しんでハッピーエンドをもぎ取る姿にカタルシスを覚えるんだよ」

おれは、目を開けた。ここ最近、ずっと胸の奥にあったモヤモヤが、晴れていくのがわかった。

《お好み焼き　かりふぉるにあ》がどれだけ成功しようとも、給料がアップしようとも、おれは決して幸せになれない。なぜなら、米村店長しか、リスクを背負っていないからだ。おれはそれに乗っかっているだけだ。

ダウンジャケットのポケットからケータイを出し、《お好み焼き　かりふぉるにあ》に電話をかけた。

間が悪いことに、受話器を上げたのはヤブちゃんだった。愛想のいい声で出たが、おれだとわかると、途端にドスの利いた声で「チンタラしてないで、早く来いよ。私だけに掃除させる気？」と嫌味を言われた。

「すんません。店長に替わってもらえませんか」と敬語でお願いする。

「はいはい。替わりましたよ」明るい声で、米村店長が出た。鉄板の前に立っているとき以外は、陽気だ。

「もしもし、桃田です。お願いがあります。今日だけ休みをもらえませんか。明日は必ず出勤しますんで」

米村店長は、おれの声のトーンで察してくれたのか、何も訊かずに許してくれた。

「わかった。納得のいくまで、もがけ。店はヤブちゃんと二人で切り盛りするから遠慮するな」

「わがまま言って、すんません。どうしても、今日中に決着をつけたいんです」

「勇気が湧くハリウッドクイズを出してやるよ」

「お願いします」

本当は出して欲しくなかったが、休みをもらった手前、無下《むげ》に断ることはできない。少しの間、我慢しよう。

「シャーリーズ・セロンが女優になったきっかけは何だと思う」

「あの……どの映画に出てた人ですか」

「シャーリーズ・セロンも知らないの？　よくそれで、レンタルビデオ屋の店長を務めていたな」

アンタが逃げたから、無理やり店長をやってたんでしょうが。

「最近、公開された映画だと、『サイダーハウス・ルール』に出ていたよ。当然、観たよね」

「観てないですけど、ポスターは見ました。白人のべっぴんさんですね」

「そう。あの女優のデビュー秘話は何だと思う」

まったく興味はないが、一応、答えなくては先に進まない。

「スカウトですか」

「そのとおり。どこでスカウトされたと思う」

どこでもええわ。

「カリフォルニアのビーチとかですか」

「銀行だよ。当時、シャーリーズ・セロンは貧乏で、小切手が現金化してもらえないことに腹を立てて、銀行員とケンカした。そのとき、彼女の後ろに並んでいたのが、後《のち》のプロデューサーだったのさ」

「世の中、何があるかわかりませんね。彼女が揉《も》め事を起こさなければ、女優になれなかったかも」

「そうさ。ピンチの裏側には必ずチャンスが潜んでいる」

ピントがずれているような気がするが、有り難く頂戴《ちょうだい》しておこう。

「頑張ります」

おれは電話を切って、リュックからＣＤウォークマンを取り出した。ちょうど、アイズレー・ブラザーズが入っている。力が漲《みなぎ》る名曲、『ファイト・ザ・パワー』で気合を入れよう。

まずは、若林さんに会う。次にデグ。そして、最後は吉瀬だ。

セックスと嘘と若林さん

チャリンコで芥川沿いを走り、若林さんのマンションまでやってきた。

さあ、どうする。どうするんだ、桃田竜。

さっさとインターホンを押して、若林さんに面と向かって、「ごめんなさい」と謝ればいいのに、心臓がバクバクして体が動かない。

何をビビってんねん……。我ながら情けない。チャリンコをマンション前に停めたものの、地蔵のように突っ立って、若林さんの部屋の窓を見上げているだけだ。

ん？　このシーン、どこかで観たことあるぞ。米村店長に、「こんな傑作を観ずにレンタルビデオ屋のレジに立ってちゃいかん。今日中に観ないとクビにする」と言われて渋々観た映画、『ニュー・シネマ・パラダイス』だ。あの中でも、主人公の男が女の部屋の窓を見上げていた。

たしかに傑作だったし、ラストのキスシーンの連発は泣いた。しかし、あの男が執拗《しつよう》に女の部屋の下に立ち続けるのには、正直、引いてしまった。当時のシチリア島ではロマンティックでまかり通っても、二〇〇〇年の日本では完全なストーカーだ。

しかも、おれは、若林さんに惚れているわけではない。「好きでもないのに、酒に酔った勢いでセックスしてごめんなさい」と謝りにきたのだ。こんなにもロマンティックからほど遠い場面にお目にかかれる機会は、またとないだろう。

もの凄く勝手な意見を言わせてもらえれば、都合よく、ベランダに出てきてくれないものか。窓が開いているから、部屋にいるのは間違いない。偶然、洗濯物を干すタイミングが訪れやしないだろうか。若林さんがおれを見つけてさえくれれば、こちらも何とか話を切り出せる。

ためしに二十分ほど待ってみた。何も起こらなかった。真冬の冷たすぎる風に打たれて、鼻水が止まらない。

なぜおれは、ここに来る前に電話しなかったのか。いや、電話しようとは思ったのだけれども、「何しに来るの?」と言われたときにうまく説明できる自信がなかっただけだ。

クソッ。一人で乗り越えるしかないんやろ? そのために、バイトも休んだんやろ?

おれは悴《かじか》んだ手で、自分の右耳を力任せに引っぱたいた。耳元でキーンとジェット機が横切ったような音がする。

ここがおれの人生の正念場だ。もちろんこれから、数多くの正念場を体験するだろうけど（今年に入って連チャンで味わったけども）、正念場っていうのは、誰の力も借りずに突破しなけりゃ、次の困難を越えられない。

今、逃げたら、また逃げることになる。若林さんとデグと吉瀬。この三人との決着は、必ず今夜中につけてやる。

もう一度、若林さんへの謝罪の言葉を頭の中で反芻《はんすう》した。

ごめんなさい。おれは嘘をついとってん。若林さんと関係を持ってしまったとき、実は、おれ、他の女の子と付き合ってた。若林さんと、その子を傷つけるのが怖くて、嘘をついてしまってん。許してくれるとは、思わへん。けど、ずっと嘘をつき続けるのは卑怯やから、今夜、会いに来てん。

……こんな感じでいいものだろうか。チャリンコを漕ぎながら、必死で考えた文章だ。

学生時代はダントツで国語の成績が悪かった。なぜ、日本人なのに、わざわざ日本語を習わなければいけないのかと赤点のテスト用紙が戻ってくる度に憤慨していたが、真剣に学んでおけば良かったと、今は痛感している。学校なら「アホやな、お前は」で済むことが、一歩、社会に出れば命取りになる。人生を変えてしまうほど、言葉というものは重要なのだ。

それならそれで、親も教師たちも、なぜ、教えてくれなかったのか。「勉強しておかないと将来困ったことになる」の一本槍《やり》でなく、「どう困るのか」の具体例を挙げるべきだったろう。

たとえば、一人のサラリーマンが口のきき方ひとつで同僚や上司に嫌われてクビになるまでのシミュレーションビデオを制作して、授業中に見せるとか。逆に、言葉遣いが素晴しくて出世街道を爆走するサラリーマンのビデオでもいい。言葉の選び方で人生が１８０度変わるとわかれば、生徒たちは、俄然《がぜん》、国語の勉強に意欲を見せると思う。英語だって、そうだ。英語が喋れず海外でオタオタしている日本人旅行者の姿をビデオか何かで見せてくれれば、「英語ができなかったら情けない大人になるしかない」と思ってみんな英語の勉強に打ち込み、グローバル意識の高い若者が次々と世界へと羽ばたくだろう。おれが、とうとうと流れる芥川の横で鼻水を垂らして寒さに震えているのも、すべてトンマな教育のせいだ。

責任転換は、ここまでにしておこう。

ちょっと待て。転換じゃなくて責任転嫁だっけ？　どっちだ？　同じ意味なのか？　どうして、「嫁」という漢字が入るのだろう。昔から男は女のせいにしていたのか。……やっぱり、ちゃんと国語を勉強しておけばよかった。

おれはもう一発、自分の耳を平手で打った。今度は左の耳だ。二機目のジェット機が耳元を横切る。

「桃田君？　そんなとこで何やってんの？」

突然、背後から声をかけられ、思いっきりビクリと反応してしまった。

……最悪のタイミングだ。おれは恐る恐る振り返った。

コンビニの袋を持った若林さんとケーキ屋の紙袋を持った全然知らない男が並んで立っていた。二人とも似たような革ジャンを羽織り、下はジャージを穿いている。部屋でくつろいでいて、「買い物でも行こうか」となったのが一目瞭然である。コンビニの袋からは、シャンパンの先が覗いている。

……最悪の展開だ。米村店長だったら、「『バック・トゥ・ザ・フューチャー』のドクを紹介して欲しい」とでも言うところだ。

「誰？　こいつ？」男が、若林さんに訊いた。そのぶっきらぼうな口調で、二人の関係の深さが、いともたやすく推測できる。

男は、金髪の坊主頭で、やたらと背が高い。脚も「本当に日本人ですか？」と聞きたくなるほど長く、右手の中指には髑髏《どくろ》の指輪をしていた。『セックス・ピストルズ』のシド・ヴィシャスを五十倍ほどいかつくした風貌だ。説明なしでも武闘派だとわかる。

「昔のバイト仲間。一緒にビデオ屋で働いててん」若林さんが、男を宥《なだ》めるように言った。

「バイト仲間がクリスマスに何しに来てんの？」男が、また若林さんに訊ねる。どうやら、図体の割りには嫉妬深いタイプらしい。

「大丈夫やから。先に部屋入っといて」若林さんは、持っていたコンビニの袋を男に渡した。

男は、おれを十秒ほど睨み付けてから、マンションの階段を上がっていった。

「……ごめんな。連絡もせずにいきなり来てもうて」

「少し歩こう」

若林さんが、スタスタとマンションから離れていく。おれは、慌ててあとを追った。チラリと振り返ると、若林さんの部屋の窓から、さっきの男が覗いている。

二人で、芥川の堤防沿いを歩いた。容赦なく襲いかかってくる横風に、こめかみが凍ったように痛い。

しばらくは、無言だった。お互いに相手が話しかけてくれるのを待っているような空気だ。

「ドエルのケーキ、好きなん？」

沈黙に耐えられなくなったおれは、世にも間抜けな質問をしてしまった。

《ドエル》は摂津富田の駅前にあるケーキ屋で、茨木と高槻の甘党市民なら誰でも知っている有名店だ（ちなみに本店は総持寺である）。生クリームがあっさりとしていて、苺のショートケーキなら二、三個はペロリと平らげてしまう。若林さんの隣にいた男の持っていた紙袋がまさに《ドエル》だった。二人で仲良く、予約していたクリスマスケーキを取りに行ったのだろう。

「ドエルは美味しいから」若林さんが、眉をひそめながら答える。おれの質問に呆《あき》れている顔だ。

また沈黙になりかけたので、おれはさらに間抜けな質問をした。

「さっきの奴……新しい彼氏？」

「新しくないよ。付き合って三年になるもん」

えっ？　ど、どういうことやねん？

「て、ことは……」次の言葉が怖くて出てこない。

「そうや。吉瀬とセックスしたときも、桃田君とセックスしたときも付き合ってたよ」

「浮気してたんや……」

堤防を転げ落ちて、芥川に飛び込みたくなった。本来なら、こっちも浮気していたから、痛み分けでオッケーなはずなのに、シャベルで胸を深くえぐられたような気持ちになってしまう。

「嘘はついてないやろ。彼氏がいないって言ったわけとちゃうし」

「そ、そうやな。て、言うか、おれも彼女おってん。今はおらへんけど」

若林さんが首を傾げる。「どういう意味？」

「……おれも若林さんとセックスをしたときに付き合ってた子がおってん」

若林さんが立ち止まり、射るような目でおれを見た。

「だから？」

とても、悲しくなってきた。言葉が何も見つからない。

「それをわざわざ言いに来たん？　クリスマスに？」

おれは、たっぷりと息を吸い込み、無理やり心を落ちつかせた。鼻の奥がツンと痛くなる。

どこからか、クラッカーの鳴る音が連続して聞こえた。パーティが盛り上がっているのだろう。すぐ近くの堤防でこんな修羅場が繰り広げられているとは、パーティ中の人たちは夢にも思ってないはずだ。

「おれはただ、謝りたかってん。嘘をついたし、若林さんが傷ついてるかもしれへんと思って」

「全然、傷ついてへんよ。そもそも、桃田君が黙ってれば嘘をついてることもバレへんかったのに」

「そうやけど……あれから、おれ、連絡もせんかったし……」

「ウチが待ってると思ってたん？」若林さんが、おれを憐れむように笑った。「桃田君って意外と自信家やね」

むかつくはずなのに、むかつけない。水が入っていない鍋みたいに、怒りが空焚《からだ》きになってしまう。

「このこと、彼氏は知ってんの」

「ウチの浮気？」若林さんが肩をすくめる。「どうやろ？　知ってるかもしれんけど、自分も他の女とやってるから何も言えへんのちゃう」

頭が痛くなってきた。浮気男のくせに嫉妬心も強いのか。

「彼氏は何をやってる人なん」

「バンドマンやねん。まだインディーズやけど、そこそこ人気があるから、ファンの子を食べ放題やし」

「何で、そんな男と付き合ってん。何で別れへんの？」

「好きやからやん」

「でも、彼氏が浮気するのが寂しくて、自分も浮気してるんやろ」

「はあ!?」若林さんの素《す》っ頓狂《とんきょう》な声が、芥川の堤防に響きわたった。

「えっ、違う？」

若林さんが、大げさにため息をつき、聖夜の空を眺めた。

「桃田君、ウチに何を求めてるわけ」

「求めてたわけでは……」

若林さんが、すぐさま、おれの言葉を遮る。「おっぱいがデカいからやりたいと思ってただけやろ？」

「そんな、つもりは……」

「ほんじゃあ、何で彼女がおんのにウチと寝たんじゃ、ボケッ！」

ブチギレた若林さんが、スニーカーの爪先でおれの脚を蹴り上げた。すねを直撃し、尋常じゃない痛みが走り抜ける。

「ご、ごめん」

「謝んなや！　お互いやりたかったから、でええんとちゃうんか！　勝手に人を悲劇のヒロインにすんなや！　むかつくんじゃハゲ！」

おれは、全然禿《は》げてないのに……。鬼の形相の若林さんに、思わず腰が引けてしまう。でも、負けてたまるか。今日は戦い抜くと決めたのだ。

「おかしいやろ！」おれは自分でも驚くほど大声を出した。声が裏返ってしまうが気にしない。「おれを納得させろや！」

「はい？　ほんまにわけがわからへん奴やな。納得って何やねん」

おれは脚の痛みをこらえ、若林さんに近づいた。

「何でおれとセックスしたんじゃい！」

おれの怒鳴り声に、近所の犬たちが吠えはじめた。

「キモいねん。近づいてくんな」若林さんが後退りをする。

「いっこも魅力のないおれと何でセックスしたんじゃい！」

勝手に涙が溢れてくる。地球上で一番かっこ悪い行為だとわかってはいるが、もう、自分を抑えることができなかった。

「キモいって言うてるやろ！」若林さんが右の平手を振り上げる。

おれはその手を摑み、強引に若林さんを引き寄せた。もう、二人の距離は数センチしかない。

「教えろや！　何でおれとやったんじゃい！」

「放せや！　痛い！」

若林さんが体を捩《よじ》り、必死で逃れようとするが、俺は力を緩《ゆる》めなかった。

「おれの魅力は何やねん！　自分に自信が持ちたいんじゃい！」

涙と鼻水で顔面がグチョグチョになってもお構いなしで叫んだ。頭が真っ白になる。言ってることも支離滅裂だとわかっているが、紛れもなく魂の叫びだった。

若林さんが、逃げるのをやめた。

「何を泣いとんねん」

そう言うと急に、おれを胸に抱き寄せ、優しく頭を撫でてくれた。巨大なマシュマロのような胸に顔を埋め、おれはおいおいと泣いた。

近所の犬たちが、おれの鳴き声に合わせて遠吠えを始める。

この数カ月……いや、今年に入ってから、溜まりに溜まっていたものが一気に噴き出した。

その正体は、ずっとぼやけていた。もしくは、わかっていたのに目を逸らしてきただけなのか。

とにかくその正体が、若林さんのマシュマロの中ではっきりと姿を見せた。それは、自分への怒りだった。デグも吉瀬もヤブちゃんも若林さんも米村店長もオトンもオカンも関係ない。己の人生がうまくいかないのは、すべて自分のせいなのに、常に誰かのせいにしようとしてきた。まさに「責任転嫁」だ。

おれの人生は、おれのもの。他の誰のものでもない。何が起きようが、何を言われようが、不幸になろうが、幸せになろうが、おれは「おれの人生」の主役の座を降りるわけにはいかない。監督も脚本家もいないから、映画のようにうまくいかないのが当たり前。その「おもんない映画」をどうおもろくするのかは自分次第だ。

散々、泣いて、涙が涸《か》れた。おれは若林さんの胸から顔を上げた。

「すっきりしたか？」

若林さんの胸元は、バケツの水をこぼしたように、びちゃびちゃになっている。

おれは、コクリと頷いた。

「言っとくけど、ウチはヤリマンとちゃうで」

おれは、もう一度、コクリと頷いた。

「弱い男をほっとかれへんだけやねん。吉瀬にむかついたんは、ウチのその性格を見抜いて弱ったふりして近づいてきよったからや。騙された自分にも腹が立ったわ。復讐したから今は何も思ってへんけど」

「クリスマスやのに、ごめんな」おれは、擦《かす》れた声で言った。

「ホンマやで。プレゼントはないの？」

「ごめん……」

「そこが、桃田君の魅力やな」若林さんが、真顔で言った。「すぐに、暴走列車みたいに前しか見えへんくなる」

「それが魅力なんか？」

「たしかに今の歳でそれはかっこ悪くもあるけど、三十歳、四十歳になっても、まだ暴走列車やったら、めっちゃかっこええで。五十歳超えても、そのままでおってや。そしたら歴史に名を刻めるかもしれんで」

　褒められているのか、貶《けな》されているのか、微妙なラインではあるが、とりあえずは喜んでおこう。

「ありがとうございました」

「どういたしまして。でも、このおっぱいは、もう貸さへんから、いい子を見つけるんやで」

　ふいに、ヤブちゃんの笑顔が浮かび、胸が苦しくなった。《サニータウン》のカーセックス通りでヤクザに追いかけられ、原付のニケツで逃げた光景が蘇る。あのとき、ヤブちやんもおれも、心の底から笑っていた。

どうしようもなく、ヤブちゃんに会いたい。毎日、《お好み焼き　かりふぉるにあ》で会っている無表情なヤブちゃんではなく、笑顔が眩しいあの頃の彼女に戻って欲しい。

「あと、もうひとつ言わなあかんことがあるわ」

別れ際、若林さんが忘れ物を思い出すように言った。

「……何かな」ちょっぴり、嫌な予感がする。

「ウチ、米村店長ともセックスしてん。店の売り上げが悪くて落ち込んではったから、つい……」

雀荘での決闘

三十分後、おれは《レンタル白虎隊》の前に立っていた。

本当はデグと会いたかったのだが、まだ仕事中なのか、電話をかけても留守電だった。よく考えればクリスマスだから普段よりも忙しいのだろう。

迷った末、先にに吉瀬とのケリをつけることにした。オトンをぶちのめした相手は、クライマックスまで取っておきたかったが、そうもいかない。デグを待っていたら、いつになるかわからない。といっても、今日のシフトに吉瀬が入っているかを確認もせずに来てしまった。

おれは、《レンタル白虎隊》の自動ドアをくぐった。若林さんの前で、これ以上ない恥を晒したおかげで、今度は脚がすくむことはなかった。

案の定、店内はミニスカサンタで溢れかえっていた。だが、思ったよりもサービスが過激ではない。踊っているわけではなく、どのサンタもダラダラと無愛想な顔で仕事をしている。クリスマスだというのに、DJもいなかった。テレビの生放送で流れた若林さんの復讐のおっぱいとおれの決死の尻が、よほど効果的だったんだろうか。お客さんもそれなりに入ってはいるが、全盛期のようなお祭り騒ぎではなくなっている。

店内を探したが、吉瀬の姿は見当たらなかった。おれはトナカイの着ぐるみを着た男の従業員を捕まえ、「吉瀬店長を呼んでくれ」と言った。

「吉瀬さんなら、どこかでタバコ吸ってるか散歩でもしてると思いますけど」トナカイが面倒臭そうに言った。鼻の頭に赤い塗料が付いているが、ほとんど剝《は》げかかっていた。

散歩？　店内に流れているヌルい空気の理由がわかった。吉瀬のやる気のなさが店全体に伝染しているのだ。

「どこかってどこですか」

トナカイが肩をすくめる。「さあ？　二時間ほど姿を見てないんで」

「どうしても、今日中に吉瀬さんと連絡が取りたいんです」

「失礼ですけど、どういった用事ですか」

トナカイは、早く自分の仕事に戻りたそうだ。と言うより、一刻も早くおれから解放されて、仕事（をするふり）に戻りたいのか。

「彼には世話になったので、クリスマスプレゼントを渡したいんです」おれは、なるべく丁寧にお願いをした。「今日中に渡さないと意味がないので……できれば、携帯の番号を教えてもらえませんかね」

ふと、洋画の中でよく見る、刑事が悪党から情報を得るときに賄賂《わいろ》を渡すシーンを思い出した。ダメ元で真似てみるか。

おれは財布から五千円札を出し、周りに気づかれないようにトナカイに素早く握らせた。

「これで、あったかいものでも食べてください。今日は冷えますから」

トナカイがニンマリと笑った。「お安い御用です」

どうやら、この方法は現実でも使えるみたいだ。たまには映画も役に立つ。

トナカイに番号を教えてもらい、店の外で吉瀬にかけた。着信音が鳴り続けるが、なかなか出ない。緊張で、口の中がネバネバする。

十五回目で、ようやく吉瀬が出た。

「もしもし？」吉瀬は、おれの携帯の番号は知らない。声がわずかに警戒している。

「桃田や」おれは、腹の底から力強い声を振り絞った。

短い沈黙のあと、吉瀬が言った。

「俺の番号、誰から訊いてん」

「トナカイや」

短く洩《も》れる息が聞こえた。吉瀬が鼻で笑った音だ。白虎隊の従業員だと、すぐにわかったらしい。

「で、何の用やねん」

「今すぐ会いたい」

「おいおい、何を言いだすねん。お前はアホか？」

「そうや。救いようのないアホや。知ってるやろ」

この世で一番憎い相手と話しているはずなのに、自分でも驚くほど冷静さを保てている。

「会ってどうすんねん」

「話がある」

「何の話や。今、すればええやんけ。俺はお前と違って忙しい身やねん」

受話器の向こうから、ジャラジャラと規則的な音が聞こえる。麻雀牌を全自動卓がかき混ぜる音だ。

こいつ、散歩どころか雀荘でサボってやがる。

「ビビってんのか」

さっきよりも大きく、吉瀬が鼻で笑った。「おい、コラッ。お前、誰に口を利いとんのじゃ。また、ボコるぞ」吉瀬が本性を現し、ドスを利かせる。

「なんだ、ビビってんのか」おれは、あえて同じトーンで繰り返した。

「お前、マゾやろ。次は腹を殴るだけで済まへんぞ。誰かさんみたいに病院送りにして欲しいんけ」

予想どおり、オトンのことを出して挑発してきた。ここで、乗ってはいけない。自分をコントロールして、吉瀬にプレッシャーをかけてやるために、もう一度繰り返した。

「ビビってんのか」

「よしっ。わかった。そんなに会いたいんやったら会ったろうやんけ」吉瀬の声がさらに低くなった。本気で怒っている。

「今どこにおんねん」

「高槻や」

「クリスマスに麻雀か。寂しい奴やの」

吉瀬が、不敵にも笑った。「お前、ずいぶん変わったな。急に男っぽくなったやんけ。《カリフォルニア》で働いてるときは、あんまり女々しいからオカマかと思ってたんやけどな」

「それなりに修羅場をくぐったからな」

「かっこいい台詞やんけ。米村のおっさんの影響か」

「強いて言うなら映画の影響やな」

「お前が映画を語るな。Vシネでも観とけ」吉瀬は、口でも負けたくないようだ。

無駄な会話はこれぐらいにしておこう。台詞の多い映画には駄作が多い。

「雀荘の名前を教えろ」

「テンパイや」

「漢字は？」

「天国の天に牌や。阪急高槻の目の前の駅ビルに入ってる」

「待ってろ。すぐに行く」

「すぐには来んな。今、調子ええねん。さっきも国士無双で上がったばっかりや」吉瀬が鬱陶しそうに言い、一方的に電話を切った。

昨日までのおれなら、逆上して携帯電話を折っているところだ。しかし、今日は感情をコントロールできる。これも、若林さんのおっぱいのおかげだ。

おれは、《レンタル白虎隊》から阪急富田駅へと向かった。

頭の中のBGMは、『ロッキーのテーマ』にしようとしたがやめた。CDウォークマンでアース・ウインド&ファイアーの『セプテンバー』をかける。今は十二月だが、関係ない。いつの季節でも、おれとデグのテーマソングはこの曲だ。

吉瀬を倒して、デグに会う。


二十分後。おれは阪急高槻駅を出て、《天牌》を探した。

さすがに、今夜はカップルが多い。これからクリスマスディナーでも行くのか、みんなウキウキしている。わざわざ、喧嘩のために来ているのはおれぐらいのものだろう。

ヤブちゃんにクリスマスプレゼントをあげたかった。

恥ずかしながら、何をあげれば喜んでくれるか想像できない。でも、おれがあげたいものなら決まっている。

おれが好きな映画『トゥルー・ロマンス』のビデオだ。五回観て、虜《とりこ》になった。

無鉄砲な主人公とお馬鹿なヒロインのありえない逃走劇だが、そこには羨ましくなるほどピュアな愛が描かれている（この映画を好きになったのは若林さんがきっかけだとは、口が裂けても言えないが）。

ヤブちゃんと二人で一緒に、ビールとポップコーンを抱えて観たい。ラストシーンで、体を寄せ合いたい。


「ホンマに来たぞ」

雀荘の隅にある卓で、タバコを吸っている吉瀬が嗤《わら》う。ボロいビルの地下にある店内に窓はなく、かなり薄暗い。換気をしていないのか、タバコの煙が霧のようだ。

「なかなか、ええ根性してるやんけ」

待っていたのは、吉瀬だけではなかった。卓に座っている三人の男たちが敵意剝き出しの目でおれを睨んでいる。

他に客はいない。三人のうちの一人は白シャツにネクタイで店員のようだが、スキンヘッドに近い坊主頭で、左目の上に、明らかに格闘でできた傷がある。残りの二人もアウトローの雰囲気を遠慮なく醸し出している。もともと貸切だったのか、他の客を追い出したのかはわからないが、おれを待ち構えていたのだ。

「外で話をしようぜ」

声が震えないように、みぞおちに力を入れる。今夜は、すべてを一人で戦わなければ意味がない。

「せっかく来てんから、ちょっと、遊んでいけや」

店員の男が立ち上がり、近づいてくる。反射的に避けたがそのまま通り過ぎ、店の鍵を閉めた。

「お前らやな。オトンをボコボコにしたのは」

「刑事さん。何のことやら、さっぱりとわかりませんわ」

店員のおどけた口調に、卓のアウトローがケタケタと笑う。

「冤罪《えんざい》は勘弁してくださいよ」吉瀬も調子を合わせる。

「ふざけんなや！」おれは、精一杯の怒鳴り声で応戦した。

しかし、地下の密室で、どれだけ助けを呼ぼうが聞こえない。

「ふざけとんのはどっちやねん」

吉瀬がポケットから自分の武器を出し、拳《こぶし》にはめた。よく少年誌の広告に載っているメリケンサックだ。本物を持ち歩いている人間を初めて見た。

「吉瀬君。いじめはあかんよ。桃田君にもチャンスを与えな」店員は、まだおどけている。

「そやな。ボコボコにしすぎて殺してもうたらアホらしいしな」

絶体絶命のピンチだ。映画なら思いもよらぬ方法で一発逆転するのだが、現実はそうもいかない。

負けとかなあかんケンカもある――。オトンの助言に従うことにした。

「ど、どうすれば、許してもらえますか」おれは泣きそうになりながら言った。

「なんや、もう降参か。そやな。まず有り金を全部払え」

「は、はい」おれはリュックサックから財布を出して吉瀬に渡した。「CDウォークマンもいりますか」

「いるか！　そんなもん！　めっちゃデカいやんけ。何つけとんねん」

吉瀬がCDウォークマンの付属品を指す。

「バッテリーです。中学から使ってますから」

「いらんわ。ボケ！」

「す、すいません」おれは自分の足元にCDウォークマンを置いた。

「吉瀬君。後輩を甘やかしたらあかんよ」店員の男が煽《あお》ってくる。

「そやな、明日の夜の七時に、この店に五十万持って来い」

「勘弁してください、そんな大金」おれの目からボロボロと涙が溢れる。「もう、絶対に、おれから電話をしませんのでそれは許してください」

「クリスマスプレゼントやん。気前よくくれや」

「そんなお金、急に用意できませんよ……」

「親父に泣きついたらええやろが。それとも今、ここでおれたちと喧嘩して入院したいか？」

負けとかなあかん。オトンの声が何度も脳内でリピートする。

「……わかりました。必ず用意します」

やっと、吉瀬たちがおれを解放してくれた。

店員がドアの鍵を開け、最高の捨て台詞を残してくれた。

「根性のないやっちゃのう。お前の親父は殴り掛かってきたぞ。めっさ弱かったけど」

《レンタル白虎隊》でトナカイが吉瀬の携帯電話の番号を教えてくれたあと、ぼそりと呟いた。

「たぶん、麻雀だと思うんっすけどね。最近はいつもそこですから」

……もしかすると、これは最大のチャンスかもしれない。

普通なら行かないところだが、今夜のおれはひと味違う。絶対に一人で決着をつけてやるという強い思いが逆転の秘策を導き出した。

「この店、ボイスレコーダーって置いてる？」

さすが、品揃えが豊富な《レンタル白虎隊》だ。最新式の商品が並んでいた。


若林さんの胸で泣きじゃくったのが、いい予行演習になった。

ロバート・デ・ニーロも真っ青なおれの迫真の演技に、吉瀬たちは騙された。まさか、オトンを襲った奴らまでいるとは思ってもみなかったから、本当にラッキーだった。ここ最近ツイてなかった反動が、一気に来てくれたのかもしれない。

阪急電車の中で、ＣＤウォークマンの付属品に見せかけていたボイスレコーダーの録音を確認する。

『根性のないやっちゃのう。お前の親父は殴り掛かってきたぞ。めっさ弱かったけど』

最高の捨て台詞はバッチリと録音されていた。恐喝の現行犯に、オトンの暴行事件も立証できる。

もう、絶対に、おれからは吉瀬に電話をしない。かかってくるとしたら警察からだ。

無理やり米村店長に映画を観させられていて良かった。大ピンチに陥った主人公が悪党の言葉を録音して逆転するのは、定番中の定番だ。

やっぱり、映画は役に立つ。

バック・トゥ・ザ・木屋町

おれは、淀川の堤防を駆け上がり、阪急十三駅へと走った。

逆転勝利に酔いしれている暇はない。今夜中に、デグと決着をつけてやる。

途中、サンタの帽子をかぶったおっさんに、「おっぱいあるよ。クリスマスのサービスで、女の子の指名料が半額だよ」と呼び込みをかけられた。最近、流行りだした、セクシー・キャバクラ、通称「セクキャバ」と言うやつだ。そもそも、「おっぱいある」とは、どういう意味だ。明らかに、日本語がおかしいだろ。

阪急電車に乗り、梅田までの切符を買う。デグが電話に出ないのなら、職場に乗り込むしかない。

電車に乗ると、案の定、カップルだらけだった。どのカップルも相撲《すもう》を取っているのかと錯覚させるほど体を密着させ、イチャイチャ、モゾモゾと体を動かしている。たのむから、クリスマスにはカップル専用車両を作って欲しい。他の乗客の死んだ魚のように虚ろな目を見たら、誰だって心底そう思う。

集中しろ、桃田竜！　ぶさいくカップルなんて、今はどうでもいいだろ！　おれは、窓の外を眺めながら、深呼吸をした。

デグと話し合うつもりは、さらさらなかった。言いたいことはただ、一つ。「おれを殴ってくれ」だ。青春ドラマ顔負けのお寒い台詞だが、どうしても、殴ってくれなきゃ気が済まない。

ある意味、若林さんと対決したときよりも、吉瀬と対決したときよりも、緊張する。

おれは、阿武山でデグを殴ってしまったことを死ぬほど後悔していた。鼻血を流しながら、アスファルトに尻餅をつき、啞然としておれを見たデグの表情が頭から離れない。

どう謝ればいいかわからないまま連絡を取らずにいたら、クリスマスまで来てしまった。当然、デグからは、電話もメールもない。

どんな顔して、デグと会えばいいんだ？　笑顔じゃおかしいし、真顔というのも変だ。何よりも、このきまり悪さをどうすればいいのだろう。あれだけ二人して散々、アホな遊びをやってきて、会話の九割がボケとツッコミだっただけに、今さらあらためてうまく謝るなんてのは至難の業だ。

とりあえずは、殴られよう。そこから先は、流れに任せるしかない。

あっと言う間に、梅田に着いた。おれは、腹を括《くく》って電車を降りた。ぶさいくカップルの波に揉まれながら、デグが働いている店の入っている、ファッションビル《HEP FIVE》へと足早に向かった。

デグは、まだ、黙々と働いていた。どうりで、電話に出ないはずだ。ちょうど閉店するところだったようで、ボールペンを指で挟みながら、眉間《みけん》に皺《しわ》を寄せて電卓を叩いている。

細身のシルエットのスーツを見事に着こなしているデグの姿に、思わずおれは怯《ひる》んでしまった。

レジに立っているのは、おれの知っているデグじゃない。入社してから一年も経っていないというのに、もうあんなにもバリバリの社会人オーラが身につくものなのか。

店内は、それはそれはカッチョイイ空間で、お洒落な服や雑貨が、これでもかとビシッと並んでいる。BGMにさりげなく流れているのはボサノバとジャズとハウスがミックスしたような、おそらく、最先端の音楽だろう。他の店員も背筋をシャンと伸ばし、キビキビとした動きで服を畳んでいる。隙と言うものがまったくない。

お、お洒落で威嚇《いかく》する気か？　さすがに、この空気の中で「おれを殴ってくれ」とは言えない。出直すか、《HEP FIVE》の前でデグが出てくるのを待ち伏せすべきか……。

どうしようかと店の前でオロオロしていると、紺色のジャケットを着た、二日酔いの竹《たけ》野内豊《のうちゆたか》のような店員が出てきて、おれに向かってきた。怪しまれるのを恐れたおれは、つい口走ってしまった。

「あの、で、出口君いますか？」

「今、呼んできますので、しばらくお待ちください」

二日酔いの竹野内は、爽やかな笑みを浮かべて店内へと戻っていった。顔色は悪いが、なかなか好感の持てる店員だ。こういうお洒落な店には、もっと高飛車で、いけすかない奴が多いと思っていた。

久しぶりに、デグと対面する。全身に変な力がはいり、首と肩がカチコチになる。おれは必死になって、首を回して力みをほぐした。緊張していることは、絶対に悟られたくない。

「おう、リュウやんけ。どうしてん？」

デグが普通の顔で話しかけてきた。おれに殴られたことなど、忘れているかのようだ。

「お、おう、ちょっと、話がしたいと思って……」おれだけが、しどろもどろになってしまう。

チラリとデグの鼻を確認したが、傷らしきものは残っていない。

「わかった。仕事終わらすから、ちょっと、待っててくれや」デグが、あっけらかんと言い、店へと戻った。

許してくれるのか？　いや、すでに許してくれているのか？　デグの心の広さに感動したというよりは、肩透かしを食らった気分だった。何が何だかわからず、混乱してくる。

職場だから、平静を装っているのかもしれない。たとえデグが許してくれているとしても、やはり一発は殴られたい。そうじゃないと、おれの気が済まないのだ。

十五分後、スーツから私服に着替えたデグが出てきた。モンクレールのダウンジャケットに、ユーズドのリーバイス。スニーカーはニューバランスM１３００。どこかで、見たことのある服装だ。

「……着替えたんか？」

「あのスーツは仕事着やからな。さあ、行こうか」おれを置いて、すたすたと歩きだす。

「ど、どこ行くねん」おれは慌てて、あとを追った。

「京都、行こうぜ」デグが、ニタリと笑った。「ナンパや！　ナンパ！」

阪急電車の通勤特急に乗って、河原町駅で降りた。

午後十時を過ぎていたが、街はクリスマス・ムードで最高潮に盛り上がっていた。カップルはもちろんのこと、飲み会で酔っぱらった学生たちが溢れ返っている。早くもゲロまみれで路上に寝ている奴らもいれば、シャンパンの瓶を片手に、ジングルベルを絶叫している輩《やから》もいた。

「なんで京都やねん？　ナンパやったらキタかミナミでできたやんけ」おれは、歯をガチガチと鳴らしながら訊いた。

やっぱり、冬の京都の寒さは半端じゃない。カミソリのような風が、顔面を襲ってくる。

「オレらのナンパは京都やろう。ミナミの女とはノリが合わへんしな」

デグが、ダウンジャケットのポケットから手を出し、何かをおれに投げてきた。

使い捨てのカイロだった。受け取った瞬間、手の平に伝わってくる温かさに、救われたような気分になる。

「今日は、カイロを持ってきたんか」

たしか、今年の二月にナンパに来たときは、カイロがなくて、二人ともガタガタと震えながら女の子たちに声をかけていた記憶がある。

「少しは成長したやろ？」デグが、ピースサインを作る。

デグは、何もなかったように振る舞っているが、二人の間に流れる空気は、かなり微妙だった。デグのピースサインなんて初めて見たかもしれない。

おれが謝るのを待っているのか。しかし、タイミングが摑めない。電車の中でも、帰宅するサラリーマンやＯＬが多すぎて、まともに話ができなかった。

わざわざクリスマスにナンパをしようとするデグの意図も、いまいち理解できない。無理やり、おれとの関係を昔に戻そうとしている……。そう考えると、早く謝らなければと、余計に焦ってしまう。

「ほんで、なんでまた、クリスマスにナンパやねん」思い切って、訊いてみた。

「今日、お客さんに、もの凄いおっぱいの女の子が来てん」

「はあ？」

「しかも、Ｖネックのセーターを着てたから、谷間が強烈なことになってたわけよ。服を選ぶために、かがんだりしたら、もう、マンゴーみたいなのが零れ落ちる寸前なわけよ」

こいつ、何を言うんてんねん？　ただの欲求不満か？

いつものおれなら、若林さんの胸に顔を埋めたことを自慢するのだが、今はまだ言えない。謝るのが先だ。

デグが、悔しそうな表情になり話を続ける。「そのおっぱい女、誰の彼女やと思う？　さっき店にいた、顔が変色してるハンサム君おったやろ」

「二日酔いの竹野内豊みたいな奴やな」

「そうそう！　アイツの女やねん！　どう思うよ？」

「まあ……むかつくわな」

本当のところは、二日酔いの竹野内豊の女など、どうでもいいのだけれど、そう答えるしかない。

「やろ？　彼氏へのクリスマスプレゼントを、彼氏が働いてる店で買う女も、どうかと思うけどな」デグが、気合を入れるかのように両手を叩いた。「よっしゃ、今夜はおっぱいがでっかい子狙いでいくで」

木屋町に入り、高瀬川沿いを歩く女の子を片っ端からナンパした。少々、顔がマズくても関係ない。ロックオンするのは、首から下の部分だ。

おれたちは、木屋町を何度も往復した。寒さと疲れで足が棒のようになってきた。芥川に淀川に高瀬川と、今日は水辺での死闘が続いている。

デグが、大げさに舌打ちをした。「あかん、小物ばっかりやんけ」

世界中の女性に失礼を承知で言うが、小物とは、胸が小さいことを指す。たまにいい感じの子がいても、横にベッタリと男がついていた。さすが、クリスマスだけあって、いつもの木屋町よりもカップル率が高い。

「しゃあない、あの店に行くか」

「《マイアミ》か？」

ヤブちゃんと再会した店——遊び人の外国人たちと尻軽の日本人たちが、レゲエで乱痴気騒ぎをしていた店だ。

実は、おれもかなり前から、《マイアミ》に行かないかと誘おうとしていたが、これまた、言い出せずにいた。ヤブちゃんの話になれば、阿武山での一件に触れなければいけない。デグと一緒にいると、どうしても気まずくなるのを避けてしまう。こうやって遊んでいれば、昔の無敵だった頃のノリに戻れるかもと錯覚するのだ。

また、おれの逃げ癖が顔を出してきた。せっかく、若林さん、吉瀬とクリアしてきたのに、最後の最後でつまずくのかよ。

路地裏に入り、木屋町通りと河原町通りの間にある飲食店密集地帯に入っていく。

謝るなら、今しかない。暗がりなら、デグもおれを殴りやすいだろう。ナンパが始まってうやむやになる前に、きっちりとカタをつけてやる。

おれは、半歩先を歩くデグの肩を摑もうとした。

「きた。今夜、最高の大物や」

デグが、急に興奮した顔で振り返ったので、反射的に手を引っ込めた。

デグが目線で、「前を見ろ」と合図を送ってくる。

たしかに、前方から小ぶりなスイカほどのおっぱいを持った女が歩いてきた。日焼けサロンでこんがりと焼いた小麦色の肌、黄色いコートの下には紫色のホットパンツ。《カンゴール》の白いハンチングを『ジャッキー・ブラウン』のサミュエル・L・ジャクソンばりに、後ろ向きに被っている、典型的なBガールだ。

ただし、大問題があった。Bガールには強面《こわもて》の連れがいたのだ。強面と言うより、デビュー当時のマイク・タイソンのような、闘争本能が丸出しの野性的な顔をした、身長二メートル近い黒人だ。

タイソンは、Bガールの細い腰に手を回し、他の外国人の客とゲラゲラ談笑している。

「リュウ、あの子に声をかけてきてくれ」

「……マジで言ってんのか」

いくら暗がりでも、存在感抜群のタイソンに気づかないはずがない。

「頼む。どうしても、あのおっぱいをモノにしたいねん」デグが、また例の顔でニタリと笑った。

「なるほど、そういうことか」おれは嬉しくなって、つい頬を緩めた。

「そういうことや。おもろいやろ?」デグが、ウキウキとした顔で頷く。

二人の間にあった、どんよりとした重い空気が、この一瞬で吹き飛んでいった。

「人生、アホに生きたもん勝ちやからな」

おれはデグを追い越し、タイソンとBガールに近づいていった。

デグも、おれの許し方をどうしようかと悩んでいたのだ。たぶん、おれが「殴ってくれ」と言うことくらい、見抜いていたのだろう。ナンパを理由に街に繰りだし、二人が腹の底から笑えるシチュエーションを探していたに違いない。

今こそ、『ロッキーのテーマ』を流すときだ。突進してくるおれを見て、タイソンとBガールが同時に眉をひそめる。

オトン、オカン、先立つかもしれへん、アホな息子をお許しください。

足の回転を速めて勢いをつけ、木屋町中に響きわたるような大声で叫んだ。

「へい、メーン！　おっぱい、プリーズ！」

おれは、両手を突き出し、Bガールの胸をグワシッと摑み、つきたての餅《もち》をこねるように、揉みしだいた。

若林さんよりも、かなり硬い。こんなにも感触に個人差があるのかと、コンマ一秒の間に納得した。

「ファッキン！　ジャップ！」

タイソンの怒号までは覚えている。デグによれば、タイソンの強烈な右フックをまともに顔面で受けたおれは、『マトリックス』のワイヤーアクションばりにふっ飛んで、小料理屋の壁に叩きつけられて失神KOしたらしい。

小便臭い路地裏で目覚めたのは、三十分後（もしかすると一時間後かもしれないし、三分後かもしれない）だった。おれの体には、モンクレールのダウンジャケットがかけられていた。

デグは、おれの真横で胡坐《あぐら》を掻いて、缶コーヒーを飲んでいた。

「今までの人生で一番笑ったわ」

「センキュー」と言おうとしたら、鼻に激痛が走った。よく見ると、ダウンジャケットが、おれの鼻血で真っ赤に染まっている。

「腹減ったな。飯、行こうぜ」デグが、右手を伸ばした。

おれは、その手を摑み、ヨロヨロと立ち上がった。

「すまん。汚してもうた……」

デグは、受け取ったダウンジャケットを着ながら言った。「気にすんなや。服ならオレの店に山ほどあるからよ」

おれたちは、《めしや　錦《にしき》》に行った。この店は、朝の七時までやっている定食屋で、木屋町界隈で夜遊びする奴らの憩いのスポットだ。魚も美味いし、米も美味い。面白いのは、桃屋の『ごはんですよ！』が瓶ごとキープできるのだ。ラベルに名前を書くと次に来るときまで冷蔵庫に置いといてくれる。京都でナンパしたあとは、ここで反省会を開くのが、おれとデグのお決まりのコースだった。

クリスマスだというのに、今夜も腹を空かせた連中で席が埋まっている。

まずは、瓶ビールを頼み、互いのグラスに注ぐ。

「何に乾杯する？」

「そりゃ、おっぱいに決まってるやろ」おれはグラスを上げて言った。

グラスを合わせ、イッキに飲む。黄金色の液体が喉の奥で弾け、口の中で広がる苦みと甘みが、ひとごこちつかせてくれる。鼻がジンジンと痛むが気にしない。病院は朝になってから行けばいい。大切なのは、今のこの時間だ。

サバの塩焼き、ホッケの開き、イカの刺身、マグロの山かけ、イワシの天ぷら、ちくわの天ぷら、カキフライ、肉じゃが、牛すじの煮込み、豚のしょうが焼き、カボチャグラタン、万願寺とうがらし焼き、豆もやしのナムル、ポテトサラダ、出し巻き卵と立て続けに注文した。もちろん、『ごはんですよ！』も忘れない。

おれは昼からなにも食べてなかったし、デグも仕事が忙しくて昼休憩が取れなかったらしく、二人とも目が回るほど空腹だった。

無言のままテーブルに並んだおかずをガツガツと食べ、白米をグイグイ飲みこんだ。鼻が折れてるせいで、味がほとんどわからなかったが、最高に美味い。

ほとんどの皿をキレイに片づけ、おれたちははち切れそうな腹をさすりながら、〆のチューハイレモンと、食後の一服を嗜《たしな》んだ。

「ヤブちゃんって可愛いよな」

唐突に、デグが呟いたので、どう返事をしていいか戸惑った。

「ヤブちゃん、卵にトラウマあるねんて、知ってる？」デグが出し巻き卵を箸の先でつつきながら言う。「元彼と暮らしてたとき、ケンカしたら仲直りのために彼氏が好きなオムライス作ってたらしいんやけど、美味しいって言ってもらえたことがないんやって。それでも彼氏の好物やし、ちょっとずつ練習してケンカのたびに作ってたんやて。めっちゃ健《けな》気《げ》やんか。別れた日に食べてたのもオムライスやったからトラウマになったらしいんやけど、それで卵食べられへんくなったとか、めっちゃ可愛いやん。見た目とのギャップあるよなあ」

「そうなんや」おれの知らないヤブちゃんの過去をデグが知ってることに、ちょっとモヤモヤした。

「リュウ、ヤブちゃんと別れたことに未練はないんか」

「未練は……ないよ」

とてもじゃないが、ヨリは戻せない。おれは彼女を裏切り、深く傷つけてしまった。《お好み焼き　かりふぉるにあ》で一緒に働いているとき、どうしても彼女に目が行ってしまうのだが、決してときめかないよう、強く自分に言い聞かせている。

笑顔で接客をするヤブちゃんも、米村店長と映画の話をして目を輝かせるヤブちゃんも、付き合っていた頃よりさらに魅力的なのだけれども……。

「告白していいかな」

急に改まった言い方をされて、おれは飲んでいたチューハイレモンを噴き出しそうになった。だが、デグは真顔だ。

「オレ、ヤブちゃんのことが好きやねん」

「……別に、ええんちゃう？　おれに気遣うなよ」

デグが、吸いはじめたばかりのタバコを灰皿でもみ消し、大きく息を吐いた。「ほんじゃあ、思い切ってプロポーズするわ」

五秒ほど時間が止まった。周りのテーブルで騒ぐ酔っぱらいの馬鹿話も、店内ＢＧＭでかかっていた稲垣潤一《いながきじゅんいち》の『クリスマスキャロルの頃には』も聞こえなくなった。

時間が戻り、おれは冷静になるため、グラスの氷をかじった。

デグが本気でヤブちゃんに惚れたなら、それでいい。だが、親友として、伝えなければいけない事実がある。

「いくらなんでも、思い切り過ぎちゃうか。ヤブちゃんの元の職業知ってる?」

「AV女優の〝伊達冴子〟やろ。初めて、ヤブちゃんと会ったときからわかってたよ」

「知ってたんか……」さらに、驚いた。そんな素振りは微塵《みじん》も見せなかったのに。

「黙っててごめんな。お前の元カノだって聞いたから、さすがに気づいても言い出せへんかってん」デグが申し訳なさそうに言った。「お前らの関係が復活してからも、言おうかどうか、めっちゃ悩んでんけどな……」

「おれも最初から知ってたよ」

「マジで? それやのに、よりを戻したんか?」

「そうや。結局、エッチはできひんかったけどな」

「ええっ?」デグの細い目が丸くなる。「嘘やろ……」

「なぜか、ヤブちゃんのときだけ、インポになるねん」少し酔っているせいもあってか、口が軽くなってきた。「若林さんとはやれてんけどな」

「何か、いろいろと複雑やな……」

「デグ、本気で、プロポーズすんのか？」

デグは唇を噛みしめながら、深く頷いた。こんなにも真剣なデグを見るのは、高校の文化祭でＭＣハマーの物真似を披露したときの体育館の舞台袖以来だ（ＭＣハマーの恰好をしながら、緊張でガタガタと震えていた）。

「いつすんねん？」

「ヤブちゃんから、忘年会に呼ばれてん。《かりふぉるにあ》でやるんやろ？」

「大晦日《おおみそか》のパーティか？」

数日前に、米村店長が「常連だけで貸し切って、パーッと盛り上がろうぜ」と意気込んでいた。

「そのときに、サプライズでプロポーズしようかなと。あの子も自分の過去を気にしてるやろうし、それぐらいせな、本気と思われへんやろ」

「そんなに本気なんか？」

かなり、複雑な気持ちだ。もう、ヤブちゃんとは付き合えないのはわかっているが、もしデグと結婚したとして、それを素直に喜べるだろうか。

……たぶん、喜べないような気がする。

「確かに最初は、あの抜群のルックスに惹かれたけど、話したり、遊んだりしてるうちに人として可愛らしいなと感じてきてん」デグが少し照れた顔で、ヤブちゃんを褒める。「そこらへんにおる女とは、モノの考え方も違うしな。とにかく、ずっと一緒にいたいねんな。ヤブちゃんがいる家庭って、俺の理想やねん。いい奥さんになると思わへん？」

「たしかに……ヤブちゃんはいい女や」

殴られた鼻の傷よりも、胸の奥がズキズキと痛くなってきた。さっきからヤブちゃんの顔がスライドショーのように何度も脳裏に浮かぶ。腹を抱えながら大笑いした顔や、頬を膨《ふく》らませてすねた顔や、泣くのを我慢している顔や。かき消そうとしても、次から次へと色々な表情や仕草のヤブちゃんが現れてくる。

「リュウ、プロポーズ、手伝ってくれへんかな」

「お、おう」

返事をしたあと、すぐに後悔した。おれは、ヤブちゃんに未練がたっぷり残ってると、今更ながら気づいたからだ。

「オレもお前のこと手伝うわ」

「何を？」

「復讐やんけ。まだ終わってへんやろ」デグが、照れた顔から真顔になる。「白虎隊の客を《かりふぉるにあ》に引っ張って来ないと勝ったことにはならへんぞ」

「そやな……」

頭が痛くなってきた。

涙のプロポーズ大作戦

とうとう、運命の大晦日が来てしまった。

デグとは、プロポーズ大作戦を練るために、ファミレスで朝までミーティングを計三回もした。

おれもヤブちゃんのことを愛してるから、プロポーズはやめてくれへんかな。

この台詞が何度も喉元まで出かかったが、結局、言えず終《じま》いで、三十一日を迎えてしまったのである。

当日の《かりふぉるにあ》には、かなりの人が集まった。常連客が二十人に、米村店長、ヤブちゃん、おれとデグ。おれのオトンとオカンまで招待されている。それともう一人スペシャルなゲストがいた。

「初めましてキャシーです」

見るからに日本人の女性だった。

「キャシー・ベイツに似てるからキャシーなの」

まさか実在するとは思わなかった。店長の話は半分本当ってことなのか。いったいどこからどこまで信じたらいいのか、わからなくなってきた。

「いつも、リュウがお世話になっております」

オカンが、手土産の《ドエル》のシュークリームを持って、米村店長に挨拶をした。

「いいえ、こちらこそ、リュウ君には助けて貰いました。僕がいないときは、店長代理を務めてくれたんですから」

「その節は、ウチの主人も雇っていただきありがとうございました」

オカンは、コメツキバッタのように、頭を下げまくっている。

「お母さん、頭を上げてください。みんなで楽しみましょうよ。お好み焼きはお好きですか？」

顔を上げたオカンの目がギラリと光った。「かなり、うるさいです。不味い店では、店員に説教します。唯一、認める店は阪急茨木の《金的》です」

「お手柔らかに」

米村店長は、ニッコリと笑ってカウンターの中に入っていったが、背中から闘志が溢れ出ている。自分の味でオカンをギャフンと言わせるつもりだ。この人は、根っからのお好み焼き職人として生まれてきたのだ。レンタルビデオ屋じゃない。

会費三千円で、ビール飲み放題、お好み焼き食べ放題の忘年会が始まった。店内のテレビは紅白歌合戦ではなく、『プラトーン』が流れている。どうして大晦日にベトナム戦争の映画なのか理解できないが、もはや誰もツッコミを入れない。

おれとヤブちゃんは大忙しだ。ヤブちゃんが下げてくる皿やグラスを洗い場に溜めないように、次々と洗っていかなければならない。キャベツが足りなくなれば高速で刻み、ソースのこびりついた皿をまた洗う。トムとジェリーのようなスピーディな動きで、カウンターの中を行ったり来たりした。

ふと、視線を感じてホールを見ると、オカンが目を細めて笑みを零《こぼ》していた。息子がひたむきに労働をする姿が嬉しいのだろう。ちなみに、オトンは、「プラトーン」に真剣に見入っている。

デグは、仕事の都合で途中からの参加だったが、来るなりソワソワと落ち着かない様子だ。大好物のはずの《金的》の味のお好み焼きにもほとんど手をつけずに、ひたすらビールばかり飲み、目線は、露骨なほどヤブちゃんを追い続けている。

プロポーズ大作戦はいろいろなパターンを考えたが、シンプルなもので勝負するのが無難だろうと、おれとデグの意見は一致した。新年のカウントダウンが始まったら、デグが指輪の入ったケースを用意する。カウントダウンが終わり、新年になって盛り上がった瞬間、ヤブちゃんの前に、ケースを開けて指輪を見せてひざまずくのだ（デグは、ヤブちゃんの食べているお好み焼きから指輪が出てくる案を最後まで押していたが、『間違って飲み込んだらどうすんねん』と説得して諦めさせた）。

「アカン……口から心臓が出そうや」

トイレから出てきたデグが、そっとカウンターに近づき囁いた。

「ホンマに、この雰囲気の中でやんのか？」

「やるなら、今日しかないやろ」言葉とは裏腹に、顔面は彫刻のように硬直している。

「あんまり、ガバガバとビール飲まんほうがええんちゃうか」

「異様に喉が渇くねん。全然、酔わへんから大丈夫やって。少しぐらいアルコールが入ったほうが調子もいいし」デグは、自分に言い聞かせるようにつぶやいて、チラリとヤブちゃんを見た。

ヤブちゃんは、そんなデグの想いも露知らず、常連のおっさんたちのダジャレ攻撃に嫌な顔ひとつせず付き合っていた。スリムのジーンズに、ピッタリとした七分袖の小さめサイズのTシャツに、エプロンを着けている。笑顔を振りまきながらも、しなやかな動きでお好み焼きを運ぶ姿は、彼女主演のミュージカル映画を観ているようだ。

今夜のヤブちゃんは一段と美しい。プロポーズのことを考えるたびに、胸が締めつけられる。というより、膀胱《ぼうこう》がキュッと縮まり、居ても立ってもいられなくなる。

できることなら、プロポーズは失敗して欲しい。親友の不幸を望むなんて最低野郎だと自分でも思うが、誰であろうともやっぱりヤブちゃんを取られたくない。

このモヤモヤした感情は、おれがヤブちゃんとエッチをしてないから、というのが大きく影響しているのかもしれない。でもそれだけじゃない。おれの心の中に、いつの間にかヤブちゃんの笑顔が住みついていた。ダサいことを言うけど、ヤブちゃんはおれの光なんだ。

逃した魚は大きすぎる。ピノキオを飲み込んだ鯨のようにデカい（鯨は哺乳類だが）。今年の夏には、須磨海岸まで一緒に行って、朝方の砂浜でキスしたというのに、今、ヤブちゃんは、手の届かない存在になってしまった。

また、あの海にヤブちゃんと行きたい。

「チャーリー・シーン！　死ぬな！」

焼酎で、かなり酔っぱらっているオトンが、テレビに向かって叫ぶ。

テレビ画面では、ウィレム・デフォーが空にこぶしを上げていた。この役者はチャーリー・シーンじゃないと、あとで教えてあげよう。

もう、誰もお好み焼きは食べていない。食べ放題で、好きなだけ食べたので、全員が満腹で幸せそうだ。

「そろそろ、シャンパンの用意をしようか」米村店長が、鉄板の掃除をしながらおれに指示を出した。

おれは、今日のために用意したシャンパン四本と、フルートグラスを冷蔵庫から出し、カウンターに並べていった。

「手伝うよ」ヤブちゃんが、ぶっきらぼうに言って、カウンターの中に入ってきた。おれの手からフルートグラスを受け取り、黙々と並べていく。

「あ、ありがとう」

突然の接近に、おれの心臓は跳ね上がった。受け渡しのときに指と指が触れあい、思わずグラスを落としそうになる。

ヤブちゃん、いい匂いがする……。シャンプーと汗が混じり合った甘酸っぱい香りとでも言おうか。この店が飲食店になってから、ヤブちゃんは香水を付けていない。かつての香水も刺激的で良かったが、今のナチュラルな匂いのほうが断然好きだ。

ただ、ヤブちゃんは圧倒的におれのことを嫌っている。こっちを向くときは、常連のおっさんたちに見せる笑顔とは真逆の、能面のような無表情で、一切おれと目を合わそうとしない。

やっぱり、アレはやめたほうがいいかも……。

そっと、自分のジーンズの左ポケットを触った。固い箱の感触に、身が引き締まる思いがする。

実は今夜、おれは掟破《おきてやぶ》りの奇襲作戦を用意していた。箱の中には、米村店長から前借りした給料で買った指輪が入っている。デグは、この指輪の存在を知らない。

デグがヤブちゃんにプロポーズした瞬間、「ちょっと、待った！」と割って入る作戦だ。百パーセント、いや、百二十パーセント玉砕するのは目に見えている。デグの作戦を盛り上げるために、ピエロになれれば満足だ。ただ、ヤブちゃんが他人の嫁になるのを黙って見ている傍観者にはなりたくないだけだ。

おれは、君のことを誰よりも愛していると、最後の最後にヤブちゃんに伝えたい。

そうなんだ、ヤブちゃんとの決着がまだついていないのだ。

もし、デグがふられて、万が一おれが選ばれたら（地球に隕石が『アルマゲドン』するよりも確率は低いが）、親友を今度こそ失ってしまう。デグは、二度とおれを許さないだろう。そう考えたら、怖くて指輪を出せなくなる。

奇襲作戦に出るべきか出ないべきか。愛か友情か。究極の選択だ。

残り十五分で年が明ける。口の中がパサパサになってきた。おれもデグのようにビールをがぶ飲みしたい。

「よしっ。シャンパンをグラスに注いで、みんなに配ってくれ。シャンパンを開けるときに音を鳴らしちゃ駄目だよ。欧米では、音を立てないのが正しいマナーだから」

米村店長が得意気に指示をだしたが、そんな豆知識はどうでもいい。フルートグラスは三十脚以上ある。テンポよく注いでいかないと、下手すれば、注いでいる途中でカウントダウンが終わってしまう。シャンパンの瓶を持ったまま、デグのプロポーズを見るハメになる。

ヤブちゃんは、カウンターから出て、お客のグラスを回収しだした。ヤバい。一人で四本のシャンパンを開けて、注ぐのか……。米村店長は、人を殺しそうなほど真剣な目で鉄板を磨いているので声をかけられない。

落ち着け。冷静に。グラスを割ったらシャレになんないぞ。掃除をしている間に、カウントダウンだ。箒《ほうき》と塵取《ちりと》りを持ったまま、新年を迎えてたまるか。デグに手伝ってもらおうかと思って眼をやったが、よく見ると足元が『酔拳《すいけん》』のジャッキー・チェンのようにふらついている。危険だ。カウンターの上のグラスでドミノ倒しでもされかねない。

一人でやるしかねえ。焦れば焦るほど、手が震えてしまう。しかも、最悪なことに、四本目のシャンパンのコルクを中折れさせてしまった。

「何やってんだよ。仕方ねえな、そしたら中に押しこんじゃってよ」

米村店長の言うとおりに、瓶の口に詰まったコルクを、割り箸を使って強引に中に押し込んだ。これで一応、注ぐことは可能になったが、コルクがすぐに口を塞《ふさ》ごうとして、非常にやりにくい。

ヤブちゃんが、シャンパンを注ぎ終えたグラスを運び、客に渡していく。

今、何時だ？　えっ？　あと、五分かい！

何を一人で、タイムリミットと戦っているのだ、おれは。

観客をハラハラさせる演出は、ハリウッドのアクション映画には必ずと言っていいほどある。時限爆弾の解除のシーンや、ヒロインが絶体絶命に追い込まれるシーンとかだ。まさか自分が、こんなにも大事な場面で食らうとは思ってもみなかったが。

「急いで」ヤブちゃんが、冷たい声で言った。

残り、三分。グラスはあと五つ。余計に手が震えてきた。お客さんたちは、グラスを手に持ち、全員が立ち上がって輪を作っている。

よしっ！　三つ、入った！　あと、グラス、二つ！

店の壁時計を見て、全身から汗が噴き出した。

の、残り一分やんけ！　膝までガクガク震えだす。

「リュウ。急がんかい」何も知らないオトンが、呑気に言った。

頼む。今のおれを苛《いら》つかせないでくれ。

二つのうち一つを注ぎ終える。ヤブちゃんが、素早い動きで客に渡す。最後の一つに注ごうとしたら、折れたコルクが、また口を塞いだ。

割り箸！　どこや！

ついに、カウントダウンが始まった。店の全員が声を合わす。

「十！　九！　八！」

割り箸を見つけて、シャンパンの瓶にぶっ刺す。

「リュウ！　わしのシャンパンまだか？」

うるせえ！　黙ってろ、クソ親父！

「七！　六！　五！」

詰まっていたコルクを瓶の中に落とし、ようやくラストのグラスに注ぎ終えた。

間に合った……。脱力のあまり腰が抜けそうになる。

まだや。勝負はこれからやんけ。

「四！　三！」

おれは、フルートグラスを持ってカウンターを出て、オトンに渡した。米村店長とヤブちゃんも、みんなの輪に加わっている。横目でデグを見たら、右手の中に指輪ケースを隠していた。

どうすんねん？　桃田竜！

「二！」

ヤブちゃんに、ボコボコにされてもいい。面と向かって愛してると言いたい。

おれも、左ポケットに手を突っ込んだ。

「一！」

おれとデグだけではなく、全員がヤブちゃんを見た。

「ヤブちゃん！　行ってらっしゃーい！」

常連客たちは、おれたちを押し退け、ヤブちゃんを囲んで乾杯した。

えっ？　ハッピー、ニュー、イヤーじゃないの？

輪から弾《はじ》き出された形のおれとデグは顔を見合わせた。さらに、デグはおれの手にある指輪ケースを見て眉をひそめる。

「みんな、知ってたんですか？」

ヤブちゃんが、驚きの声を上げて、米村店長を見た。

「そうさ。今日はヤブちゃんが、本物のカリフォルニアに行くのをお祝いする会だ」

ヤブちゃんの目がみるみる潤み、子供のような泣き顔になった。

常連客たちは、口々にヤブちゃんを激励する。

「本場で映画の勉強するんやろ？」

「向こうの大学に入るって、店長から聞いたで。なんや、ジョージ・ルーカスも卒業した学校らしいやん」

「元東大生やねんから、絶対、監督になれるって！　英語も喋れるんやろ？」

「ヤブちゃんも、すっかり店長に洗脳されて、映画バカになってもうたな」

「店長のもとで働くと、映画監督になりたいってみんな一度は言うけど、ヤブちゃんはホンマに絶対になってな」

「アカデミー賞獲ったら、わしらも赤絨毯《じゅうたん》の上を歩かせてや」

「いつか、この街や店でロケやってくれ」

米村店長が、感動した顔で洟《はな》を啜《すす》りながら、おれとデグの肩に手を置いた。

「すまん。お前らに言うの忘れていた」

吉本新喜劇なら、ずっこけるところだが、おれたちは呆然としたまま動けないでいた。

まったく笑えないオチだ。

「人生を賭けたいものが見つかりました。そう思えたのは《カリフォルニア》のおかげです」

ヤブちゃんが涙をこらえて微笑む。

「私、小さいときからずっと、自分の人生を生きてる気がしなかったんです。立派な家族と、優等生の殻が、いつも自分を閉じ込めてた。両親は『素敵なご家族ですね』って言われることが何より大事で、『他所様《よそさま》になんて思われるか』が口癖でした。両親が外に顔向けできないような子供になっちゃいけないから、言われたとおりにしてたけど、本当の私はどこにいるんだろう、幽霊みたいだなっていつもどこかで思ってたんです」

ふと、中学のときのヤブちゃんの姿を思い出した。

「その反動で、個性的なファッションをしてて夢を追いかけてる男に簡単にハマっちゃったりしたんですけど！」

ヤブちゃんは笑ったが、店の中に、笑う人はひとりもいなかった。

「この街を出て東京に行けば世界が変わると思って、頑張って勉強しました。でも、東大に入って早々に、飛び出したくなっちゃった。同級生たちの価値観が、私の両親と同じように見えて。そういう中で、映画監督を目指してる彼は輝いて見えたんです。しかも、両親はこの人と付き合うことは絶対許さないなって思ったとき、急に自分の人生を生きてるって感じがしてきたんですよ。それ以来、過激な服を着たり、ちょっとアブナイ仕事をしたり、ついには大学を辞めたりして、不思議とラクになれたんです。好きじゃなかった自分自身を消していく感じが気持ちよかったのかな。本当の私を見てくれない両親への復讐をしてるみたいな気持ちにもなって。実は、元彼にはヒドイこともされたんですけど、殻を破るきっかけをくれたし、彼がいなければ映画を撮りたいなんて思う日が来ることはなかったし、私にとって必要な出会いだったんだと思います。彼のことも両親のことも、見返してやるって思えるから、今回の決断だってできたわけだし！」

ヤブちゃんのことをぜんぜんわかってなかったことに、愕然とした。それでよく「付き合ってた」なんて言えたもんだ。

「そうだよヤブちゃん、悲劇と喜劇は紙一重なんだよ。チャップリンも言っている」おれのショックに次ぐショックなど知らず、店長は涙ぐんでいる。

見ると、常連客もうなずきながら目を潤ませている。

「あ、誤解させちゃう言い方をしたかもしれませんが、復讐のために映画監督になりたいわけじゃないですよ。ハッピーになるためです。体の奥の方から、ハッピーになるぞって声が聞こえるんです。こんなの生まれて初めてで！　それでいつか、私の映画で大勢の人をハッピーにできたらいいなって」

そうだ、今の大問題はそこだ。ヤブちゃんがニューヨークに行く？　映画監督になるために？　先を越されたって言うか、なんて言うか。まあ、おれの場合はただの思いつきレベルだったけど、ヤブちゃんはちゃんと計画的に行動に移している。さすが、元《真面目サイボーグ》のヤブちゃんだ。ふと、ヤブちゃんの赤い髪を見ていたら、同じように映画監督になりたいと言っていた若林さんの顔が浮かんだ。若林さんも夢に向かって走っているんだろうか。女性ってすごい。いやいや、そんなことより、ヤブちゃんともうすぐ会えなくなるってのが、当面の大問題だ。

「この街に戻ってきてよかったです。店長に会えて、《カリフォルニア》で働いて、そして常連の皆さんにお会いできてよかったです。映画って、人の人生を変えちゃうくらいのものなんだって教えてもらいました。《カリフォルニア》の仕事、すごく楽しかったんです。店長や常連さんから勧められた映画を、家に持って帰っていつも朝まで観てたんですが、映画観るだけでこんなハッピーになれるものなんだなあって。店長のハリウッドクイズは映画の授業みたいでしたし、自分の中のエネルギーを充填してるみたいな毎日だったなあ。それに、この街に戻ってきてから、嫌いな時代の自分もちゃんと受け入れられるようにもなりました。今だから、自分が自分として、ちゃんとスタートできる気がするんです」

「ずっと応援してるよ」

米村店長がヤブちゃんに近づき、力強いハグをした。常連客も順番にハグをしていく。おれの番が回ってきた。ヤブちゃんが能面のような顔で手を広げて近づき、おれはぎこちなく抱き返した。ヤブちゃんの甘い匂いを一気に吸い込みむせそうになる。押し付けられる胸の柔らかさに心臓が爆発しそうだ。

「アホ」

おれの耳元で誰にも聞こえないような声でヤブちゃんが囁き、身体を離す。そのまくるりと背中を向けた瞬間、白い首元にあるホクロが目に焼きついた。ヤブちゃん、こんなとこにホクロがあったのか。本当に知らないことばっかりだ。

「ヤブちゃんの撮った映画、いつかウチの店で流すのを楽しみにしてるよ」米村店長が満面の笑みを浮かべている。

「もう、レンタルビデオ屋はやらないんですか？」ヤブちゃんが、米村店長に訊いた。

「世界一のビデオ屋になるのが俺の夢だったけど……そんなに甘くないよな」店長が、淋しげに笑う。「親父もおふくろも俺が鉄板の前に立つのを喜んでるし」

常連客たちも皆、淋しげな顔だ。

「お好み焼きで稼いで、またレンタルビデオ屋を始めればいいじゃないですか！」ヤブちゃんが食い下がる。「この味なら、二店舗、三店舗、いや、全国チェーンも夢じゃないですよ！」

「ありがとう。でも、奇跡はそんな簡単に起きないんだよ」

主人公の出番だ。おれは声がひっくり返らないように気をつけ、自分史上最高にカッコをつけて言った。

「おれが起こします」

「はあ？」

ヤブちゃんが眉間に皺《しわ》を寄せて、おれを睨む。

「デグ、頼む」

「オーライ」

デグも精一杯カッコつけて、店のドアを開けた。

「お待たせしましたー！　順番に案内していきまーす」

おれは店を飛び出した。

《かりふぉるにあ》の前に、大行列ができている。ざっと数えただけでも五十人以上はいる。

「一体……どうなってんだ？」

あとから出てきた店長やヤブちゃん、オカンや常連客たちがアングリと口を開ける。

「これを《白虎隊》の前で配ってきたんです」

おれは指輪ではなく、うしろポケットに入れていたチラシを出した。

『映画マニアのためのお好み焼き店《かりふぉるにあ》！　元旦〇時から堂々オープン！
特典１：店長のハリウッドクイズに正解すればお好み焼き一枚サービス！』

「おいおい、何だよ、これ？」

米村店長が、おれの手からチラシを奪い取る。

「宣伝力です」

オトンの言葉がヒントだった。

映画好きが集まる場所を探せばいい。ないなら、作ればいい。

普通のビラをまいたところで、《白虎隊》には何のダメージも与えられないが、映画好きが映画を観ながら美味いお好み焼きを食べ、ビールを飲める店があったら喜んでくれるはずだ。

ビジネスはニーズがすべて。その言葉を教えてくれた当の本人はカウンターで真っ赤な顔をしつつ、あいかわらず映画に夢中になっている。「映画に興味なんて示さなかったオトンが、《カリフォルニア》で働いてから急に目覚めてん」とオカンが言っていたのは本当みたいだ。

「やるじゃん」

ヤブちゃんがチラシの裏を見て、呟く。

チラシの裏には、もう一つの特典が書かれている。

『特典2：毎週土曜日は、当店にて映画コンパ開催！　幸せを運ぶ店《かりふぉるにあ》で、相性ピッタリの彼氏・彼女を見つけよう！　好きな映画が一緒のふたりは、ゴールインの可能性が高いって知ってた？　あなたが「本当に求めている映画」を店長が診断するよ。』

幸せになることこそ、最高の復讐。

店長の言葉がヒントになった。《白虎隊》で働くより幸せになれるかどうかは、これからのおれたち次第だ。でも、お客さんにとって、《白虎隊》にいる時間より、この店にいる時間のほうが幸せになれる方法は、思いついた。おれたちにしかできない方法で。

「勝手に……お好み焼きサービスって……」

米村店長は、チラシの裏には気づいていない。

「あれ、ハリウッドクイズに自信がないんですか？」

おれはわざと挑発的に言った。

「誰に言ってるんだ？」

米村店長の目に火が点くのがわかる。

「まずは二名様どうぞー！」

すかさず、先頭のカップルをカウンターの端に案内する。

「おっ！　プラトーンやん！」

『ジョーズ』のサメのシャツを着た、見るからに映画オタクの若者が嬉しそうにテレビを指す。

「ハリウッドクイズいくよ」米村店長は堂々と胸を張り、言った。「チャーリー・シーンが何人の女性と――」

三時間後――。
おれはテレクラの狭く黴臭《かびくさ》い部屋で、呟いた。

「なにやってんねん、おれらは……」

隣の部屋にはデグがいる。おれたちは、一年前と同じテレクラにやってきた。デグが、「このまま家に帰りたくない」と言ったからだ。飲みに行く気分でもなく、ここしか思いつかなかった。

受話器を外し、一応、フックに直接指をかける。こんなときでもテレクラでの基本ポーズを取ってしまう自分が悲しい。

除夜の鐘を撞く音が聞こえてきた。去年とまったく同じパターンだ。よく見たら部屋まで一緒だ。鏡に映るおれは、清々しいまでの負け犬だった。だが、この一年で、少しは逞《たくま》しくなっているはずだ。吉瀬という狂犬も倒すことができた。事情聴取をした刑事の話では、早くて今年の夏には実刑が下るらしい。

新年から、ヤブちゃんに代わってオトンが一緒に《かりふぉるにあ》で働くことに、いつのまにか決まっていた。『プラトーン』を観終えたオトンは「映画と食のエンターテイメントを融合させて革命を起こそう！」と張り切っていた。

デグはお洒落な服屋の店員を続けていくのだろうか。あいつのことだから、ヤブちゃんにフラれたショックであっさり辞めちゃいそうだ。

隣からデグの声が漏れてくる。ついさっき、かかってきた電話を取られたのだ。反射神経勝負で負けた。

　店を出るときにヤブちゃんが見せた微笑みは、何の意味があるんだろう。ずっとつんけんしていたのが嘘みたいな、須磨海岸で見せてくれたのと同じ笑顔だった。

　島袋浩のAVでも観るか……。

　銀座の大通りで清楚な人妻がナンパされて、いよいよホテルに連れこまれ、さあ、これから島袋浩が大活躍するぞというとき、おれのケータイが鳴った。

『今、どこ？』

「え……家やけど……」

『どうせ、エロいことしてるんでしょ』

「し、してへんて」

　半分正解で、半分間違いだ。

『明日、映画に行きたいんだけど』

「元日から映画？」

『文句ある？　映画館で観たいの』

「ないない！　行こうや！　嬉しいわ！」

『勝手に喜ばないで。キモいから』

「……ごめん」

『明日の十一時に《かりふぉるにあ》の前に迎えに来て。ランチして、映画観たあと、スイーツも食べるから』

「了解です！」

『張り切らないで。キモいから』

「……ごめん」

『遅刻したら殺すから』

「あの……」

『何？』

「おれは赤い髪より、前のほうが好きや」

『うるさい！』

ヤブちゃんが照れながら電話を切ったあと、おれはテレクラの小さい部屋でガッツポーズを取った。デグ、ごめんやで。でもスタートラインは一緒や。二人の友情にかけて。

「リュウ！　二人組の女子大生がカラオケに行きたいって！　一人は江角マキコ、もう一人は常盤貴子に似てるってよ！」

案の定、待ち合わせには目つきの悪いキリンみたいな女とロン毛のアザラシみたいな女がいた。

「あれ？　あんたら、どこかで見たことあんな？」キリンが言った。

「思い出した！　去年、うちらから、走って逃げた奴らや！」アザラシが言った。

「リュウ、逃げるぞ」デグが、走り出そうとした。

「待てや。その前に」おれは、ジーンズのポケットから指輪ケースを出した。

デグがニタリと笑い、同じく指輪ケースを出す。

「はい。お年玉」

おれたちは、女子大生に指輪ケースを手渡し、深夜の摂津富田を猛ダッシュした。腹がよじれるほど大笑いしながら、横腹を押さえて走った。

「何か知らんけどありがとー！」

うしろから、女子大生たちの声が聞こえた。

本書は「星星峡」No.152〜No.163に掲載されたものを大幅に加筆修正した文庫オリジナルです。

幻冬舎文庫

●好評既刊
悪夢のエレベーター
木下半太

後頭部の痛みで目を覚ますと、緊急停止したエレベーターの中。浮気相手のマンションで、犯罪歴のあるヤツらと密室状態なんて、まさに悪夢。笑いと恐怖に満ちたコメディサスペンス！

●好評既刊
悪夢の観覧車
木下半太

手品が趣味のチンピラ・大二郎が、GWの大観覧車をジャックした。目的は、美人医師・ニーナの身代金。死角ゼロの観覧車上で、この誘拐は成功するのか⁉　謎が謎を呼ぶ、傑作サスペンス。

●好評既刊
悪夢のドライブ
木下半太

運び屋のバイトをする売れない芸人が、ピンクのキャデラックを運搬中に謎の人物から追われ、命を狙われる理由とは？　怒濤のどんでん返し。驚愕の結末。一気読み必至の傑作サスペンス。

●好評既刊
奈落のエレベーター
木下半太

悪夢のマンションからやっと抜け出した三人の前に、さらなる障害が。仲間の命が危険！　自分たちは最初から騙されていた⁉　『悪夢のエレベーター』のその後。怒濤&衝撃のラスト。

●好評既刊
悪夢のギャンブルマンション
木下半太

一度入ったら、勝つまでここから出られない……。建物がまるごと改造され、自由な出入り不可能の裏カジノ。恐喝された仲間のためにここを訪れた四人はイカサマディーラーや死体に翻弄される！

幻冬舎文庫

●好評既刊
木下半太
天使と魔物のラストディナー
不本意に殺され、モンスターとして甦ってしまった悲しき輩に、「復讐屋」のタケシが救いの手を差し伸べる。最強の敵は、天使の微笑を持つ残忍な連続殺人鬼。止まらぬ狂気に、正義が立ち向かう！

●好評既刊
木下半太
悪夢の六号室
海辺のモーテルでは、緊迫が最高潮に達していた。五号室では、父の愛人と二億円を持ち出した組長の息子が窮地に。六号室では、殺し屋が男を〝ちょん切る〟寸前。「まさか！」の結末まで一気読み。

●好評既刊
木下半太
アヒルキラー
新米刑事赤羽健吾の絶体絶命
2009年「アヒルキラー」、1952年「家鴨魔人」。美女の死体の横に「アヒル」を残した2つの未解決殺人事件。時を超えて交差する謎に、喧嘩バカの新米刑事と、頭脳派モーレツ女刑事が挑む。

●好評既刊
木下半太
裏切りのステーキハウス
良彦が店長を務める会員制ステーキハウスは、地獄と化していた。銃を持ったオーナー、その隣に座る我が娘、高級肉の焼ける匂い、床には新しい死体……。果たして生きてここから出られるのか？

●好評既刊
木下半太
鈴木ごっこ
「今日からあなたたちは鈴木さんです」。借金を抱えた見知らぬ男女四人に課された責務は一年間家族として暮らすこと。貸主の企みの全貌が見えた時、恐怖が二重に立ち上がる！　震撼のラスト。

ビデオショップ・カリフォルニア

木下《きのした》半太《はんた》

令和元年12月5日　初版発行

発行人――石原正康
編集人――高部真人
発行所――株式会社幻冬舎
〒151-0051東京都渋谷区千駄ヶ谷4-9-7
電話　03(5411)6222(営業)
　　　03(5411)6211(編集)
　　振替00120-8-767643
印刷・製本―中央精版印刷株式会社
装丁者――高橋雅之

幻冬舎文庫

ISBN978-4-344-42919-2　C0193　き-21-21

幻冬舎ホームページアドレス　https://www.gentosha.co.jp/
この本に関するご意見・ご感想をメールでお寄せいただく場合は、
comment@gentosha.co.jpまで。